신화 전설이 된
영웅의
이세계담 1
타테마츠리 / 일러스트 미유키 루리아

오구로 히로

리즈

알티우스
아우라
스트라이아

INDEX

# 이세계담
# 영웅의
# 신화 전설이 된

1

**타테마츠리** 지음
미유키 루리아 일러스트
송재희 옮김

# 프롤로그

소년은 환성에 휩싸여 있었다.

어느 환성에서나 기쁨이 배어났고 축복의 말이 흘러넘쳤다.

궁전 광장을 가득 메운 사람들의 얼굴에는 아무런 기우도 없이 웃음이 가득했다.

민중의 시선을 독점한 것은 노대(발코니)에 서 있는 소년이었다.

한때는 멸망 직전까지 몰렸던 나라가 지금은 중앙(솔레이유) 대륙의 패자라 불리기에 이르렀다.

이것도 전부 옆에서 줄곧 왕을 보좌하며, 절망스럽고 곤란한 상황을 극복하여 수많은 전투를 승리로 이끈 소년의 공적일 것이다.

환성에 대답하듯 소년은 딱 한 번 손을 흔들고 그 자리를 뒤로했다.

소년이 노대를 떠난 뒤에도 갈채는 멈추지 않았다.

앞으로 도시는 한동안 잠들지 않으리라.

전쟁으로 무너진 성벽의 수리가 늦어지더라도, 파괴된 가옥이 있더라도, 질리지 않을 축제가 매일같이 계속될 것이다.

대륙의 패자— 전인미답의 위업을 이룩했기에—.

소년은 성내로 돌아와 노대와 옥좌 사이를 연결하는 통로를 걸었다.

더러움이라고는 찾아볼 수 없는 하얀 벽 사이로 난 복도에는 탄력 있는 심홍색 융단이 빈틈없이 깔려 있었다.

그곳을 묵묵히 걷던 소년의 앞을 막아서듯 한 청년이 나타났다.

"……정말로 돌아가는 건가?"

근심이 가득한 얼굴의 청년을 보고 소년은 망설였다가 고개를 끄덕였다.

"……응. 헤어지기 아쉽지만 돌아가야지."

청년— 이 나라의 왕에게 이런 말투를 쓸 수 있는 사람은 처음이자 마지막, 소년 단 한 명뿐일 것이다. 다른 자가 왕에게 이런 식으로 말했다면 틀림없이 불경죄로 사형이나 그에 가까운 벌을 받을 것이다. 그러나 두 사람은 허물없는 사이였기에 왕은 미소 지을 뿐, 소년을 책망하지 않았다.

"네가 여기에 계속 있어 주길 바랐는데…… 우리나라의 영웅이니 말이지. 그에 상응하는 지위도 준비하겠다. 앞으로 나라는 안정기를 맞이하겠지. 아무런 불편 없이 보낼 수 있어. 그런데도 돌아가는 건가?"

"그렇다면 더더욱 나는 없는 편이 나아. 이 나라는 내정을 중시할 거잖아? 앞으로는 나 같은 무관의 시대가 아니야. 우수한 문관이 필요해질 거야. 쓸데없는 식충이는 얼른 쫓아내는 편이 좋아."

소년이 그렇게 말하자 수려한 왕의 얼굴에 씁쓸함이 퍼졌다.

"도저히 안 되는 건가?"

"응."

"……그래."

항상 흙탕물을 마시기도 했다. 받은 굴욕도 여간 수준이 아니다.

그런데도 따라와 준 고집쟁이— 멸망 직전이었던 나라와 마지막까지 어울려 준 자다.

전우이며, 친우이자, 가족이기도 했다. 그렇기에 서로의 성격도 숙지하고 있었다.

소년의 마음은 무슨 일이 있더라도 변하지 않는다. 그 사실을 깨달았는지 왕은 작게 고개를 가로저었다.

"그럼 이걸 가지고 가라."

왕이 아무렇게나 던져서 넘긴 것은 하얀 민무늬 카드였다.

그것을 받은 소년은 의아한 표정으로 카드를 바라보았다.

왕은 장난을 생각해 낸 아이처럼 미소 지었다.

"필요 없다고 말할 거면 여기에 남아."

"하하, 고맙게 받겠지만, 이건 뭐야? 본 적 없는 물건인데?"

"언젠가 알 거다. 뭐, 네 이야기를 들은 바로는 그쪽 세계에서 필요해질 일은 없을 것 같지만 말이지."

말을 마친 왕은 등을 돌리고 소년과는 반대 방향으로 걷기 시작했다.

소년이 그대로 그 뒷모습을 바라보고 있자 왕은 발을 멈추고 고개만 돌려 말을 걸었다.

"여기서 작별이다. 음울한 걸 싫어하는 거 알고 있지?"

왕은 이별을 아쉬워하는 것처럼 망설였다가 다시 한 번 입을 열었다.

"……배웅하지 않을 테니까. 건강해라."

"응. 너도. 즐거웠어."

"그래…… 짐도 즐거웠다."

거기서 영웅의 이야기는 끝을 맞이한다―.

"―라는 꿈을 꿨어."

진지한 얼굴로 그렇게 말한 사람은 오구로 히로.

올해로 열일곱 살이 되는 평범한 고등학교 2학년생이다.

"오, 오우……잘됐네."

히로의 이야기를 듣고 약간 어색한 태도를 보이는 사람은 죽마고우인 후쿠타로.

같은 고등학교 2학년이면서 그 축복받은 체구는 히로보다 훨씬 컸다.

"믿지 않는 거야?"

"꿈이잖아? 믿고 자시고 할 것도 없지."

"아니, 뭐, 그건 그렇지만."

당연한 이야기― 어색한 분위기가 되기 전에 히로는 화제를 바꾸기로 했다.

"그러고 보니 너희 어머니한테 들었는데, 대학에서 추천이 왔다며?"

후쿠타로는 「그 할망구가……」 하고 욕한 뒤에 어깨를 으쓱이고 곤혹스러워 하며 입을 열었다.

"이제 막 고2가 됐을 뿐인걸."

"유도부의 기대주니까 이상할 것도 없잖아?"

"그래도 너무 일러. 실감도 안 들고, 대학이라고 말해도 별로 와 닿지 않아."

후쿠타로가 난처한 얼굴로 뒤통수를 긁적이며 히로에게 의미심장한 시선을 보냈다.

"……나보다도 넌 어때? 역시 동아리 활동은 안 할 거야?"

"너도 알잖아? 의사 선생님이 격렬한 운동은 하지 말라고 하셨어."

히로의 말을 듣고 후쿠타로가 걱정스러운 시선을 보냈다.

"……그 후로 3년도 넘게 지났어. 슬슬 가벼운 운동 정도는 괜찮지 않아? 어제는 진찰받는 날이었지?"

히로가 의사에게 진찰받고 있는 것에는 이유가 있다.

히로는 3년 전, 이상한 사건에 휘말렸다.

사건이 일어나기 전날까지 평소와 전혀 다를 바 없었다고 한다.

하지만 다음 날, 히로를 깨우러 온 모친이 비명을 질렀다.

무서우리만큼 앙상해진 아들이 알몸으로 누워 있었기 때문이다.

그뿐이라면 문제는 없었을지도 모른다. 하지만 온몸이 상처투성이에 진흙투성이, 머리카락도 단발에서 장발로 변한 이상 상태에 히로는 곧장 병원으로 옮겨졌다.

진단 결과는— 어깨 관절 탈구와 근육 파열, 여기저기 뼈에 금이 가 있고, 열상 부분은 응급처치가 되어 있지만 봉합이 조잡하여 평생 상처가 남는다고 했다.

게다가 몇 가지 감염증도 확인되어 긴급하게 입원했다.

그리고 부모에게는 불행하게도 아들은 그 상처를 입었을 때를 기억하지 못해서, 병원 측은 학대 가능성도 고려하여 경찰을 불렀다.

아들의 이상 상태에다가 경찰 조사까지— 부모의 마음고생은 이루 헤아릴 수 없었으리라.

"음…… 아직 안 된다는 것 같아."

기억이 돌아오지는 않았지만 신체만을 보자면 완치된 상태였다.

격렬한 운동도 견딜 수 있을 거라고 담당 의사의 보증까지 받았을 정도다.

그래도 어떤 비밀 때문에 히로는 동아리 활동을 하지 않았다.

담당 의사조차 모르는 후유증이 3년이 지난 지금도 남아 있어서, 가족이나 친구에게 괜한 걱정을 끼치고 싶지 않았던 히로는 후유증을 자각했을 때 동아리 활동을 포기했다.

"그런가. 미안한 걸 물었네……."

후쿠타로는 배려하지 못한 자신을 반성하는지 잠시 입을 다물었다.

하지만 다시 입을 열었을 때는 평소의 후쿠타로로 돌아왔다.

"근데 그때는 정말 깜짝 놀랐어. 완전 딴사람이었잖아. 머리까지 장발이 돼서 패전 무사 같았다고."

"허리까지 왔었으니까. 엄마도 엄청 놀랐었어."

"게다가 몸이 상당히 탄탄했고 말이지. 어떻게 하면 하루만에 그런 수준이 될 수 있는 거야?"

"나한테는 특수 능력이 있거든. 하룻밤 자고 나면 거짓말처럼 레벨이 올라가."

"뻥치지 마!"

후쿠타로가 웃으며 히로를 툭 치려고 했다.

그때— 히로의 가슴속에서 무언가가 술렁였다.

무의식중에 발을 옆으로 옮겨 후쿠타로의 주먹을 피했다. 그뿐만 아니라 땅을 발로 차서 후쿠타로의 품으로 달려들었다.

"……여, 여전히, 믿을 수 없는 반사 신경이네."

후쿠타로가 경악을 숨기지 않고 입술을 떨었다.

히로의 주먹이 그의 턱에 바싹 붙어 있었다.

"……아, 미, 미안!"

황급히 몸을 뗐을 때—.

"응?"

히로는 뭔가 이상함을 알아차렸다.

후쿠타로가 식은땀을 흘리며 깜짝 놀란 표정으로 굳어 있었기 때문이다.

"……? 갑자기 왜 그래?"

히로는 쓴웃음을 지었다. 요즘은 어린애들도 하지 않는 장난이었다.

후쿠타로의 얼굴 앞에서 손을 흔들어 보았지만 그는 꿈쩍도 하지 않았다.

"장난은 이제 그만해. 지각하겠어."

초조한 마음에 후쿠타로의 몸을 잡고 흔들어 보았다. 그러나 당연하게도 효과는 없었다.

"언제까지 그러고 있을 거야? 창피하니까 그만해."

그리고 주위를 둘러본 히로의 눈에 들어온 것은 불가사의한 광경이었다.

—세계가 멈춰 있었다.

후쿠타로뿐만 아니라 주변 사람들도 정지된 상태였다.

쓰레기장의 까마귀도, 길가에서 초등학생을 위협하고 있는 고양이도.

제 세상인 양 하늘을 물들이는 태양도, 푸른 하늘에 떠 있는 흰 구름도.

일상 속 풍경— 모든 것이 멈춰 있었다.

"……어?"

히로는 상황을 이해할 수 없었다— 이해할 수 있을 리도 없었다. 턱이 빠질 것처럼 입을 쩍 벌리고 있는 모습은 다른 사람에게는 보여 줄 수 없는 얼굴이었다.

그래도 한 가닥 희망을 걸고 근처 여학생에게 다가가 보았다.

"저기…… 이거 몰래카메라인가요?"

스스로 생각하기에도 진부한 질문이었다. 하지만 그것 말고는 말이 떠오르지 않았다.

"……."

하지만 당연히 대답 따위 돌아올 턱이 없었다.

다시 생각해 보아도, 일개 고등학생에게 대규모 몰래카메라를 해 봤자 의미가 없었다.

"애초에 어떻게…… 이런 일이 가능한 거야?"

몇 번이고 시선을 돌려 보았지만 여전히 모든 것이 멈춰 있었다.

"하하…… 이게 뭐야……."

머릿속이 새하얘져 갔다. 발이 휘청거리며 심장 고동이 빨라졌다.

뭔가 행동해야 하는데 아무것도 할 수 없었다.

불안감이 몰려와서 눈가에 눈물이 맺혔다.

'이럴 때 너였다면 어떻게 했을까?'

마음이— 함께 전장을 달렸던 네게 도움을 구한다.

'이런 한심한 나를 본다면 너는 뭐라고 말할까?'

웃으며 위로해 줄까. 한심하다고 일갈할까.

'나는 누구에게 말하는 거지? 모르겠어…… 나는 무슨 생각을 하는 거야?'

마치 졸음이 밀어닥치는 것처럼 시야가 희미해져 갔다.

—곤란할 때는 짐을 의지하라. 짐도 너를 의지하마. 우리는

형제 아닌가.

일찍이 네게 들었던 말이 잇따라 되살아나며 목소리가, 얼굴이, 선명히 떠올랐다.

—짐은 때로는 형이며 동생이다. 무슨 일이 있어도 변치 않는 가족이다.

그 세계에서 단 한 명뿐인 가족이었다.

—구원을 바라거라. 도움을 바라거라. 전혀 부끄러운 일이 아니다.

'하지만 이 세계에는 네가 없어. 어떻게 도움을 구해야 해?'

전부 버리고, 모든 것을 내팽개치고 원래 세계로 도망쳐 돌아왔다.

그런 자신이 구원을 원해도 되는 걸까— 그런 의문이 뇌리를 스쳤다.

—함께 가자. 이 앞에 수많은 난관이 기다리고 있더라도, 우리의 유대를 끊을 수 있는 자는 없다.

한 청년의 모습이 나타남과 동시에 히로는 의식을 잃었다.

## 제1장 만남

눈꺼풀을 통과해 눈부신 빛이 동공을 자극하자 히로의 의식이 깨어났다.

손으로 그늘을 만들고 천천히 눈을 뜨니 맨처음 눈에 들어온 것은 연륜이 느껴지는 거목이었다. 아무렇게나 뻗은 나뭇가지와 이파리 사이로 햇빛이 비쳐들었다.

몸을 일으켜 주변을 둘러보자 무수한 나무들— 안쪽을 내다볼 수 없을 만큼 밀집한 숲이 펼쳐져 있었다.

하지만 신기하게도 음산하게 느껴지지는 않았다. 오히려 마음을 진정시키는 무언가가 있었다.

그래서 히로는 평정심을 잃지도 않았고 울부짖지도 않았으나, 가만히 있는 것도 기분 나빴다.

"……하하, 여긴 어디야……."

스스로 생각하기에도 진부한 대사밖에 안 나왔다.

조금 전까지 통학로를 걷고 있었는데, 잡초의 편안한 감촉과 바람에 실려 온 자연의 향기는 꿈이라고 생각할 수 없을 만큼 현실적이었다.

심지어 눈앞에 펼쳐진 것은 아스팔트가 아니라 울창하게 우거진 나무들이었다.

"꿈이라면 언젠가 깨겠지……."

히로는 자신을 타이르듯이 중얼거렸다.

이제 곧 익숙한 방에서 깨어난다— 꿈속에서 무서워했던 자신을 떠올리고 부끄러워 몸부림칠 것이다.

“그때까지 탐험해 보는 것도 나쁘진 않겠어.”

그렇게 억지로 자신을 납득시키고 거목에서 벗어나 숲 속으로 나아가보기로 했다.

하지만 아무리 나아가도 숲에서 빠져나가지는 못했다.

변함없이 우거진 수목이 시야를 가득 채워서 시선을 집중해도 멀리 내다볼 수 없었다.

걷는 것도 귀찮아져서 히로의 마음이 꺾이려던 때—.

**그것**이 나타났다.

어둠 속에 떠오른 황금색 두 눈이 부옇게 번지듯이 빛났다. 대지를 힘 있게 디디고, 크게 으르렁거리면서 다가왔다. 먹이의 출현에 기쁜지 입 밖으로 드러난 긴 엄니에서 침이 방울방울 떨어졌다.

“……늑대?”

나무들 사이로 흘러드는 햇빛이 짐승을 비추어 아름다운 흰 털을 가지고 있음을 알아차렸다. 크기는 중형견 정도일까…… 잘 단련된 사지에서 자란 발톱으로 땅을 도려내며 거리를 좁혀 왔다.

“으…….”

덤벼들려나 싶어서 몸을 긴장시켰으나 짐승은 일정 거리를 유지한 채 멈춰 섰다.

‘경계하고 있는 건가?’

그렇다면 도망칠 수 있을지도 모른다.
분명 야생동물은 불을 무서워한다지만…… 그런 것을 가지고 있을 리가 없었다.
남은 방법은 시선을 피하지 않고, 무서워하지 말고 뒤로 물러나 도망치는 것.
히로는 텔레비전에서 들었던 이야기를 실천하기로 했다.
눈을 마주한 채 한 걸음 물러나자 늑대가 한 걸음 앞으로 나왔다.
두 걸음 물러나자 두 걸음 다가왔고, 세 걸음 물러나자 세 걸음 다가왔다.
아…… 이건 의미가 없는 거 아닌가…….
애초에 어디까지 뒷걸음질 치면 좋을지, 출구가 어디인지도 몰랐다.
'게다가 이 늑대, 계속 쫓아오는 거 아니야?'
곤혹스러워하는 히로를 내버려 두고서 늑대가 갑자기 땅에 앉았다.
입을 크게 벌리고 하품을 한 번, 그리고 뒷발로 목을 긁는 것이 심심해 보였다.
늑대는 히로에게서 눈을 떼지 않고 고양이처럼 몸을 쭉 뻗어 그 자리에 엎드렸다.
경계는 게을리하지 않는다, 움직이면 물어 버리겠어. 황금색 눈동자가 그렇게 말하고 있었다.
……얼마나 시간이 지났을까.

가만히 있던 늑대가 갑자기 뾰족한 귀를 쫑긋거리나 싶더니 일어섰다.

그와 거의 동시에 풀숲 뒤에서 부스럭거리는 소리가 들렸다.

설마 새로운 늑대인가…… 그렇게 생각한 히로 앞에 나타난 것은 아름다운 소녀였다.

"응? 너는…… 누구야?"

소녀는 젖은 머리카락을 천으로 닦으며 늑대 옆에 멈춰 섰다.

시선을 히로에게 향한 채 늑대의 머리에 손을 얹더니 쓰다듬기 시작했다.

"……."

히로가 일련의 동작을 가만히 바라보고 있자 그녀는 이상하다는 얼굴로 고개를 갸웃했다.

"저기…… 묻고 있는데?"

"엇, 아, 아아, 나 말이야?!"

"너 말고 누가 있어……?"

넋을 잃고 보고 있었다— 라고 말할 수 있을 리가 없었다.

명주실처럼 윤기 있고 불꽃을 연상시키는 붉은 머리. 반듯한 얼굴은 앳되지만 루비보다 아름다웠고, 형형하게 타오르는 홍옥 빛깔 눈동자에서는 강한 의지가 느껴졌다. 도자기처럼 하얀 피부 밑으로 파랗게 정맥이 비쳐 보였다. 하늘은 공평하다고들 하듯이 아쉽게도 가슴이 작았지만 그렇다고 그녀의 매력이 반감되지는 않았다. 분명 장래에는 매력적인 여성이 될 것이다.

"아하하…… 오구로 히로입니다."

계속 입을 다물고 있을 수도 없었기에 히로가 자신의 이름을 말하자 소녀는 작게 고개를 기울이며 이리저리 시선을 옮겼다.

"오구로히로?"

"그래…… 부르기 힘들면 그냥 히로라고 해도 돼."

"알겠어. 그럼 히로라고 부를게— 근데 여기서 뭐 하고 있어?"

"출구를 찾고 있는데……."

"흐응."

살짝 눈썹을 찡그린 소녀의 시선이 히로의 몸을 휘감았다. 관찰당하고 있는 모양이었다.

하지만 그것도 한순간—.

"뭐, 좋아. 수상한 사람은 아닌 것 같으니까. 출구를 찾고 있는 거지?"

이쪽이야, 하고 소녀는 걷기 시작했다. 히로는 허둥지둥 그 뒤를 쫓았다.

소녀를 지키듯이 늑대가 둘 사이에 끼어들었다. 좌우로 흔들리는 꼬리를 바라보며 걷다보니 이윽고 앞쪽에 커다란 빛이 보였다.

그렇게나 돌아다녀도 찾을 수 없었던 출구였다. 간단히 발견된 것에 히로는 여우에게 홀린 듯한 기분이 들었다.

'이렇게 간단히 출구를 찾다니…….'

당황하면서도 듬성듬성해진 나무들 사이를 걸어 빛 속을

통과하자—.

"엇……."

눈앞에 펼쳐진 광경을 보고 히로는 눈을 깜박였다.

고개를 위로 드니 구름 한 점 없는 하늘에 지상을 거만하게 내려다보는 태양이 빛나고 있었다.

햇살이 대지에 두루두루 내리쬐고, 이삭이 기분 좋은 듯이 바람에 흔들렸다.

끝없이 계속되는 초원에 시선을 빼앗겼던 히로의 시야 끝자락에 기묘한 무리가 들어왔다.

일렬로 늘어선 군마 집단— 무거워 보이는 갑옷, 꼼꼼하게 관리된 창, 허리에는 검이 꽂혀 있었다. 말에 탄 자들이 보내는 노골적인 시선은 도저히 호의적이라고는 할 수 없는 종류였다.

히로가 주춤하자 집단 안에서 말 한 마리가 앞으로 나왔다.

말에 걸터앉은 남자의 뺨에는 큰 상처가 나 있었다. 갑옷을 입고 있기도 해서 전사 같은 분위기를 풍겼다. 남자는 야수처럼 날카로운 눈으로 히로를 흘깃 바라본 후 소녀에게로 시선을 돌렸다.

"영애…… 또 목욕한 건가?"

"훈련한 뒤라서 더웠거든."

"호위 정도는 데려가."

"어머, 호위라면 있었어. 그치? 서버러스."

소녀가 흰 늑대의 이름을 부르며 머리를 쓰다듬자—.

『멍!』

서버러스가 기쁘게 짖었다. 남자는 어이없어하며 고개를 흔들었다.

제3자의 눈에는 말괄량이 여동생 때문에 고생하는 오빠처럼 보였다.

"그럼, 이 녀석은 뭐지?"

갑자기 남자가 엄지로 히로를 가리켰다.

"그게, 미아입니다…… 그러니 저는 이만 가도 될까요?"

히로는 그렇게 말하며 헤실헤실 웃어 보였다.

"……바보 취급하는 건가?"

하지만 남자의 이마에 혈관이 불거졌으니 실패한 것은 틀림없었다.

"히로야."

그때 소녀가 히로의 어깨에 손을 얹었다.

"아까 저기서 알게 됐어. 이미 친구 같은 존재려나? 그치?"

소녀가 히로 앞으로 돌아들며 얼굴을 들여다보았다. 히로의 얼굴이 순식간에 빨갛게 물들었다.

이렇게 가까이서 여성이 말을 거는 게 익숙하지 않다는 점도 있지만, 그것이 미소녀라면 더더욱 그랬다.

"아, 아마도 친구 같은 거려나. 어떻게 하면 친구라고 부를 수 있을지 모르겠지만."

히로는 동요를 들키지 않도록 빠르게 말했다.

『멍!』

서버러스가 짖었다. 동의해 준 것일지도 모른다.

하지만 당연하게도 뺨에 상처 난 남자는 수상쩍다는 듯이 얼굴을 찡그렸다.

"이게 친구……? 너무 수상하잖아."

남자는 언짢음을 숨기지 않고 히로를 쏘아보았다.

"그리고 그 본 적 없는 복장은 뭐지? 제국의 옷은 아닌데."

확실히 교복을 입고 있는 자는 이 자리에 히로밖에 없었다.

애초에 히로 입장에서는 갑옷을 걸치고 허리에 검을 찬 무리 쪽이 낯설었지만—.

"무엇보다 그 얼굴, 머리색을 보면 제국민이 아니야. 어느 나라 사람이지?"

뺨에 상처 난 남자가 말하고 나서야 눈치챘다. 다들 일본인과 동떨어진 얼굴이었다.

금발이나 갈색 머리뿐이었고 히로와 같은 흑발은 없었다. 게다가 자세히 보니 그들의 얼굴은 한결같이 이목구비가 뚜렷하고 콧대가 높았으며 어깨가 넓었다. 히로의 몸과 비교하면 그 차이가 극명했다.

히로가 당황함을 여실히 드러내자 옆으로 이동해 있던 소녀가 어깨를 가볍게 두드렸다.

그쪽으로 얼굴을 돌리니 아름다운 미모가 코앞까지 다가왔다.

"다정한 생김새에 눈가도 또렷해서 서버러스 어렸을 때 같아."

누가 살짝 등을 밀기라도 하면 입술이 닿을 만한 거리였다.

은은하게 풍기는 달콤한 향기가 히로의 코를 자극했다.

동요하는 히로를 내버려 둔 채 소녀는 환하게 미소 지었다.
"나는 좋아."
"어, 아…… 고, 고맙습니다."
갑자기 무슨 소리를 하는 건지…… 마음이 완전히 흐트러졌다.
"얼굴은 왜 붉히는 거야? 괜히 더 수상한데? 여기가 어딘지 알고 있나?"
"디오스. 이런 어린애를 상대로 그렇게 위압적으로 굴지 마. 겁먹었잖아!"
"……영애. 아무리 어린애더라도 수상한 자라는 건 틀림없어."
히로 입장에서 흘려 넘길 수 없는 말이 들렸다. 디오스라고 불린 남자가 자신을 어린아이라고 하는 것은 상관없었다. 하지만 소녀— 자신보다 어린 그녀가 아이라고 하는 것은 이상했다.
"왜? 귀여운데……."
"귀엽다는 문제가 아니라—."
입가를 실룩이는 디오스의 말을 막으며 히로는 손을 들었다.
"저, 저기……."
"왜 그러니?"
소녀가 자애 넘치는 얼굴로 돌아보았다.
그것이 어린아이를 대하는 얼굴임을 알게 되자 아쉽기 짝이 없었다.
"이래 봬도 저는 열여섯 살인데요. 올해로 열일곱입니다."

"……거짓말?! 나보다 나이가 많아?"

어째서 사기당한 듯한 표정을 짓는 걸까.

말 위에 있는 디오스를 보니 소녀와 마찬가지로 놀라서 입을 반쯤 벌리고 있었다.

"사실은 열 살쯤 되지 않았어?"

믿을 수 없는지 소녀가 그렇게 물으며 다가왔다.

"정말로 열여섯 살이야. 열 살이 아니야."

확실히 일본인이 실제 나이에 비해 어려 보인다는 것은 자주 듣는 말이었다.

무엇보다 히로의 키는 165센티미터로 고등학교 2학년치고는 키가 작아서 소녀와 그다지 차이가 없을 정도였다. 게다가 동안이기도 하니 진실미가 부족했다.

어떻게 하면 믿어 줄까…… 그렇게 히로가 고민하고 있자—.

"혹시 정령 종류인가?"

디오스가 진지한 눈길을 보내왔다.

"아아, 그렇구나! 그래서 숲 속에 있었던 거야. 하지만 정령도 길을 잃나……?"

소녀는 납득한 줄 알았더니 곧장 고개를 갸웃하며 「으음~」 하고 끙끙댔다.

표정이 이리저리 바뀌는 아이였다. 보고 있으니 즐거웠지만 디오스가 말을 가까이 몰고 와서 히로는 다시 긴장감에 휩싸였다.

"아무튼 이 녀석은 데리고 가지."

"엇? 안 돼! 부모가 찾고 있을지도 몰라. 제대로 집에 돌려보내 줘야지."

"영애, 이 녀석은 열여섯이잖아? 어린애라면 모를까 어엿한 성인이야. 황족의 사유지에 무단으로 침입했어. 일단은 조사를 해 둬야 해."

"걱정할 필요 없을걸? 돌려보내 주자."

"적의 간자일지도 몰라."

"그건 아닐 것 같은데……."

"안 돼."

"그럼 내 마차에 태울게. 그럼 됐지?"

소녀가 양보하지 않자 디오스는 미간에 잡힌 주름을 펴면서 입을 열었다.

"……후우, 좋아. 그럼 성채로 귀환하지."

말을 돌린 디오스가 부하들에게 돌아갔다.

그와 교대하듯이 호화로운 마차가 히로 앞으로 왔다.

"자, 여기 타. 안은 넓으니까 답답하진 않을 거야."

먼저 서버러스가 올라탔다. 히로가 안을 들여다보니 여섯 명은 앉을 수 있을 만한 넓이였다.

히로는 바닥에 엎드린 서버러스를 피해 자리에 앉았다.

뒤이어 올라탄 소녀는 맞은편에 앉았다.

"여러 가지로 놀라게 해서 미안해."

"아니야, 이건 꿈이니까 어쩔 수 없지."

상황이 여기까지 왔는데도 히로는 이것을 현실이라고 인정하지 않고 있었다.

소녀가 이상하다는 표정으로 고개를 갸웃했다.

"……꿈?"

"응. 그게 아니면 설명할 수 없는 일이 잔뜩 있으니까."

"뭘 설명할 수 없는데?"

"나는 아까까지 통학로에 있었어. 그런데 정신을 차리고 보니 여기 있었지. 꿈이라면 당연히 장면이 바뀌거나 본 적 없는 사람이 나타나기도 하잖아?"

"……그러네. 하지만 너는 여기 있잖아? 현실이라고 생각해."

갑자기 소녀가 자리에서 일어나 히로에게 다가왔다. 그 모습을 이상하게 바라보고 있자 따뜻한 손이 뺨에 닿았고, 부드럽다고 느꼈을 때— 격통이 엄습했다.

"아야아으으으으으으으?!"

소녀가 히로의 뺨을 힘껏 꼬집은 것이다.

"어때? 아파?"

"아으아오!"

그렇게 의미 불명의 말을 외치자 손이 떨어졌고 소녀는 원래 위치에 다시 앉았다.

히로의 비명에 깜짝 놀랐는지 발밑에 있던 서버러스가 눈을 동그랗게 뜨고 있었다.

"봐. 꿈이 아니잖아."

"그렇다고 갑자기 꼬집을 건 없잖아."

"미안해. 하지만 그게 가장 알기 쉬울 것 같아서."

"으……."

그렇게 예쁘게 웃으면 아무 말도 할 수 없다. 이상한 성벽에 눈뜨면 책임져 줄 건가. 히로가 말없이 욱신거리는 볼을 쓰다듬고 있는데 밖에서 마차 창문을 두드렸다.

"무슨 일인가?"

디오스가 의아한 얼굴로 들여다보았으나 소녀는 태연하게 대답했다.

"아무것도 아니야. 히로가 이건 꿈이라고 하길래 볼을 꼬집었을 뿐."

"흥, 현실도피인가…… 역시 간자일지도 모르겠어."

그렇게 말을 내뱉고 디오스는 창문에서 멀어졌다.

히로는 아픈 볼을 누르며 탄식했다.

머리 한구석으로 인정하고는 있었지만 마음 어딘가에서 꿈이라는 소망을 버릴 수 없었다.

"앞으로 어쩌면 좋지……."

히로는 발밑으로 시선을 떨어뜨리고 머리를 싸맸다.

뺨의 통증으로 이세계임을 이해하는 자신이 한심하다는 생각도 들지만…….

원래 세계로 돌아갈 수 있을까, 이 상황에서 벗어날 수 있을까. 앞으로 어떻게 해야 할까…… 불안이 잇따라 몰려왔다.

"저기…… 괜찮아?"

맞은편에 앉은 소녀가 걱정스러운지, 막막해하는 히로의 머리를 쓰다듬었다.

"그렇게 침울해할 것 없어. 괜찮아. 불경죄는 안 될 테니까."

"아니, 그런 이유로 침울한 게 아닌데…… 그보다 불경죄?"

"아, 그러고 보니 자기소개를 아직 안 했지."

히로가 작게 중얼거린 목소리는 그녀의 귀에 닿지 않은 모양이었다.

"나는 세리아 에스트레야 엘리자베스 폰 그란츠. 그란츠 대제국의 제6황녀로 이제 막 열다섯 살이 됐어. 다들 리즈라고 불러. 히로도 그렇게 불러도 돼."

그녀는 한 손을 가슴에 대고 우아하게 미소 지었다.

"……."

황녀를 애칭으로 부르면 확실하게 불경죄이지 않을까…….

말투도 고치는 편이 좋을지도 모른다.

이런 영문 모를 상황 속에서 목이 날아가는 일은 사양이다.

"왜 그래?"

"리즈라고 부르면 불경죄가 됩니까?"

"괜찮아. 내가 그래도 된다고 했으니까. 디오스도 그런 언동인데 불경죄가 되지 않잖아."

"아아, 듣고 보니 그러네…… 그럼 리즈라고 부를게."

만났을 때부터 우호적이었으니 친해지기 쉬운 황녀일지도 모른다.

"응, 순순해서 좋네. 아무리 디오스라도 애칭으로 부르진 않지만 말이야."

“우오오오오오오오오오! 걸렸다! 역시 불경죄?!”

허둥대는 히로를 보고 리즈는 눈가에 눈물을 매달고서 웃었다.

“아하하하하! 걱정하지 않아도 돼. 하지만 다른 사람 앞에서는 애칭으로 부르지 않는 게 좋으려나? 디오스는 그렇다 쳐도 성채 사람들이 알면 화낼지도 모르니까.”

—연하에게 농락당하다니, 이거 괜찮은 건가?

배를 잡고 즐겁게 웃고 있지만 생사가 걸린 놀이는 그만둬줬으면 한다.

그런데 어째서 그녀는 애칭을 부르게 하는 등 여러 가지로 상냥하게 대해 주는 것일까?

“묻고 싶은 게 있는데…….”

“뭔데?”

“어째서 나한테 그렇게까지 상냥하게 대해 주는 거야?”

“그야 살아 있었는걸.”

“예?”

말뜻을 알 수 없어서 고개를 갸우뚱하고 말았다.

“좀 더 알기 쉽게 가르쳐 주지 않을래?”

그 말을 듣고 리즈가 「으음~」 하며 예쁜 손가락을 턱에 대고서 이리저리 시선을 옮겼다.

“그러니까, 서버러스가 공격하지 않았고, 정령도 소란 피우지 않았잖아.”

“어…… 서버러스가 공격하거나 정령이 소란 피우면 어떻게 되는데?"

"그야 당연히 죽지."

리즈는 어깨를 으쓱이고 말을 이었다.

"아까 있던 숲— 안팡 삼림에는 정령이 많이 살아. 초대 황제 폐하가 정령이 살 수 있게 하는 대신 숲을 수호하도록 계약했는데, 1000년이 넘게 지난 지금도 성실하게 약속을 지켜주고 있어. 그래서 황족이 아닌 사람의 출입은 허락되지 않고, 살아서 나올 수도 없어."

"그런 위험한 곳에 있었던 건가……."

그러니 출구가 발견될 턱이 없었다. 그대로 그곳에 있었다면 정말로 죽었을지도 모른다. 무서운 이야기를 듣고 히로는 등골이 서늘해졌다.

"그래서 나는 너를 도운 거야. 납득했어?"

"응. 아주 위험한 상태였다는 건 이해했어. 하지만 어째서 나는 살아 있는 거지? 황족도 아닌데?"

"그렇지? 이상하단 말이야. 그래서 디오스는 네가 정령이 아닐까 의심했던 거야."

"아, 그래서…… 그렇게 반응했던 거구나."

"그런 거지. 납득했으면 네 얘기를 들려줄래? 왜 거기 있었어? 아니면 정말로 정령이야?"

"그걸 알면 이렇게 고생 안 하지……."

"기억상실?"

"그런 거랑은 달라. 나는 평범한 평민이고, 열여섯 살 고등학생이야."

"고등학생이 뭐야?"

"……응? 학교에 다니는 학생이란 뜻인데."

"아아…… 훈련 학교 학생이라는 거야?"

역시 이야기가 통하지 않았다. 이세계에 고등학생이 있을 턱이 없었다.

쓰는 말이야 일본어 같지만 히로가 있던 세계의 단어가 통용될 리…….

'아니— 아니야, 이건…….'

히로는 그제야 겨우 알아차렸다.

"……내가 말하는 거 일본어 아니야?"

"일본어? 그런 언어가 있던가?"

리즈가 고개를 갸웃하며 끙끙댔다.

"저기, 확인 차 묻겠는데 내가 지금 말하고 있는 언어는?"

"그란츠어인데."

"……어떻게 된 거야."

"응? 뭐가?"

"아니, 어째서 내가 그란츠어를 말할 수 있나 싶어서."

"나한테 물어도 모르지. 그보다 고등학생이 뭐야?"

리즈가 상체를 앞으로 내밀어 얼굴을 가까이 댔다. 이것으로 두 번째지만 역시 익숙해지지는 않아서 히로는 심장이 입 밖으로 튀어나올 듯이 동요를 드러내고 말았다.

"가, 가까워! 가깝다고!"

"그, 그래? 호통치지 않아도 되잖아……."

시무룩한 얼굴로 떨어지는 리즈를 보니 가슴이 따끔거려서 무심코 사과하고 싶어졌다. 하지만 또 다가와도 심장에 좋지 않았다.

결국 사과하지 못하고, 생각하고 싶은 일은 산더미 같았지만 히로는 죄책감에서 도망치듯 그녀의 질문에 대답하기로 했다.

"이야기로 돌아가서…… 고등학생이란 건 네가 말한 훈련 학교 학생 같은 거야."

"우와! 정령계에선 고등학생이라고 하는구나!"

기도를 올리는 소녀처럼 손을 마주한 리즈가 반짝반짝 빛나는 눈동자로 바라보았다.

히로는 쓰게 웃고서 입을 열었다.

"아니, 난 정령이 아니야. 너와 똑같은 인간이야."

"아까도 말했지만 얼굴이 앳된걸? 성인치고는 목소리가 높은 느낌이 들고."

"우리 세계에서 열여섯 살은 미성년자야. 그보다 네가 말하는 정령도 나 같은 느낌이야?"

"전혀 달라. 정령에게 모습이나 목소리는 없거든. 하지만 초대 황제 폐하는 의사소통이 가능했던 것 같아."

"그럼 왜 내가 정령이라고 생각한 거야?"

히로의 물음에 리즈는 갸름한 턱에 손가락을 대고 작게 고개를 기울였다.

"으음…… 막연한 느낌? 그리고 정령인 편이 여러모로 앞뒤가 맞으니까."

정말로 어떤 동작을 하든 그림처럼 아름다운 소녀라고 감탄하고 있는데, 리즈가 문득 창밖으로 시선을 던졌다.

"슬슬 성채에 도착하겠다. 분주하기는 하지만 제대로 손님으로 대접할 테니 편히 쉬어."

히로도 똑같이 시선을 돌리자 석양이 지상에 잔불처럼 불그스름한 빛을 남기며 지평선 너머로 가라앉으려 하고 있었다.

***** ***** *****

중앙 대륙(솔레이유)의 패자, 그란츠 대제국.

수도는 대제도(大帝都) 클라디우스— 그리고 동쪽으로 도보로 이틀 거리에 타오엔 성채가 있다.

그 성채는 초대 황제에게 가장 중요한 성채였다고 역사에 기록되어 있었다.

멸망 직전이었던 나라가 이곳에서부터 진격을 시작했기 때문이다.

그렇게 역사적으로 중요한 거점의 역대 사령관은 그란츠 황가와 관련된 자들이 맡았다.

지금은 세리아 에스트레야 엘리자베스 폰 그란츠 제6황녀가 그 큰 임무를 맡고 있었다. 그녀는 현재 성채 안에 있는 작전사령실에서 측근들과 회합 중이었다.

실내 중앙— 책상을 둘러싼 것은 리즈와 두 남성이었다.

"짐은 전부 마차에 실었어. 남은 건 베르크 요새로 언제 출발하는가인데……."

그렇게 말한 사람은 뺨에 큰 상처가 있는 남자, 디오스 폰 미하엘 백기장(百旗長).

"습격 가능성을 버릴 수 없습니다."

디오스의 말에 이어 발언한 사람은 트리스 폰 타미에 오백기장(五百旗長)이다.

나이 든 장년 전사이면서도 우람한 육체에서는 패기가 느껴졌다.

그는 곤혹스러움을 감추지 않고 뒤통수를 긁으며 이야기를 계속했다.

"공주님의 배치 이동은 온 제국에 알려져 있습니다. 괘씸한 생각을 하는 자가 나타나지 않으리라고 장담할 수 없습니다."

"역시 기병 1백에 보병 2백으로는 불안해."

디오스의 시선을 받고 리즈의 얼굴이 매서워졌다.

"어쩔 수 없잖아. 타오엔 성채에 있는 병사 대부분이 제1황군인걸. 그들을 데려갈 수는 없어. 그리고 베르크 요새에 가면…… 아니, 글린다 변경백령에 들어가면 안전해."

글린다 변경백령의 베르크 요새는 리즈의 외숙부에 해당하는 인물— 루젠 키오르크 폰 글린다 변경백이 다스리고 있었다.

"외숙부님이라면 흔쾌히 받아들여 주실 거야……. 하지만 리히타인 공국의 움직임이 신경 쓰여."

글린다 변경백령의 남쪽에는 노예 국가 리히타인 공국이 있다.

사막의 굶주린 이리가 어떻게 움직이는가에 따라 앞으로의 방침이 바뀔 것이다.

리즈가 걱정스러운 표정을 짓자 디오스는 안심시키듯 힘 있게 단언했다.

"괜찮아. 공국의 습격은 생각할 수 없어."

리히타인 공국은 오랫동안 그란츠 대제국의 강한 영향 아래에 있었다. 그래서 글린다 변경백령과 리히타인 공국은 국경을 맞대고 있지만 최근 수십 년 동안 전투가 일절 벌어지지 않은 평화로운 지역이기도 했다.

"그렇지. 이번에 문제가 되는 건 공주님을 탐탁지 않게 여기는 녀석들일세."

트리스가 대화에 가담하더니 이어서 말을 거듭했다.

"가장 성가신 건 다른 황위 계승자들의 방해겠지."

이번 배치 이동은 다른 황위 계승자들이 결탁한 결과였다.

전투도 없는 평화로운 지역의 요새로 이동— 그것은 즉, 공적을 올릴 수 없다는 말이었기에 출셋길이 막혔음을 뜻하기도 했다.

"그걸 잘 모르겠단 말이지. 영애의 계승 순위는 제8위야. 방해할 의미가 없잖아."

디오스는 리즈 앞이기도 해서 명확한 언급을 피했지만 그녀는 좌천됐다고 봐도 무방했다.

"그건 그걸세…… 정령검 5제 중 하나를 받았기 때문이지."

"그런 게 뭐 어쨌다고. 단순한 검이잖아."

디오스가 거칠게 말하자 리즈가 타박하는 시선을 보냈다.

"아바마마께서 들으셨다면 불경죄로 사형 당했을 거야. 아니면 정령왕의 저주에 걸릴지도 몰라."

"흐, 흥, 정령이 무서워서야 전쟁을 할 수 있겠어?"

강한 태도로 말했지만 디오스의 얼굴은 공포로 굳어 있었다.

그 모습을 보고 트리스가 호쾌하게 웃었다.

"으하하하하하! 제대로 사죄해 두도록 하게. 자기 전에 말이야."

정령검 5제(五帝).

초대 황제가 정령왕에게 힘을 받아 정제한 보검 다섯 자루다.

정령검에는 그 이름대로 정령의 의지가 깃들어 있다고 한다.

주인이라고 인정하지 않는 한 모습을 나타내지 않고, 억지로 발현시키고자 하면 저주받고 만다.

그러나 인정받으면 절대적인 힘을 얻을 수 있었다.

그런 이유로— 정령왕의 『선물(레갈로)』이라고도 불렸다.

정령검· 염제(레바테인)는 검이며 불꽃의 정령이 깃들어 있다.

정령검· 빙제(게볼그)는 창이며 얼음의 정령이 깃들어 있다.

정령검· 뇌제(뮬니르)는 도끼이며 천둥의 정령이 깃들어 있다.

정령검· 풍제(간디바)는 활이며 바람의 정령이 깃들어 있다.

남은 정령검 하나는 긴 역사 속에서 잃어버려 어떤 무기였는지 자료조차 남아 있지 않았다. 전승에 따르면 제2대 황제가 즐겨 사용했다고 기록되어 있을 뿐이다.

이 중에서 초대 황제가 가장 애용한 것이 염제였다.

그 이후, 황제가 염제로 선정된 일은 없었지만…….

1000년이라는 긴 세월이 흘러 정령검·염제의 소유자가 마침내 나타났다.

그가 바로 세리아 에스트레야 엘리자베스 폰 그란츠 제6황녀였던 것이다.

염제를 소지한 황녀를 타국에 시집보낼 수도 없어서 부친인 황제는 제6황녀에게 소장 지위를 주고 제1황군이 관할하던 타오엔 성채의 사령관으로 임명했다. 여기까지는 좋았으나, 이것을 가만히 보아 넘길 수 없는 자들이 있었다.

—황위 계승자들이었다.

염제에게 선택받은 제6황녀의 구심력이 나날이 높아짐과 동시에 민중들 사이에서도 초대 황제의 재래라고 소문이 퍼지며 지지받기 시작했다.

제1황군 사령관, 라인 하트 슈트벨 폰 그란츠 제1황자는 제6황녀를 대제도 근처에 두면 위험하겠다고 판단하고 그녀를 변경으로 좌천시키기로 했다.

원래대로라면 여기서 다른 황위 계승자들이 군부를 사적으로 이용했다며 비난을 퍼부었겠지만 이번에는 그런 일도 없었다.

왜냐하면 다른 황위 계승자들이 제1황자에게 동조했기 때문이다.

그들은 협력하여 리즈를 추대하던 귀족들에게 압력을 가했다.

뒷배를 잃은 리즈가 다다른 곳은 변경 요새의 사령관— 그곳으로 가는 도중에 리즈를 죽이고자 슈트벨 파가 군대를 파견하지 않으리라고 장담할 수 없었다. 다른 황위 계승자가 사병을 파견할 가능성도 있었다. 그 위험들을 빠져나가 베르크 요새에 도착해야 했다.

디오스는 머리를 벅벅 긁고서 긴 책상에 펼쳐진 지도를 짚었다.

“베르크 요새로 가는 길은 두 개다. 똑바로 남하하는 길, 이쪽은 확실하게 함정이 있다고 봐도 되겠지. 암살자, 군대, 도적, 산적 다양할 거야. 다른 하나는 동쪽에 있는 그라우잠 산맥의 힘멜 산을 넘어서 바움 소국 쪽을 경유해 글린다 변경백령으로 들어가는 길이야.”

“기마가 있어서 힘멜 산은 넘을 수 없을 거야.”

“남하를 골라 봤자 전멸은 피할 수 없어. 조금이라도 많이 살아남으려면 힘멜 산을 넘을 수밖에.”

디오스의 말을 이어받아 옆에 있던 트리스가 지도 위에 말을 두 개 놓았다.

“둘로 나뉘도록 하지요. 역시 모든 병사를 힘멜 산으로 보낼 수는 없습니다. 양동작전도 필요하니 말입니다. 디오스, 자네는 기병과 함께 보병 50을 이끌고 베르크 요새로 가게. 도중에 적과 만나면 짐수레는 버리고 전력으로 글린다 변경백에게 도움을 구하도록 해. 공주님도 이걸로 괜찮으시지요?"

리즈는 납득할 수 없다는 얼굴이었으나 잠시 후 작게 고개를 끄덕였다.

무사히 방침이 결정되어 디오스는 안도의 한숨을 흘리고 트리스를 보았다.

"아저씨는 어쩔 거야?"

"나는 공주님과 함께 산을 넘겠네."

"나이도 있으니 무리하지 말라고……."

"흥, 젊은 놈에겐 아직 안 져."

"그래? 최근 팔 둘레가 얇아졌는데……."

"뭣이?! 그게 정말입니까?!"

리즈의 농담으로 작전사령실에 살짝 밝은 분위기가 돌아왔다.

*

창밖은 완전히 해가 떨어져서 밤하늘에는 별이 빛나고 있었다.

타오엔 성채의 어느 방.

그곳에서 히로는 무언가 하는 일도 없이 침대에 앉아 있을 뿐이었다.

옆에 있는 책상 위에는 조금 전까지 식사가 담겨 있던 접시가 놓여 있었다.

리즈가 말한 대로 히로는 손님으로 영접 받은 것 같았다.

조사받는 일은 없었으나 행동은 제한되어서 문 앞에는 파수병이 서 있었다. 경계하든 말든 저쪽 마음대로 해도 좋지만 히로에게는 막막하기 그지없는 세계였다. 무턱대고 돌아다닐 리가 없었다.

하지만 앞으로의 일을 생각하려고 해도 좋은 방안이 떠오르지 않아서 부질없이 시간만 흘러갔다. 그렇게 히로가 졸음과 싸우기 시작했을 무렵—.

"쉬고 있는데 미안."

갑자기 문이 열리고 리즈가 들어왔다.

리즈는 깜짝 놀란 히로의 눈앞까지 오더니 미안한 얼굴로 볼을 긁었다.

"살짝 긴급한 용건이 생겨서……."

"무슨 일 있어?"

"우리는 거점을 옮길 건데 오늘 밤에 출발하게 됐거든."

"……그렇다는 건……?"

"이곳을 제1황군에게 반환해야 하니까, 히로가 묵을 수 없게 돼."

"그건…… 문제네."

낯선 땅, 아무것도 모르는 곳에 내던져진다.

심지어 밤에— 이렇게 무서운 일은 없을 것이다.

어떻게 할지 생각하고 싶지만…… 문득 리즈를 보니 초조한 표정이었다. 이것저것 머리를 굴릴 시간은 없을지도 모른다.

그렇다면…… 히로는 결단했다.

"따라가도 될까?"

"뭐?"

눈을 깜박이는 리즈를 보고 히로는 쓰게 웃었다.

"어라? 안 되려나?"

"꽤 힘든 여행이 될 거야. 자칫 잘못하면 죽을지도 몰라. 그래도 괜찮아?"

"이리 가나 저리 가나, 이런 밤중에 혼자 쫓겨나도 죽을 테니까."

"아무리 그래도 무일푼으로 내보내진 않을 거야. 조금쯤이라면 융통성이 있을 거고, 식량도……."

"한 끼 얻어먹은 은혜가 있으니까. 은혜를 원수로 갚을 가능성도 있지만…… 따라가도 문제없다면 나는 따라갈래."

"히로는 별나구나."

"그러네. 그런 말 자주 들어."

—주로 후쿠타로에게 말이지.

리즈에게 안내받아 성채의 중앙 광장으로 나오니 화톳불이 주변을 밝히고 있었다.

하늘을 올려다보자 보름달이 구름 사이로 얼굴을 내밀고 지상을 잔잔하게 비추고 있었다.

성채의 정문 앞에는 수많은 병사가 갑주를 걸치고 대기 중이었다. 달빛을 받아 갑옷이 무디게 빛났다. 그 선두에 디오스와 40대 중반의 남성이 서 있었다.

장년 남성은 말고삐를 끌며 리즈에게 다가왔다.

"공주님. 준비는 다 됐습니다. 언제든 출발할 수 있습니다."

"수고했어. 그럼 갈까?"

장년 남성에게 고삐를 받은 리즈는 가볍게 말에 걸터앉았다.

그 순간 힘찬 환성이 터져 나왔다.

히로가 깜짝 놀라 돌아보자 어느새 모였는지 성채 병사들이 잔뜩 배웅하러 나와 있었다.

『세리아 에스트레야 님, 조심하십시오!』

『세리아 에스트레야 님, 만세!』

『그란츠 대제국 만세!』

『정령왕의 가호가 있기를!』

『그란츠 열두 대신(大神)의 가호가 있기를!』

"또 만나!"

리즈가 웃으며 손을 흔들어 답하니 한층 더 환성이 커졌다.

"출발하자!"

말 머리를 돌리며 리즈가 외치니 출발 신호인 뿔피리 소리가 울렸다. 병사들이 발맞추어 전진을 시작했다.

히로는 리즈의 말과 너무 거리가 벌어지지 않도록 뒤따라 걸었다.

"성채가 안 보이게 되면 둘로 나뉠 거야. 놓치지 않도록 잘 쫓아와."

리즈의 목소리가 머리 위에서 내려왔다.

"응. 알고 있어."

대답을 돌려준 후, 히로는 묵묵히 계속 걸었다.

누구도 사담을 꺼내지 않았다. 갑옷 소리만이 밤공기를 흔들었다.

기묘한 긴장감에 휩싸이면서 문득 뒤를 돌아보자 성채는 어둠 속에 묻혀 보이지 않게 되었다.

"트리스! 확실하게 길 안내해야 해!"

리즈가 그렇게 외치고 말에서 뛰어내렸다.

"공주님이야말로 늙은이를 따라오실 수 있을는지요."

트리스가 리즈의 앞쪽으로 달려나갔다.

"히로! 가자!"

리즈는 히로의 왼손을 붙잡고 다짜고짜 달리기 시작했다.

그 뒤에서는 대열을 빠져나오는 병사, 아무 일 없이 나아가는 병사로 나뉘고 있었다.

옆에서는 서버러스가 태연한 얼굴로 질주했다. 늑대의 기민함을 살짝 부럽게 여기며, 히로는 발이 엉키지 않도록 조심하면서 필사적으로 리즈의 뒤를 따라갔다.

따라갔다기보다 달려야만 했다는 편이 올바르겠지만—.

히로의 한계가 가까워졌을 무렵, 마침내 리즈가 걷기 시작했다.

"괜찮아?"

리즈가 얼굴을 들여다보았다. 그녀는 이마에 땀이 맺혀 있기는 해도 호흡조차 흐트러지지 않은 상태였다. 그런 그녀를 보고 놀라면서 히로는 가냘프게 웃어 보였다.

"괘, 괜, 괜찮아."

거칠게 숨을 헐떡이며 혀를 깨물지 않도록 조심하면서 말하자 리즈가 미소 지었다.

"그래? 힘들면 말해. 조금쯤은 쉬어 가도 괜찮으니까……."

"그럼 안 됩니다, 공주님."

트리스가 대화에 끼어들었다.

"사내아이를 무르게 키우면 나약해질 뿐입니다. 남자는 골짜기 아래로 떨어지며 성장하는 겁니다."

태클을 걸고 싶었으나 입이 산소를 독점하고 있어서 그것은 이루어질 수 없었다.

그런 히로를 비웃듯이 서버러스가 즐겁게 주위를 뛰어다녔다.

"히로는 아직 어려. 골짜기에서 떨어뜨리면 죽을 거야."

"음? 그 애송이는 열여섯 살이지 않습니까? 디오스한테 그렇게 들었는데……."

"하지만 겉모습은 어린애잖아. 상냥하게 대해야지."

"으음? 확실히 얼굴은 앳됩니다만…… 열여섯인데…… 어린애? 흠, 잘 모르겠군요."

으하하하, 하고 웃기 시작한 트리스에게서 시선을 돌려 히로는 뒤를 돌아보았다.

수많은 병사가 따라오고 있었다. 무거운 갑옷 때문에 호흡은 흐트러졌어도 탈락한 자는 없는 모양이었다.

'다들 잘 단련되어 있구나. 그래도 제일 대단한 건…….'

다시 트리스를 보니 연장자임에도 불구하고 땀조차 흘리지 않는 모습이었다.

그렇다고 해도—.

"이탈자는 있었어?"

리즈가 걱정스럽게 묻자 노병이 자신만만한 표정을 지었다.

"그런 나약한 녀석 따위 없습니다. 어설프게 단련시키고 있지는 않으니까요."

트리스는 확인하지도 않고 단언했다. 병사들을 어지간히 믿고 있는지 말 한 마디 한 마디에서 신뢰가 느껴졌다.

"그래? 다행이다……."

리즈가 안도의 한숨을 쉬자 트리스는 마음씨 좋은 할아버지처럼 미소 지었다.

"현재로썬 순조롭군요. 아침 해를 맞이하기 전까지 산에 발을 들일 수 있을 겁니다. 이대로 간다면 아무에게도 들키지 않겠어요."

"디오스 쪽은 괜찮을까?"

"걱정할 필요 없지요. 그 녀석은 강합니다."

두 사람의 대화에 귀를 기울이고 있으니 하늘이 밝아지기 시작했고 눈앞에 거대한 산들이 보였다.

히로의 손은 여전히 리즈에게 잡혀 있었다. 피곤하기 때문인지…… 아니면 익숙해졌는지 처음 만났을 때만큼 쑥스럽지는 않았다.

산길 입구에 들어서자 리즈가 얼굴을 가까이 댔다.

갑작스러운 접근에 또다시 히로의 얼굴은 새빨개졌지만 가만히 리즈의 말을 기다리기로 했다.

"이 산을 넘어가면 바움 소국이 있는데 그곳은 치안이 좋아. 자연에 둘러싸인 아름다운 도시지. 이번에는 시간이 없어서 들릴 수 없지만."

안내해 주고 싶었는데……. 리즈는 아쉽게 중얼거리고서 트리스에게 말을 걸었다.

"바움 소국에 오라버니의 손길이 뻗어 있지는 않을까?"

"그건 걱정하지 않으셔도 됩니다……라고 말씀드리고 싶지만, 안심할 수는 없겠지요. 이쪽의 작전을 간파하고 있을 가능성을 완전히 버릴 수 없습니다."

트리스는 고민스러운 얼굴을 하고서 말을 이었다.

"그리고 이번에는 바움 소국에 아무런 기별을 보내지 않았으니 괜히 자극하지 말고 재빨리 글린다 변경백령으로 가야 합니다."

"……그러네. 중대 규모니까 금방 들킬 것 같긴 하지만."

"들키더라도 제국을 상대로는 아무것도 할 수 없습니다. 속으로는 욕하겠지만 말이죠."

"약점을 이용하는 것 같아서 죄책감이 드는데……."

"글린다 변경백령에 도착해 일이 진정되면 사죄문을 보내도록 하지요."

"그러네. 우리의 현재 상황을 알면 용서해 줄 거야."

말을 끝낸 리즈가 시선을 위로 들었다. 히로도 따라서 눈길을 주자 완만한 언덕길이 이어지고 있었다. 식물로 가득한 길은 실로 소풍에 딱 어울렸다. 험하다고 들었는데 그런 것과는 전혀 연관이 없을 만큼 온화한 분위기가 흘렀다.

작은 동물이 산길을 뛰어올랐다. 히로가 부드러운 눈으로 바라보고 있으니—.

"후후, 즐거워 보이네."

리즈가 말을 걸어왔다. 히로는 작게 미소 지으며 고개를 끄덕였다.

"응. 험하다고 들었으니까. 각오하고 있었는데 좋은 산이네. 낮잠 자기에 딱 좋을 것 같아."

"그건 동감이야. 이 힘멜 산은 그라우잠 산맥 중에서도 편하게 오를 수 있는 곳이지. 하지만 몬스터가 잔뜩 살고 있어서 행상인도 다니지 않을 만큼 위험한 산이기도 해. 아직 이 주변은 괜찮지만."

"모, 몬스터?"

히로는 얼빠진 목소리를 내며 되물었다.

"그래, 몬스터. 산꼭대기와 가까워질수록 흉악한 게 살고 있어. 이번에는 거길 넘어서 반대편으로 가야 하니까 험난한 여정이지?"

게임에서나 들었던 단어를 미소녀가 말하니 장래가 두려워졌다.

얼굴이 반듯하기 때문인지 묘한 박력이 있었다.

"안심해, 내가 지켜 줄 테니까. 너는 뒤에서 가슴 쭉 펴고 있으면 돼."

『멍!』

서버러스가 짖었다. 지켜 주지. 늠름한 옆얼굴이 그렇게 말하고 있었다.

하지만 두 시간쯤 지나도 몬스터와 맞닥뜨리는 일은 없었고—.

"이 근처에서 한번 쉴까."

리즈가 트리스에게 말했다. 노병은 턱수염을 쓰다듬으면서 고개를 끄덕였다.

"그러네요……. 앞일을 생각하면 조금이라도 체력을 회복해 두는 편이 좋겠습니다."

"그럼 결정이네! 각자 마음대로 쉬어도 돼!"

리즈의 목소리가 전해졌는지 병사들이 방패나 검을 땅에 내리기 시작했다.

히로는 그것을 곁눈으로 바라보며 근처 바위 그늘에 앉았다.

'상상했던 것보다 힘들지 않아…….'

이제 막 산에 들어온 참이니 너무 안이한 사고일지도 모르지만…… 생각보다 자신의 몸은 이 등산을 견디고 있었다. 타오엔 성채에서 산길 입구까지 달렸을 때도 그랬다. 리즈만큼은 아니어도 히로는 확실하게 일행을 따라왔다.

운동부 활동도 하지 않았던 히로가 평소 늘 훈련받고 있는 병사들과 똑같이 달릴 수 있었다는 것은 놀라운 사실이었다.

'그래서 그런가……. 즐겁다는 생각이 들어.'

히로가 무심코 웃음을 흘리고 있는데—.

"여, 꼬마야. 분발하고 있구나."

노령의 병사가 히로의 어깨를 두드리며 그렇게 말했다.

"젊은 것치고는 정신이 똑바로 박혀 있는데? 한두 시간 만에 도망칠 줄 알았더니."

"아저씨. 힘든 건 이 앞이잖아."

젊은 병사가 웃으며 다가왔다. 노병이 과장되게 고개를 저었다.

"그래도 이 나이에 여기까지 우리를 따라온 건 칭찬할 만하지 않아?"

"뭐, 그렇지. 확실히 나이를 생각하면 대단해."

어쩐지…… 오해하고 있는 것 같았기에 히로는 한 가지 정정해 두기로 했다.

"일단 말해 두겠는데요…… 저는 열여섯 살이에요."

"하하! 꼬마가 재밌는 소리를 하는군."

"맞아. 농담하면 안 되지."

"정말이야."

리즈가 대화에 끼어들었다. 어안이 벙벙해진 두 병사의 시선이 리즈에게 향했다.

"아니, 예? 정말입니까?"

"그래, 정말이야. 내가 거짓말이라도 한다는 거야?"

리즈가 웃으며 수긍하자 노병은 난처한 얼굴로 뒤통수를 긁으며 히로를 보았다.

"아뇨, 공주님께서 거짓말하실 리가 없지요. 근데 이거 깜짝 놀랐네…….”

“확실히 듣고 보니 열여섯이라고 할 수도 있을 것 같아.”

두 병사가 가만히 히로를 바라보았다.

히로는 당황하면서도, 시야 끄트머리에서 리즈가 즐겁게 이쪽을 보고 있음을 알아차렸다.

‘아아…… 혹시 신경 써 준 건가?’

정체 모를 남자가 함께 여행하고 있었다. 당연히 병사들은 누구인지 묻고 싶기도 하리라. 그러나 리즈 앞이기도 해서 불만이 터지지는 않은 것이다.

리즈는 그런 미묘한 거리감을 좁히려고 대화에 끼어든 것일지도 모른다.

“자, 휴식은 끝! 출발하자!”

게다가 가장 신경 쓰이는 곳에서 대화를 끝내는 조절력이 있었다.

다음 휴식이 언제가 될지는 모르겠지만 히로와 병사들의 거리는 지금보다 훨씬 가까워질 것이 틀림없었다. 히로는 리즈에게 감사하면서 일어섰다.

*

병사들과 우호를 다지며 정상을 향해 산을 오른 지 다섯 시간이 지났다.

히로가 머리 위를 올려다보니 태양이 완전히 떠올라서 주위는 환하게 밝아져 있었다.

고개를 들면 산꼭대기가 눈에 보일 만한 거리에서— 녀석이 갑자기 나타났다.

크고 추한 얼굴. 충혈된 두 눈이 히로 일행을 품평하듯이 번뜩거리며 움직였다.

찢어진 입 사이로 군데군데 빠진 누런 이가 보였다.

목은 히로의 허리보다도 굵었고 앞으로 불룩 튀어나온 배는 풍선처럼 부풀어 있었다.

추한 인간형 괴물(몬스터)이었다.

"저게…… 뭐야……."

당황하는 히로의 귓가에 리즈가 입을 가까이 가져다 댔다.

"오글이야. 원래는 인간이었지만 정령의 저주를 받아 저런 추한 모습으로 바뀌었다고 전해지고 있어. 마을에서 쫓겨나 이런 산에 살면서 여행자를 공격하고 인육을 탐내는 괴물이야."

리즈가 냉정하게 설명해 주었지만 숨결이 귀를 간질여서 그다지 집중할 수 없었다.

"힘은 세지만 지능이 낮으니까 쓰러뜨리는 건 별로 어렵지 않아."

그렇게 리즈가 말을 끝냄과 동시에 서버러스가 달려갔다.

『크르아아아아!』

날카로운 발톱이 번쩍이며 오글의 목을 갈랐다. 부슉 하는 기분 나쁜 소리와 함께 오글의 목 위가 사라지고 피가 뿜어져 나와 대지를 검붉게 물들여 갔다.

그로테스크해……. 히로는 눈을 돌렸으나 거기에서도 눈을 가리고 싶어지는 광경이 펼쳐졌다.

오글의 머리가 비탈길을 데굴데굴 굴러간 것이다.

그 모습을 지켜본 리즈는 꽃이 활짝 핀 것처럼 웃었다.

"내 말 맞지?"

"……응."

"역시 서버러스 공! 눈에도 안 보이는 그 발톱 놀림! 훌륭한 장면을 보았습니다."

『멍!』

트리스가 극찬하자 서버러스는 꼬리를 흔들며 답했다.

"저것보다 강한 게 더 있어."

뒤돌아본 리즈의 얼굴에는 겁주려는 미소가 번져 있었다.

히로는 어깨를 으쓱이고서 한숨을 한 번 쉬었다.

"상상도 안 가……."

리즈의 등을 향해 중얼거린 뒤 히로는 다시 걷기 시작했으나 발바닥에 둔통이 느껴졌다.

'역시 슬슬 힘들어진 걸까.'

처음에는 초록빛으로 가득했던 산길도 지금은 커다란 바위가 섞인 자갈길로 변모해 있었다.

한 발자국 내디딜 때마다 발바닥이 욱신거렸다.

그렇다고 큰 돌을 피하려고 집중하면 체력을 빼앗긴다.

피곤함이 얼굴에 드러났는지 리즈가 걱정하며 얼굴을 들여다보았다.

"히로, 괜찮아? 아프면 업어 줄게."

"아니, 아무리 그래도 여자한테 업히는 건…… 나도 남자니까."

그녀의 상냥함에 감사를 표하면서 히로는 정상으로 눈을 돌렸다.

가까워 보이면서도 멀었다. 그래도 풍경이 바뀌었기에 앞으로 나아가고 있음을 실감할 수 있었다.

게다가 리즈가 중간에 몇 번이고 짧은 휴식을 끼워 넣어 주고 있었다. 나약한 소리는 허락되지 않는다.

무엇보다 병사들이 휴식할 때마다 「꽤 근성이 있네」「조금만 더 참아」 하고 말을 걸어 주었다. 그래서 힘들다기보다 즐겁다는 기분이 더 강했다.

이 여행에 동행해서 다행이라고 진심으로 생각했다.

원래 세계에서도 얻지 못했던 충족감에 잠겨 있으니 리즈가 진지한 눈길을 보내왔다.

"여기서부터는 몬스터가 많으니까 히로는 내 옆에서 절대 떨어지면 안 돼."

"오글 같은 게 계속 나오는 거야?"

"응. 오글 무리가 나와."

"참말입니까……."

"참말입니다."

그렇게 리즈가 히로를 흉내 냈을 때— 앞쪽에서 대량의 암석이 굴러왔다.

"바위 뒤에 숨게!"

트리스가 크게 소리쳤을 때 병사들은 이미 신속하게 바위 뒤에 몸을 숨기고 있었다.

히로도 역시 바위 뒤에— 숨을 수는 없었다. 리즈가 팔을 잡아당겨서 움직일 수 없었던 것이다.

"리즈?! 얼른 도망쳐야지!"

목소리에 초조함을 담아 말하자 리즈가 태연한 얼굴로 돌아보았다.

"안 돼. 여기 있어. 내 옆에 있는 편이 안전하니까."

"무슨 소릴— 읏?!"

지면이 크게 흔들려서 제대로 서 있기 어려웠다.

암석 하나가 근처 바위에 부딪혀 요란하게 부서졌다. 파편이 두 사람에게 후드득 쏟아졌다.

그것뿐이라면 괜찮았으나 유성처럼 암석들이 굴러 떨어졌다.

그중에서도 한층 큰 바위가 땅에서 튀어 올랐다.

이제 틀렸어. 깔릴 거야. 그렇게 생각했을 때, 히로는 무심코 눈을 감고 말았다.

하지만 아무리 기다려도 아픔이 느껴지지 않았다.

조심조심 눈을 뜬 히로의 앞에— 커다란 바위가 둘로 쪼개져 녹아 있었다.

"이게 뭐야……."

히로는 얼빠진 얼굴로 그것을 바라보았다. 그러나 바위는 한 개가 아니었다.

융해된 바위를 발판 삼아 쿵— 둔중한 소리와 함께 또 다른 바위가 머리 위로 날아왔다.

큰 그림자가 히로와 리즈를 덮었을 때―.

갑자기 바위가 세찬 불길에 삼켜져 분쇄되었다.

파편이 히로와 리즈를 피하듯이 주변으로 흩어졌다.

"히로! 여기서 움직이면 안 돼!"

어안이 벙벙해진 히로가 목소리에 반응하여 시선을 주자― 리즈가 암석 무리를 향해 달려가고 있었다.

바위 뒤에 숨어 있던 병사들이 태평한 얼굴로 히로에게 다가왔다. 그 옆에서는 서버러스가 하늘을 올려다보며 하품을 했다.

왜 그렇게 여유로운가 싶어서 당황하고 있을 때 쿵― 하는 폭발음이 멍하니 있던 히로의 고막을 뒤흔들었다.

소리의 발생지로 눈을 돌리자 붉은 머리카락이 춤추고 있었다.

암석을 눈앞에 두고 리즈가 팔을 흔드니 신기하게도 바위가 차례차례 폭발했다. 파편이 공중에서 융해되고 땅에 접촉하여, 탄내가 코를 찌르고 흰 연기가 주위에 감돌았다.

"이 정도면 됐나? 히로, 다친 덴 없어?"

모든 바위를 처리한 리즈가 땀 한 방울 흘리지 않고서 돌아왔다.

"어, 아니, 없지만, 그……."

히로는 궁금한 걸 물어보려고 했으나―.

"오글 무리다!"

누군가가 그렇게 외쳤다. 모두의 시선이 나란히 같은 곳으로 향했다.

추한 모습을 한 오글이 무리를 이루어 이쪽을 내려다보고 있었다.

중앙에는 한층 더 큰 오글이 있고, 그 주위를 오글 일곱 마리가 에워싼 모습이었다.

"오거도 있잖아. 디오스가 여기 있었다면 좋아했겠네."

옆에서 리즈가 긴장 어린 음성으로 중얼거렸다.

"오거?"

히로가 되묻자 리즈는 시선을 그대로 둔 채 고개를 끄덕였다.

"그래. 저쪽에 한층 더 몸집이 큰 기분 나쁜 게 있지? 돌연변이인 모양인데 다른 개체보다 흉포하고 지능도 높아. 그래서 무리를 형성해 사람을 공격하기도 해."

"혹시 아까 그 낙석은……."

"정답. 저 녀석들 짓이야. 편하게 인육을 먹을 생각이지 않았을까?"

"……괜찮은 거야?"

"오거 토벌은 한두 번 해 본 게 아니니까 침착하게 행동하면 문제없어. 디오스는 너무 많이 토벌한 나머지 『도깨비(오거)』라는 이명을 얻었을 정도야."

"호오……."

히로와 리즈가 이야기하는 사이, 병사들이 전투준비를 끝냈다. 중장보병이 히로의 눈앞에서 방패를 땅에 꽂아 벽을 만들었다. 뒤에서는 궁병대가 활시위를 당기고 신호를 기다리고 있었다.

그 모습을 바라본 리즈가 손을 하늘로 번쩍 든 뒤에 아래로 내렸다.

“궁병대, 발사!”

무수한 활이 오글 무리를 향해 똑바로 비상했다.

순식간에 수많은 화살이 그 거대한 몸에 꽂혔고, 단숨에 네 마리를 죽이는 데 성공했다.

동족이 죽어 격노한 오글 두 마리가 달려 내려왔다.

“궁병대, 발을 노려!”

리즈의 명령대로 정확하게 발을 맞은 오글들이 기세 좋게 굴러떨어졌다.

병사들이 즉석에서 만든 방패 벽에 격돌하여 움직임을 멈췄지만 그 틈으로 뻗어 나온 창이 숨통을 끊었다.

남은 오거와 오글 한 마리는 도망을 선택했는지 경사면을 올라가려고 했다.

“서버러스!”

『멍!』

리즈의 목소리에 반응한 서버러스가 벽을 뛰어넘어 힘차게 비탈을 올라갔다.

금방 오글을 따라잡아 그 목을 날린 뒤, 오거의 발을 묶는 데 착수했다.

“중장보병! 앞을 열어! 경장보병, 같이 해치우는 거야!”

““““오오!””””

방패 벽이 좌우로 열리자 리즈가 선두로 달려나갔다.

그 뒤를 트리스와 경장보병이 좇았다.

“오거뿐이라고 방심하지 마! 오글보다 지능도 높고 힘도 세니까!”

경장보병대가 오거의 발밑을 집중적으로 공격했다. 반격이 오기 전에 재빨리 물러나면 거기에 궁병대의 엄호사격이 더해졌다. 하지만 치명상에는 이르지 못했다. 오거는 셀 수 없이 많은 화살을 맞고도 계속 날뛰었다. 오거의 경이적인 생명력을 앞에 두고 일진일퇴의 공방이 전개되었다.

그러나 그 균형을 붉은 머리 소녀가 깨뜨렸다.

“물러나! 나머진 내가 하겠어!”

일이 여기까지 진행된 뒤에야 히로는 겨우 알아차렸다. 리즈의 손이 무언가를 쥐고 있었다.

“오, 꼬마는 저걸 보는 게 처음이야?”

병사 한 명이 히로의 어깨를 두드리며 말했다. 히로는 시선을 그대로 둔 채 입을 열었다.

“예? 뭐 말인가요?”

“정령검· 염제(레바테인) 말이야.”

심장이— 두근거리며 맥박 쳤다.

“아, 네…… 아마도 처음 보는 거예요.”

히로는 가슴을 누르며 오거를 상대로 춤추는 리즈를 눈에 담았다.

그녀의 손에는 붉은 검 한 자루가 들려 있었다. 피전 블러드처럼 아름답고 투명한 붉은 칼날과 황금으로 된 칼자루는 햇빛을 받을 때마다 더욱 눈부시게 반짝였다.

업화의 불길이 칼끝에서 뿜어져 나오자 오거의 추한 얼굴이 공포로 일그러진 것처럼 보였다.

오거는 접근전이 위험하다고 판단했는지 근처에 있던 바위를 리즈에게 던지기 시작했다.

하지만 리즈는 무난하게 피했고, 피할 수 없는 바위는 염제의 화염으로 불태웠다. 담담히 거리를 좁힌 리즈가 오거에게 육박한 순간, 열풍이 휘몰아쳤다.

이어서 귀청을 찢는 듯한 괴물의 절규가 터져 나오더니 오거의 거구가 진홍빛에 휩싸여 갔다. 불을 끄려는 것인지 땅을 굴렀지만 불길의 기세는 약해지기는커녕 더욱 강해질 뿐이었고, 그 몸이 재가 될 때까지 업화가 꺼지는 일은 없었다.

"쓰러뜨렸어~!"

괴물이 숨진 것을 확인한 리즈가 애교 있게 활짝 웃으며 히로에게 손을 흔들었다. 염제의 칼날을 아래로 내린 채 걸어오는 모습이 시선을 붙잡아 눈을 뗄 수 없었다.

어떤 그림에도 지지 않을 아름다움이 그곳에 있었다.

또다시 가슴 안쪽이 한층 더 크게 두근거려서 히로는 가슴을 움켜쥐고 뜨거운 숨을 토했다.

"왜 이러지…… 왜……."

심장이 크게 고동쳤다. 무언가가 안쪽에서 날뛰고 있음을 알 수 있었다.

그러나 아름다운 소녀가 「괜찮아?」 하고 얼굴을 들여다보아서 제정신으로 돌아왔다.

"히윽?!"

"꺄아?!"

깜짝 놀라서 이상한 목소리가 나왔다. 리즈도 놀랐는지 눈이 동그래졌다.

"뭐야뭐야?! 어디 다치기라도 했어?"

"미, 미안. 다치진 않았어…… 굉장히 멋있었으니까! 그래서—!"

히로가 양손을 얼굴 앞에서 흔들며 감상을 말하자 리즈의 얼굴이 더욱 다가왔고 놓치지 않겠다는 듯이 어깨까지 붙잡았다.

"정말로?! 그렇게 좋았어?"

"어? 아니, 뭐랄까…… 가슴이 뜨거워졌다고 할까, 정말로…… 무척 예뻤어."

"히로도 참, 쑥스러워지는 말을 하기는! 한 번 더 말해도 돼!"

리즈가 수줍게 머리를 긁적이면서 히로의 어깨를 몇 번이고 두드렸다.

"자, 다들 가자고~."

"오, 꼬마야, 내 짐 좀 들어라."

"이쪽도 부탁해."

"나도."

"부탁한다."

“나도 부탁하기로 할까.”

그렇게나 다정했던 병사들이 태도를 싹 바꾸었다.

말을 잇지 못하는 히로 앞에 검, 창, 활, 방패가 산을 이루어 갔다.

‘이거 목숨을 지키는 소중한 것들 아닌가요? 트리스 씨도 뭘 편승하는 겁니까…….’

노골적인 괴롭힘에 두통이 일어서 하늘을 올려다보니 노을빛으로 물들고 있었다.

리즈는 해 지기 전에는 정상에 도착할 것이라고 했으나, 예정이란 생각대로 되지 않는 것이었다.

“오늘은 이 부근에서 쉬도록 할까.”

리즈의 말에 트리스가 수긍했다.

“그게 좋을 것 같습니다. 이 앞은 몬스터 수도 늘어나니까요. 이쯤에서 야영하는 편이 좋겠습니다.”

“그럼 장비를 정리하고 날이 저물기 전에 막사를 치자.”

그렇게 말하고 리즈가 정확한 지시를 날리니 병사들이 지체 없이 움직이기 시작했다.

막사를 다 세웠을 무렵에는 어둠이 완전히 몰려와 있었다.

히로가 뒤를 돌아보자 황녀 전용의 한층 큰 막사를 중심으로 병사들이 묵는 막사가 쳐져 있었다. 짐승이 다가오지 않도록, 혹은 나타나도 문제없도록 화톳불도 많이 피워져 있었고 몬스터가 어디서 오든 대처할 수 있게 사방에서 중장보병이 4인 1조를 이루어 보초를 섰다.

"하아…… 어떻게든 오늘은 넘겼네."

하얀 입김을 내뱉으며 밤하늘을 올려다보자 별들이 반짝이고 있었다.

그렇게 한동안 바라보고 있으니 등 뒤 막사에서 손에 입김을 불며 리즈가 나왔다.

"무슨 일 있어? 내일도 일찍 일어나야 하니까 얼른 자야지…… 아니면 배고파?"

질문을 받은 히로는 고개를 가로저었다.

"아니야. 별을 보고 있었어."

그 외에도 다른 이유가 있었지만…….

"히로는 별을 좋아해?"

"그렇진 않아. 하지만 이렇게 가까이서 본 적이 없으니까 신기해서."

"그렇구나."

리즈는 어깨가 닿을 만한 거리까지 다가왔다.

부끄러움과 동요를 숨기기 위해 히로는 다시 하늘을 올려다보았다.

손을 뻗으면 닿을 듯이 하늘에 가득한 별은 압도적인 광채를 내고 있었다.

내쉰 입김이 하얗게 변했으나 신기하게도 추위는 느껴지지 않았다.

"옛날에 어마마마께 들은 적이 있어."

리즈의 달콤하고 맑은 목소리가 기분 좋게 귀에 닿았다.

"사람은 죽으면 정령이 되고, 정령이 된 영혼은 별이 되어서 정령왕과 함께 세계를 계속 지켜본대. 무서울 때, 슬플 때, 외로울 때, 하늘을 올려다봐. 그럼 혼자가 아님을 알 수 있으니까."

"멋진 말이네."

"제국민이라면 누구나 아는 자장가야."

쑥스럽게 웃은 리즈는 하얀 이를 보이며 히로의 왼손을 붙잡았다.

"감기 걸리기 전에 막사로 돌아가서 자자."

히로는 부끄러워할 틈도 없이 끌려갔다.

"자, 잠깐만! 기다려! 안 된다니까!"

"왜?"

"왜냐니…… 다 큰 남녀가 같은 막사에서 자는 건……."

그것이 막사 밖에 있던 이유였다.

막사를 다 쳤을 무렵 리즈가 내뱉은 「히로도 여기서 자는 거야」라는 말은 히로를 전율시켰다. 그것은 피하고 싶다고 생각한 결과— 밖에서 시간을 때워 그녀가 먼저 잠들기를 기다린다는 작전을 세웠지만 실패로 끝난 모양이었다.

"서버러스도 있는걸."

"아니, 그치만……."

막사 안에서는 서버러스가 이미 취침 중이었다.

"자, 들어와, 들어와!"

등을 떠밀린 히로는 주춤거리면서 막사 안으로 들어갔다.

막사의 상부에는 촛불로 불을 밝힌 랜턴이 매달려 있었다.

내부 전체가 보일 정도라서 어둡지는 않았으나 가슴 고동이 빨라지는 은근한 느낌의 밝기였다. 지면에는 자갈 때문에 아프지 않도록 두꺼운 모포가 깔려 있었다.

중앙은 서버러스가 차지했고, 그 왼쪽에는 이불로 보이는 모포가 준비되어 있었다.

"목욕할 수 있다면 좋았겠지만…… 땀 냄새가 나더라도 이해해 줘."

"아니, 그러니까, 역시 같이 잘 수는 없어."

"엇, 그렇게 냄새나……?"

리즈는 예쁜 코를 킁킁 움직여 자신의 체취를 맡기 시작했다.

'그런 말이 아니야. 오히려 내 쪽이 냄새나겠지.'

태클을 걸어야 하나 망설이고 있으니 리즈가 순수한 미소를 보내왔다.

"내 냄새는 잘 모르겠어. 그러니까 서로 신경 쓰지 말고 자자."

"아니, 나는 다른 데서…… 역시 같이 자는 건—."

"정말~! 언제까지 투덜거릴 거야! 내일도 일찍 일어나야 한다고 했지?!"

"으헉?!"

히로는 등에 강렬한 충격을 받고 숨을 내뱉었다.

한순간 시야가 까맣게 물들더니 이어서 눈을 떴을 때는 누워 있었다.

리즈의 얼굴이 한눈에 전부 담기 힘들 만큼 가까웠다. 온몸이 그녀의 온기를 느끼고 있기에 굳이 눈으로 확인하지 않아도 됐지만…….

“서버러스는 잘 때 못 안게 한단 말이야.”

—그렇다고 저를 대용품으로 쓰지 말아 주시겠습니까.

“흐암…… 오늘은 빨리 잠들 수 있을 것 같아…….”

히로는 반대로 잠들 수 없을 만큼 심장이 크게 고동치고 있었다.

“쿨…… 우웅…….”

“……정말 빨리 잠드네.”

—그럼 이제 앞으로 어쩔까…….

어서 양이 나타나 주면 좋을 텐데 나타나는 것은 악마뿐이었다.

지금 이 상황만으로도 위험하지만 옆을 보면 나쁜 생각이 고개를 들고 만다.

히로는 차례차례 나타나는 악마를 상대하면서 어둠 속으로 떨어져 갔다.

*

—같은 시각.

대제도 클라디우스에서 남동으로 100셀(300킬로미터) 떨어진 곳에 제겐이라고 불리는 작은 마을이 있었다. 제2제도가 가깝다는 점 때문에 도적이나 몬스터가 적었고 치안이 좋은 지역이지만 현재는 살벌한 분위기에 휩싸여 있었다.

마을을 에워싸듯이 다양한 크기의 막사가 여러 개 쳐져 있고 중장보병이 주변을 경비했다. 엮이고 싶지 않은 것인지 아니면 무서운 것인지, 마을 사람들은 전부 집에 틀어박혀 있었다.

촌장의 저택 주변은 중장보병 수십 명이 경계 중이었다. 문 앞에는 보라색 바탕에 검과 방패 문장이 들어간 깃발이 세워져 바람에 펄럭였다.

저택 안으로 들어가 꼼꼼하게 관리된 통로를 왼쪽으로 나아가면 응접실에 다다른다.

그곳에는 가련한 소녀와 다부진 인상의 청년이 있었다.

"아우라 님. 이런 곳에서 시간을 보내고 있어도 괜찮은 겁니까?"

청년의 이름은 로렌스 알프레드 폰 슈피츠.

그의 시선 끝에는 상사이기도 하며 여신처럼 숭배하는 여성이 있었다.

"……."

은발과 납빛 눈동자 탓인지 매우 차가운 인상을 주었다.

그러나 눈썹을 덮는 위치에서 가지런히 자른 앞머리와 커다란 눈이 작은 동물 같아 보호 본능을 일으켰다. 몸집이 작고 가녀리기 때문인지 가련하다는 말이 잘 어울렸다.

열일곱 살이면서 이 체형은 기적이라고 해도 좋았다.

'아아…… 신에게 받은 용모는 그란츠 황가의 공주들에게도 지지 않아.'

외모도 그렇지만 경력 또한 대단했다.

트레아 르잔디 아우라 폰 브나다라.

제립 훈련 학교를 수석으로 졸업.

제3황군의 사령관 참모로 최연소 발탁되어 지금은 참모장을 맡고 있는 인물이었다.

그녀가 참모장이 된 것은 열다섯 살 때였다.

실적을 원했던 브루탈 제3황자가 평소 늘 소규모 충돌을 반복하던 서쪽의 대국 페르젠에 침공한 해이기도 했다. 그러나 생각보다 고전하게 되어 황제의 신뢰를 잃을 만한 손해를 내고 말았다.

궁지에 몰린 브루탈 제3황자는 참모들을 모아 놓고 이렇게 말했다.

"이 전쟁에서 승리할 수 있는 작전을 아는 자는 앞으로 나와라. 어설픈 말을 하면 참수하겠다."

모든 참모들이 입을 다물고, 브루탈 제3황자의 분노가 정점에 다다르려 했을 때였다.

"각하. 저라면 이 전쟁을 승리로 이끌 수 있습니다."

어딘지 신기한 마음에 참모 말단에 넣어 뒀던 소녀가 앞으로 나왔다. 용감함을 높이 산 브루탈 제3황자는 그녀를 참모장으로 지명했고, 앞으로 나오지 않았던 다른 참모들에게 낙담하여 유력 귀족의 자제를 제외한 전원을 참수했다.

참모장으로 발탁된 그녀의 유례를 찾아보기 힘든 지략은 곧장 발휘되었다.

교묘하고 교활한 작전을 차례차례 입안, 실행, 성공시켜 순식간에 페르젠의 영토를 먹어 갔다. 한편 대국 페르젠은 잇따른 패전으로 수많은 전사자가 생겨 국력이 급격히 쇠퇴해 갔다.

이 이상의 교전은 국가 붕괴를 초래한다는 판단에 이른 페르젠이 정전을 제안했고 휴전 교섭으로 넘어가게 되었다.

브루탈 제3황자는 제국의 승리에 공헌한 그녀를 제2대 황제의 이명인 《군신(마르스)》에서 따와 『군신소녀(아프로디테)』라고 칭송했다.

그런 그녀는 현재 의자에 등을 기댄 채 책을 펼쳐 놓고 있었다.

"……."

침묵이 내려앉은 방에 종이 넘기는 소리만이 울렸다.

들리지 않았는지 무시하는 것인지, 그래도 슈피츠는 포기하지 않고 말을 걸었다.

"아우라 님. 책만 읽지 마시고 제 말에도 귀를 기울여 주십시오."

아우라는 조금이라도 짬이 나면 책을 읽는 버릇이 있었다.

그것도 언제나 읽는 것은 한 권뿐인데, 제2대 황제의 생애가 적힌 책이었다.

아마 온 제국을 뒤져도 그녀만큼 제2대 황제를 잘 아는 인물은 없을 것이다.

"아우라 님…… 부디 들어 주십시오."

마침내 목소리가 닿았는지 책을 덮은 아우라의 눈이 슈피츠에게 향했다.

아아— 슈피츠가 감동한 나머지 무릎 꿇고 엎드렸다.

"슈피츠 자작. 지금부터 하는 말은 초대 황제 폐하를 모욕하는 게 아니야."

"……하아."

또 시작됐다고 슈피츠는 내심 한탄했다.

그녀는 전승을 읽은 뒤에 반드시 이 이야기를 시작했다.

"초대 황제 알티우스 폐하의 치세는 훌륭해. 하지만 그 초석을 구축한 건 누구인가…… 멸망 직전이었던 나라에 승리를 가져오고, 주변 나라들을 정복한 제2대 황제 슈바르츠 폐하. 그가 없었다면 지금의 그란츠 대제국은 존재하지 못했을 거야."

"옳으신 말씀입니다."

"알티우스 폐하께서 승하하시고 남동생인 슈바르츠 폐하가 황제 자리에 앉았을 때는 일흔을 넘긴 뒤였어. 남은 시간은 적었지. 실제로 재위한지 불과 1년만에 그는 세상을 떠났어. 그가 초대 황제가 되었다면 세계를 통일하는 것도 가능했을 텐데……."

뚱한 얼굴로 열변하는 상사를 보고 슈피츠가 고개를 숙였다.

그녀가 말하는 것은 1000년도 더 된 이야기— 지금은 두 사람 모두 신격화되어 그란츠 열두 대신으로 모셔지고 있었다. 그란츠 대제국이 존재하니 두 사람이 실재한 것은 확실하리라.

그러나 여러 가지로 각색되었을 것이 틀림없었다.

이를테면 제2대 황제 슈바르츠가 마지막 전투에서 1만의 군

세를 홀로 격파했다는 이야기를 들 수 있다. 또한 검 한 자루로 도시를 멸망시켰다는 황당무계한 사건이 전승으로 적혀 있기도 하지만…… 그런 일은 정령검 5제를 가지고도 불가능할 것이다.

어차피 사용자는 인간이다. 체력적으로도 문제가 있으리라. 많이 잡아 봐야 1천 명쯤일 거라고 슈피츠는 생각하고 있었다. 그것은 그것대로 대단한 일이지만…….

—지금은 그것보다 눈앞의 일에 집중해 주었으면 했다.

"아우라 님, 언제까지 여기에 체재하실 겁니까?"

"……아직 하고 싶은 말이 잔뜩 있어."

"브루탈 님께서 보내신 편지가 와 있습니다."

그 이름을 꺼내니 그녀는 기분 나빠하기는 했지만 마지못해 귀를 기울였다.

"음…… 뭐라고 적혀 있었어?"

"읽지 않았습니다."

"왜?"

"……황족의 편지를 저 같은 존재가 멋대로 뜯어볼 수는 없습니다."

"나는 슈바르츠 폐하의 전승을 읽은 참이야. 이 여운을 즐기고 싶어. 그러니 슈피츠 경이 읽어 줘."

"……알겠습니다. 그럼 제가 읽도록 하겠습니다."

슈피츠는 화려하게 장식된 봉투를 꺼냈다.

편지에는 이렇게 적혀 있었다.

내 친애하는 『군신소녀』여.

그대가 성을 출발한 지 벌써 열흘, 여전히 낭보가 들려오지 않는 것에 놀람을 금할 수 없다.

상대가 황족이라고 망설일 필요는 없다. 건방진 계집에게 죽음의 철퇴를 선사하도록 하라. 쓸데없는 걱정이겠지만 그대가 원한다면 병사를 보낼 테니 원하는 수를 말하도록.

나의 『군신소녀』에게 그란츠 열두 대신의 가호가 있기를—.

그란츠 대제국 브루탈 제3황자

"—이상입니다."

"……어리석은 사람."

아우라는 질렸다는 얼굴로 말했다. 슈피츠가 쓰게 웃었다.

"어쩔 수 없습니다. 계승 순위가 제3위라고는 해도, 제1황자에게 무슨 일이 생기면 정령검 5제의 가호가 있는 제6황녀가 옥좌에 앉을 가능성이 있습니다."

"제28대 황제, 제36대 황제는 검을 다룰 줄도 몰랐어. 정령검에게 선택되었느냐가 아니라 황제의 자질이 있는지가 중요해."

"……그것을 브루탈 님께서도 알아주신다면 좋겠습니다만."

"그걸 알면 황제의 분노를 살 만한 짓은 하지 않겠지. 오히려 자기 입장을 위태롭게 하는 일이라는 것조차 모를 거야."

"뭐…… 성급하신 분이니까요."

"편지는 태워 줘. 불쾌할 뿐이야."

"알겠습니다."

슈피츠는 근처 화덕에 편지를 넣고 붉은 종이를 꺼냈다.

그것을 이어서 던져 넣자 작은 불기둥이 솟아올랐고 편지는 한 조각도 남김없이 재가 되었다.

슈피츠가 다시 아우라에게 시선을 돌리니 그녀의 얼굴에는 난색이 어려 있었다.

"편지를 태우는 데 정령 부적은 아까워."

"황족의 편지를 태웠습니다. 조금이라도 편지 조각이 남아 있으면 아우라 님의 안전이 위태로워집니다. 이런 건 무슨 일이 생길지 모르니 철저히 해 둬야 합니다."

"음…… 일리 있어. 나중에 정령왕묘(精靈王廟)(프리덴)에 편지를 보내 둘게. 대금은 브루탈 님에게 청구해도 되니까…… 스무 장 정도?"

"아뇨, 정령 부적 한 장쯤은 대단한 지출도 아닙니다."

슈피츠는 그렇게 말했지만 정령 부적 한 장에 그란츠 금화 세 닢이었다.

평민의 하루 임금은 돌라츠 은화 세 닢이다.

돌라츠 은화 열 닢으로 그란츠 은화 한 닢, 그란츠 은화 열 닢으로 그란츠 금화 한 닢의 가치를 지닌다.

서민이 가지기에는 너무 비싼 물건이지만, 정령 부적은 병도 고치기에 요긴히 쓰여서 정령왕묘에는 신분 불문하고 많은 사람들이 정령 부적을 얻으러 찾아왔다.

그러나 평민이 구입할 가능성은 낮았다.

하루에 정제되는 부적은 80~100장으로 거의 다 황족과 대귀족이 사들이기 때문이다.

가끔 시장에 나돌더라도 대부분 원래 가격의 두 배의 가격으로 거래되었다.

"그리고 예비도 있으니 이번 작전 중에는 충분할 겁니다."

요즘 정령 부적은 고가에다가 품귀하여 주로 정령 무기를 상대할 때 이용되었다.

그래서 지금처럼 편지에 불을 붙이는 용도로 쓰는 자는 없었다.

황족일지라도 마찬가지였다. 그런 식으로 쓰다가는 재정이 기울고, 결국에는 파멸에 이를 것이다.

슈피츠 가문은 가난하지는 않으나 유복하다고도 할 수 없었다. 정령 부적은 귀중하지만…….

'아우라 님을 위해서라면 집안이 기울더라도 상관없어.'

경애하는 주인과 비교하면 대단한 지출은 아니라고 슈피츠는 생각했다.

아우라는 열심히 일하는 부하를 보며 탄식한 후 진지한 표정을 지었다.

"딱히 여기서 놀고 있는 건 아니야. 이곳은 글린다 변경백령과 엎어지면 코 닿을 곳이야."

이 마을에서 수십 셀 남하하면 글린다 변경백령에 들어갈 수 있었다.

"……쳐들어가실 겁니까?"

"안이한 생각이야. 무엇보다 대의가 없어. 그런 짓을 하면 이쪽 목이 날아갈 거야."

"그럼 왜 여기에……?"

"제6황녀와 만나기 위해."

"만나 봤자 순순히 따라 주지 않을 겁니다."

"그럼 단념하고 돌아갈 거야."

제6황녀가 싫다고 한다면 아우라는 말 그대로 귀로에 오를 것이다.

그러나 그렇게 하면 아우라가 책임을 지게 된다.

"브루탈 님은 제6황녀의 죽음을 바라고 계십니다."

"제6황녀를 죽이면 어떻게 될 것 같아?"

"……황제 폐하께서 격노하시고, 자칫 잘못하면 브루탈 님은 참수되실 겁니다."

"염제(레바테인)의 소유자는 희소해. 황제 폐하는 아들의 만행을 분명 용서하지 않으실 거야."

"하지만 브루탈 님의 명령을 거역하면 저희의 안전이 위태로워집니다."

"그러니 황제 폐하가 친정에서 돌아오실 때까지 시간을 벌 거야. 그럼 브루탈 님도 포기하시겠지."

현재 황제는 그란츠 대제국에 없었다. 페르젠과의 휴전 교섭이 결렬되어 제1황자를 데리고 다시 침공 중이기 때문이다. 즉, 브루탈 제3황자는 발칙하게도 황제의 부재를 틈타 여동생을 죽이려 하고 있었다. 황제가 돌아오면 브루탈 제3황자도 포기할 수밖에 없겠지만, 실패에 대한 노여움은 반드시 아우라에게 향할 것이다.

'그것만큼은 피해야 해.'

슈피츠는 표면상으로는 납득한 모습을 보이기로 했다.

"알겠습니다. 그럼 앞으로 어떻게 하실 겁니까?"

"우선은 글린다 변경백에게 편지를 보내. 내용은 적당히."

그렇게 말한 아우라는 시선을 내려 즐거운 독서로 돌아갔다.

슈피츠는 응접실에서 물러난 뒤, 문에 몸을 기대고 무거운 한숨을 토했다.

"이렇게 된 이상 내가 할 수밖에 없어."

저 상태가 되면 아우라는 완고하다. 무슨 일이 있더라도 움직이지 않을 것이다.

슈피츠는 문을 향해 고개를 숙이고 저택 밖으로 걷기 시작했다.

## 제2장 편린

일어나 있는 때만큼 길게 느끼는 시간은 없다. 잘 때만큼 짧게 느끼는 시간은 없다.

모포로 몸을 감싸고 머리만 내민 상태로 정신없이 자고 있는 소년이 있었다.

—히로였다.

"서버러스. 잘 잔다고 생각하지 않아?"

『멍.』

"불쌍하지만 깨워야겠지."

『멍!』

그런 대화 소리에, 눈꺼풀은 무겁지만 히로의 의식이 어둠 속에서 끌려 나왔다.

그러나 아직 이 온기와 행복에 몸을 맡겨 두고 싶었다. 그래서 모포를 머리까지 뒤집어썼다.

그때—.

"으허어어어어억?!"

배부터 시작해 온몸으로 퍼지는 충격에 히로의 눈이 튀어나왔다.

"어라…… 생각했던 반응하고 다르네."

격통이 배를 엄습했다. 그러나 아픔을 달래고 싶은데 몸이 움직이지 않았다.

히로는 육지에 올라온 물고기처럼 입을 뻐끔거릴 수밖에 없었다.

"후후, 아하하, 하하하하하!"

방울을 굴리는 듯한 웃음소리가 들려왔다.

"히, 히로…… 무, 무슨 표정이 그래? 아침부터 날 웃겨서 어쩌려고?"

히로가 눈물을 머금고 올려다보니 배를 붙잡고 있는 리즈가 눈에 들어왔다.

"이, 이쪽이 할 말이야…… 뭐 하는 거야?"

그녀는 히로의 배 위에 걸터앉아 있었다. 욱신거리는 아픔이 전해지는 곳이었다.

통증의 원흉은 그녀로 확정이었다. 왜 이런 폭거를 저질렀는지 묻자—.

"그, 그치만 깨우고 싶었는걸."

"아니, 그렇다고 해도, 좀 더 평화롭게 깨우는 방법이—."

히로는 끝까지 말할 수 없었다. 왜냐하면 텐트 입구에 도깨비(오거)가 서 있었기 때문이다.

"……애, 애송이. 뭐 하는 거지……."

곰처럼 우람한 체구의 트리스였다.

"이, 이건 그런 게 아닙니다!"

보기에 따라서는 좋지 않은 장면이지만, 사실은 그런 야릇한 상황이 아니었다.

리즈가 어리둥절한 얼굴로 히로를 보았다.

"뭐가 아니야?"
"일이 복잡해지니까 너는 가만히 있어!"
이것은 히로의 생사가 걸린 중대사였다.
트리스가 쿵쿵 곰 같은 발소리를 내며 다가왔다.
"설마 그런 얼굴을 하고서 짐승이었을 줄이야…… 공주님, 떨어져 주십시오. 이 녀석은 베어 버려야 합니다."
트리스가 허리춤에서 스르륵 뽑은 칼이 무디게 빛났다. 분위기를 파악하지 못한 리즈가 고개를 갸웃했다.
"잘 모르겠지만…… 출발 준비는 다 됐어?"
"……그건 다 됐습니다만."
"그럼 아침 먹고 바로 출발하자."
히로의 배 위에서 묵직함이 사라졌다.
"히로. 아침은 빵이랑 수프인데 먹을 수 있겠어?"
"아, 응…… 괜찮아."
"그럼 얼른 먹고 바움 소국으로 들어가자! 트리스도 멍하니 있지 말고 냉큼 아침 먹고 와!"
"하, 하오나, 으윽…… 애송이, 공주님을 봐서 용서해 주겠네……."
완전히 기세가 꺾인 트리스는 어깨를 떨구고 막사를 나갔다.
가슴을 쓸어내린 히로는 리즈가 가져온 아침 식사에 손을 댔다.
약간 딱딱한 빵을 씹으면서 수프를 한입 먹었다. 닭고기가 들어 있었는데 간이 적당했다.

서버러스가 먹고 싶다는 얼굴로 눈앞에 앉아 있었고, 시선을 돌리니 리즈가 옷을 갈아입는 중이었다.

"응? 옷을— 브헉?!"

히로의 입에서 뿜어져 나온 아침밥이 서버러스의 얼굴에 쏟아졌다.

사과하고 있을 여유는 없었다. 히로는 곧장 리즈를 향해 항의의 목소리를 높였다.

"무, 콜록— 무슨, 콜록콜록— 뭐 하는 거야?!"

"뭐냐니, 옷 갈아입는데?"

"왜 옷을 갈아입고 있어?!"

"목욕은 못 해도 최소한 속옷 정도는 갈아입고 싶잖아?"

"아니, 그렇겠지만. 내가 있다고!"

"뭔가 문제라도 있어?"

리즈는 이상하다는 얼굴로 히로를 보았다.

어젯밤 일도 그렇고…… 남자가 어떤 존재인지 모르는 것일까.

그전에 수치심이라는 것이 없는 걸까…… 이 아가씨를 키운 인물에게 의문을 던지고 싶었다.

"저기…… 남자는 말이지—."

"얘기는 옷 갈아입고 하면 안 돼?"

리즈가 상의로 손을 가져가자 히로는 황급히 저지했다.

"자, 잠깐, 잠깐! 얘기는 됐으니까 기다려!"

"정말~! 왜 그러는데?!"

"내가 뒤돌아 있을 테니까 그사이에 갈아입어 줄래?"

"딱히 상관없지만…… 왜?"

"그냥, 깊은 뜻은 없어. 나는 뒤돌아 있을 테니까! 알았지?!"

"잘 모르겠지만 알았어."

히로가 몸을 돌리자 피부와 속옷이 스치는 소리만이 막사 안을 지배했다.

1초가 매우 길게 느껴졌다. 히로는 고문 같은 시간이 어서 지나가기를 말없이 기다렸다.

"다 입었어."

"후우……."

땀이 왈칵 솟았다. 장시간 계속 달린 것처럼 피로감이 엄습했다.

눈앞에서는 리즈가 남의 속도 모르고 태평한 얼굴로 아침을 먹기 시작하고 있었다.

"……뭐, 나도 밥 먹어야지."

그리고 시선을 떨어뜨리니…… 빈 그릇만이 있었다.

내용물은 어디로 갔지?

"서버러스가 먹어 버렸나 보네."

리즈가 의문에 답해 주었다.

도둑의 모습을 찾자 막사 입구에서 서버러스가 꼬리를 흔들며 나갔다.

"……그런가 보네. 기쁘게 꼬리를 흔들고 있었어."

깊이 탄식하는 히로의 눈앞에 은수저가 내밀어졌다.

"자, 아앙~."

그렇게나 불쌍한 얼굴을 하고 있었던 걸까…….

"아니, 하지만, 그건 역시……."

그렇게 부정하자 꼬르륵— 하고 배가 백기를 들었다.

부끄러운 아침 식사를 끝내고 막사 밖으로 나가자 눈부신 햇살이 맞이해 주었다.

히로는 팔을 벌려 상쾌한 공기를 들이마셨다.

주위를 둘러보니 병사들의 막사는 깔끔하게 정리된 상태였다.

남은 것은 히로와 리즈가 지금까지 있던 막사뿐— 리즈가 막사를 정리하기 시작한 것을 보고 병사들이 달려왔다. 그중에는 트리스의 모습도 있었다. 히로도 협력하여 마지막 막사를 정리했다.

이제 가야 할 곳은 바움 소국이었다. 하산하면 산줄기를 따라 남쪽으로 갈 예정이다.

리즈의 말에 따르면 글린다 변경백령은 도보로 16일은 걸린다고 한다.

각오는 하고 있었지만 그 정도로 긴 여행이 될 줄은 몰랐다.

그러나 딱히 후회하지는 않았다. 몸 구석구석이 아프지만 참으면 됐다.

순조롭게 힘멜 산에서 내려가기 시작하여 중턱 부근에 다다랐을 때 새로운 괴물(몬스터)과 조우했다.

오글도 아니고 오거도 아니었다. 그보다 더 체구가 큰 거인이 나타났다.

"……크네."

히로의 세 배는 될 것 같았다. 생기가 느껴지지 않는 창백한 얼굴에, 우람한 육체는 녹슨 갑옷이 덮고 있었다. 상반신만 보자면 인간처럼 보이기도 하지만, 하반신은 뱀 같았다. 이쪽을 바라보는 괴물의 충혈된 눈이 뱀처럼 가늘어졌다.

이어서 내지른 포효가 심상치 않은 패기를 내뿜자, 히로는 무심코 압도되어 뒷걸음질 쳤다.

"기가스야. 원래는 정령이었지만 정령왕에게 반역해서 이 세계(알레테이아)로 추방되었다고 전해지고 있어."

"역시 겉모습만큼 강해?"

"썩어도 원래 정령이었으니 강하지. 오거와 비교하면 지능도 있어서— 읏?!"

설명하던 리즈를 향해 기가스가 경이적인 속도로 접근했다.

눈을 부릅뜬 히로 앞에서, 리즈가 있던 장소에 거대한 꼬리가 내리쳐졌다.

쿵—! 지면이 부서지며 파편과 함께 흙먼지가 일어났다.

히로는 너무 갑작스러운 상황에 아무 말도 할 수 없었다.

"히로는 여기 있어!"

그런 말과 함께 리즈가 염제(레바테인)를 들고 모래 먼지에서 튀어나갔다.

무사한 모습을 보고 안도한 것도 잠시, 그녀는 그 기세 그대로 기가스를 향해 돌격했다.

"경장보병대, 공주님을 따라가라! 궁병대! 공주님을 엄호해! 중장보병은 그사이에 진형을 구축하라!"

트리스의 지시를 받은 경장보병대가 기가스에게 달려들었다. 그사이에 중장보병대가 2열로 방패 벽을 만들었고, 그 뒤에서 궁병대가 활시위를 당기며 기가스를 조준했다.

"내가 관심을 끌게! 그사이에 투창을 준비해!"

리즈는 경장보병대에게 지시를 내리고 기가스를 향해 염제를 휘둘렀다. 불덩어리가 나타나 기가스의 눈앞에서 번지자 한순간이지만 괴물이 멈칫했다.

"지금이야! 던져!"

경장보병대가 기가스를 향해 창을 투척했다. 이어서 트리스의 목소리가 울려 퍼졌다.

"궁병대, 쏴라!"

휘획— 공기를 가른 화살이 부채꼴이 되어 하늘에 퍼졌다.

순식간에 바늘꽂이로 변한 기가스가 울부짖었다. 꼬리가 땅을 부수며 날뛰었다.

"읏?! 후퇴해!"

위험을 감지한 리즈의 외침과 동시에 기가스의 꼬리가 경장보병대를 덮쳤다.

"으악?!"

"윽?!"

미처 도망치지 못한 경장보병 몇 명이 모래 먼지 속으로 사라졌다.

“시간을 벌 테니까 물러나!”

리즈가 염제를 들고 달려들었다. 하지만 기가스는 곧장 몸의 방향을 바꾸어 피했다.

기가스의 반격이 시작되었다. 거대한 팔에 바람을 휘감고 리즈를 향해 몇 번이고 주먹을 내리찍었다.

“하앗!”

리즈는 그 공격이 전부 보이는지 눈앞에서 피한 뒤 염제를 치켜들었다.

기가스의 팔이 피를 흩뿌리며 허공을 날았고 불길이 팔을 삼켰다.

아픔을 달래려는 듯이 기가스가 날뛰었다. 에워싸고 있던 경장보병이 말려들어 날아갔다. 경장보병은 탁류에 휩쓸린 것처럼 경사면을 타고 굴러 떨어졌다.

그 모습을 보고 유린당하는 미래를 상상한 히로의 얼굴이 절망으로 물들었다.

그리고— 발이 한 걸음 앞으로 나아갔다.

‘엇……?!’

무의식중에 한 발자국 내디딘 것과 동시에 눈에 통증이 느껴졌다.

‘왜 이러지……?’

히로는 두 눈을 감싸고 신음했다.

"으윽……?!"

머리가 이상해질 것 같은 방대한 정보가 흘러 들어왔다.

두근— 심장이 크게 뛰었다.

눈앞의 적을 도륙하라고, 너라면 그것이 가능하다고— 정체를 알 수 없는 것이 말을 걸어왔다. 알 수 없는 투쟁심이 가슴 깊숙한 곳에서 끓어올랐다.

"애송이, 그런 곳에서 웅크리고 있지 마! 기가스에게 당해!"

트리스가 이끄는 중장보병대가 마침내 따라붙었는지 전선에서 진형을 구축하기 시작했다.

"서둘러! 자네들이 유일한 희망일세!"

중장보병대가 트리스의 지시를 받고 방패를 지면에 박아 즉석 철벽을 만들었다.

"공주님! 이쪽으로!"

"그래!"

트리스의 목소리에 반응한 리즈가 철벽 안쪽으로 피난했다.

"배에 힘을 주게! 발을 땅에 붙이게! 중장보병이 날아가는 건 말이 안 돼! 궁병대, 경장보병대를 엄호하게!"

철수하는 경장보병대 쪽으로 궁병대가 엄호사격을 보냈다.

빗발치는 화살을 헤쳐 나온 기가스는 무시무시한 형상으로 추격했지만 철벽을 향해 꼬리를 내리칠 뿐이었다.

"부상자를 즉각 후방으로 데려가!"

리즈의 지시로 다친 병사가 후방으로 이동했다.

기가스의 맹공을 받은 중장보병대의 방패 벽이 크게 흔들렸다.

"더 이상은 버틸 수 없습니다!"

중장보병이 소리쳤다. 기가스의 무식한 공격으로 쇠 방패가 변형되고 있었다.

방패 벽이 무너지는 것은 시간문제리라.

"공주님! 우선은 이 공격을 어떻게든 해야 합니다!"

트리스가 다급한 목소리로 외쳤다. 리즈는 고개를 끄덕이고 방패 사이로 기가스를 엿보았다.

"내가 주의를 끌 테니까 그 틈에 꼬리를 잘라 내!"

"무모합니다! 일단은 중장보병으로 공격해서 빈틈을 만드는 게 현명합니다!"

"하지만 그렇게 하면 피해가 커져. 여기선 내가 주의를 끄는 편이 확실하잖아!"

"만에 하나라도 공주님께 무슨 일이 생겨선 안 됩니다. 그건 마지막 수단—?!"

트리스는 끝까지 말을 잇지 못했다. 리즈도 깜짝 놀란 표정을 짓고 있었다.

두 사람의 시선 끝— 방패 벽 한 귀퉁이가 무너진 것이다.

기가스는 기회를 놓치지 않고 그 틈으로 우람한 팔을 밀어 넣어 중장보병들을 날려 버렸다.

승리를 확신했는지 기가스는 사납게 포효한 후 땅에 쓰러진 병사 한 명을 잡아 올렸다.

"트리스! 엄호를 부탁해!"

말을 끝내기도 전에 리즈는 땅을 박차고 있었다.

"공주님! 기다리십시오!"

트리스의 목소리가 들렸을 텐데 리즈는 돌아보지도 않았다.

그녀는 그저 한 점, 기가스의 팔만을 응시하고 있었다.

"내 부하를 돌려줘!"

리즈는 염제를 들고 도약했지만 그 칼날은 목표에 닿지 않았다.

시야 끄트머리에서 기가스의 꼬리가 날아왔기 때문이다.

"크—?!"

그것을 눈치챘을 때는 이미 늦었다. 기가스의 꼬리에 맞은 리즈의 몸이 가볍게 날아갔다.

"으아?! 윽?!"

리즈는 낙법도 취하지 못하고 지면에 몸을 세게 부딪치며 데굴데굴 굴러갔다.

구르는 것을 겨우 멈추고 곧장 일어서려 했으나 무릎이 꺾여 무너져 내렸다.

몸이 말을 듣지 않는지 분한 얼굴로 이를 악물고 있었다.

"으윽!"

리즈는 염제를 지면에 박아 지팡이 대신 삼아 일어났다.

"읏—?!"

머리에 통증이 느껴져 손으로 짚으니 아름다운 붉은 머리카락 사이로 피가 흘러내렸다. 땅에 내동댕이쳐졌을 때 머리를 부딪친 것 같았다.

그러나 그녀의 강한 의지는 피를 본 것으로는 조금도 시들지 않았다.

실제로 심홍색 눈동자는 형형히 타오르고 있었다.

"어서 가야 해!"

기가스를 쓰러뜨릴 수 있는 것은 염제를 가진 리즈밖에 없었다.

그때, 기가스를 바라보는 그녀의 시야가 갑자기 차단되었다.

"……히로?"

그것은 소년의 등이었다. 다정한 얼굴을 하고 있으면서도 그 안에 간직한 심지는 무척 강했다.

익숙지 않은 산길은 분명 힘들었을 것이다. 공격해 오는 몬스터는 분명 무서웠을 것이다.

그래도 약한 소리 한 번 하지 않던 소년의 커다란 등이 눈앞에 있었다.

*

"……히로? 뭐 하는 거야?"

당황한 목소리가 히로의 등을 때렸다.

히로는 쓰게 웃었다. 자신도 뭘 하고 있는지 알 수 없었다.

히로의 얼굴에는 망설임이 있었다. 그러나 한 걸음, 또 한 걸음, 힘 있게 내디뎌 갔다.

상처 입은 소녀가 눈앞에 있다. 단지 그것만으로도 싸울 이유가 생겼다.

—더 이상…… 너를 상처 입히게 두지 않겠어.

단순 명쾌해서 좋지 않은가. 저열하다고 욕할지도 모르지만 마음껏 말하라지. 무엇보다 아무것도 모른 채 이 세계에 내던져진 자신을, 그녀는 무상으로 도와주었다. 그런 그녀가 다쳐서 쓰러졌다. 여기서 움직이지 않으면 남자가 아닐 것이다.

그렇게 생각하자 망설임은 금세 사라지고 희미한 미소가 흘러나왔다.

"히로, 그만둬! 네 힘으로는—."

리즈의 항의를 무시하고 땅을 박찬 히로는 기가스를 향해 일직선으로 달렸다.

"지금부터는…… 내가 상대하겠어."

히로를 알아차린 기가스가 꼬리를 휘둘렀다. 아니, 그것은 히로가 아니라, 바람 소리를 내며 히로의 코앞을 통과해 땅을 내리쳐 무수한 파편을 만들어 냈다.

그것들은 예리한 칼날이 되어 히로를 향해 날아왔지만—.

"미안. 다 보이거든."

신기하게도 히로는 전부 피했다.

문자 그대로 머리를, 발을, 손을, 어깨를 가볍게 움직여서 피한 것이다.

만약 잘못 파악했다면 부상 정도로 끝날 일이 아니었다.

"리즈! 내가 주의를 끌 테니까 너는 이 녀석을 쓰러뜨려 줘!"

히로는 경장보병이 떨어뜨린 투창을 주웠다. 기가스는 새로운 사냥감을 발견했다는 듯이 붙잡고 있던 중장보병을 내던지고 히로를 노려보았다.

멍하니 보고 있던 리즈가 그것을 깨닫고 안색을 바꿨다.

"무모해! 돌아와!"

리즈의 목소리는 도중에 비명으로 변했다. 그녀의 머릿속에서는 분명 잔혹한 미래가 펼쳐져 있을 것이다. 그것은 정반대의 상상일 뿐이었지만…….

기가스가 팔을 휘둘렀다. 그뿐만 아니라 꼬리를 내리치며 재빠른 공격을 빈틈없이 가해 왔다.

그 중 하나라도 맞는다면 연약한 인간의 몸 따위 산산이 조각날 것이다.

심지어 장비조차 전혀 갖추지 않았다면 말할 것도 없었다.

그러나 놀랍게도 기가스의 공격이 히로를 맞추는 일은 없었다.

"말도 안 돼—?!"

리즈가 믿을 수 없다는 표정으로 그 광경을 바라봤다.

"뭐가 어떻게 된 거야……."

기가스의 공격이 전부 히로에게 향해 있었기에 트리스와 병사들에게도 여유가 생겼다.

"믿기지 않아……. 정말로 인간이 할 수 있는 일인가?"

트리스는 놀라서 입을 쩍 벌리고 있었다.

—3년 전 사고의 후유증.

히로는 상대의 움직임이 정지 상태로 보였다.
무도가의 말을 빌리자면 그것은 일종의 경지라고도 할 수 있으리라.
생애를 바쳐 수련을 쌓은 자 중에서도 극히 일부만이 손에 넣을 수 있는 능력이었다.
숨을 쉬는 입자가 보여서, 움직이는 공기를 파악하여 모든 것을 깨닫게 된다.
가족에게 걱정 끼치고 싶지 않았던 히로는 담당 의사에게 이 사실을 말하지 않았다.
말했더라도 원인은 분명 알 수 없었을 것이다.
그러나 알레테이아 사람들은 알고 있었다.

그 이름을—.

우라노스
“천정안(天精眼)…….”

리즈의 중얼거림은 허공으로 사라졌다.
“이쪽이다!”
히로가 던진 창은 맥없이 막혀서 떨어졌다. 하지만 기가스의 관심은 끌 수 있었다.

기가스의 우람한 팔이 맹렬히 날아왔다. 그런데도 히로를 스치지도 못했다.

무도를 통달한 자가 보았다면 틀림없이 감탄의 한숨을 흘렸으리라.

그만큼 군더더기 없는 세련된 동작이었다. 하지만 히로의 이마에는 대량의 땀이 맺혀 있었다.

등산으로 축적된 피로, 생사를 건 싸움이 만들어 내는 극도의 긴장감. 그 두 가지 요소가 중첩되어 히로의 체력을 급격히 빼앗고 있었다.

그럼에도 히로는 기가스의 공격을 계속 피했다. 과도한 공포에 정신이 이상해지기라도 했는지 입가에는 미소가 걸려 있었다.

"이쪽에는 흉포한 늑대도 있다고."

히로에게 농락당하던 기가스의 움직임이 한순간 멈췄다.

인간의 말을 이해한 것인지 확실하진 않았으나 실제로 멈췄다.

『크아아아아아아!』

숨죽여 기회를 엿보던 서버러스가 히로 옆에서 튀어나갔다.

질주하는 모습은 탄환과 같았고, 공간을 가르는 날카로운 발톱이 기가스와 교차했다.

서버러스가 땅에 착지함과 동시에 수도꼭지에서 물이 쏟아지는 것처럼 기가스의 목에서 피가 분출되었다. 기가스의 거구가 비틀거리기 시작했다. 그런 호기를 소녀가 놓칠 리 없었다.

"뒤는 맡겨 줘!"
염제가 진홍빛을 두르며 공기를 태워 갔다.
그 열기가 기가스에게 도달했을 때, 괴물의 시야에서 리즈의 모습은 완전히 사라진 상태였다.
펑—! 기가스의 등 뒤에서 공기가 파열했다.
리즈가 한 것이라고 헤아린 히로는 창을 주워 던졌다. 그리고 또 다른 투창을 주워서 힘껏 내던졌다. 이번에는 막히지 않고 창 두 자루 모두 기가스의 가슴에 빨려 들어가듯 꽂혔다.
기가스는 몹시 당황하여 피를 흩뿌리면서 땅을 마구 굴렀다.
그러다가 갑자기 괴물이 움직임을 멈췄다. 마침내 깨달은 것이다.
상반신만이 움직이고 있음을—.
기가스의 하반신이었던 것이 옆에서 불길에 휩싸여 있었다.
기가스는 절규했다. 공기가 삐걱거릴 정도의 비명이었다.
구역질이 날 만큼 강렬한 악취가 바람을 타고 히로가 있는 곳까지 전해졌다.
"윽……."
히로가 무심코 코를 막았을 때, 그녀의 모습이 보였다.
도약한 리즈가 태양을 등지고 염제를 내려치고 있었다.
"지금 편하게 해 줄게!"
염제의 칼날이 기가스의 몸에 균열을 만들었다.
두 동강 난 몸의 피가 증발해서 흰 연기가 온몸을 감쌌다.
절명했는지 괴물의 거구는 비명 지르는 일 없이 조용히 땅에 쓰러져 불길에 휩싸였다.

"히로!"

히로는 리즈가 달려오는 것을 알아차리고 팔을 벌려 그녀를 받아 주려 했지만 몸이 말을 듣지 않았다. 긴장이 한꺼번에 풀린 탓인지, 아니면 피로가 쌓여 있었기 때문인지 히로도 알 수 없었다.

끈이 떨어진 꼭두각시 인형처럼 무릎에서부터 힘이 빠져 히로는 무너져 내리듯 지면에 쓰러졌다.

"히로, 정신 차려! 트리스, 이리 좀 와 줘! 히로가, 히로가—!"

몹시 걱정하며 얼굴을 들여다보는 리즈에게 무언가 말해 주고 싶었다.

하지만 입은 움직여도 목소리가 나오지 않았다. 의식이 몽롱하고 눈앞이 핑핑 돌았다.

머리를 끌어안는 감촉을 편안히 느끼며 히로는 어둠 속 밑바닥으로 가라앉았다.

*

그 무렵, 남하하며 나아가고 있던 디오스에게 난제가 발생했다.

눈앞에 나타난 군대가 그 이유였다.

진행을 저지하듯이 중장보병이 좌우 일렬로 늘어섰고 후방에는 중장기병이 대기 중이었다.

"빨리도 왔군! 심지어 2백도 안 되는 수를 상대로 2천인가."
"게다가 깃발이 없네요."
부관의 말에 디오스는 고개를 끄덕였다. 신분을 증명하는 문장기가 어디에도 보이지 않았다.
"켁, 어차피 귀족 제후한테서 불만이 나오더라도 변명할 수 있도록 그런 거겠지."
도적으로 위장해 공격할 속셈인가— 그렇다고 해도 수가 너무 많지만 말이지.
한동안 서로 노려보는 상태가 이어지다가 사자 한 명이 디오스를 찾아왔다.
이쪽에게 얼굴을 들키지 않기 위해서인지 후드를 뒤집어쓰고 있어서 표정은 엿볼 수 없었다. 디오스가 험악한 눈빛으로 바라보자 사자의 입이 천천히 움직였다.
"이쪽에 엘리자베스 전하가 계신가."
"너희 목적을 알 수 없는데 순순히 말할 줄 아나?"
"……네놈은?"
"디오스 폰 미하엘이다."
"아아…… 네놈이 『도깨비(오거)』인가."
디오스는 자신의 이명을 듣고 언짢음을 숨기지 않으며 사자를 노려보았다.
"흥! 알고 싶은 건 그런 내용인가?"
"훗, 그렇군. 그런 건 어찌 돼도 좋아."
사자가 손을 들었다.

“간략하게 말하지. 황녀를 내놓으면 여기 있는 병사들의 목숨을 살려 주마.”

“예, 알겠습니다. —하고 수긍할 줄 알았나?”

“그럼 황녀를 내놓을 생각은 없다는 거로군?”

사자의 말을 듣고 디오스는 콧방귀를 뀌며 도발적으로 미소 지었다.

“어이어이, 아까부터 듣고 있자니 제멋대로 말하는데, 이쪽은 제6황녀의 사병이라고. 좀 더 예의를 갖추시지.”

“공교롭게도 너 같은 자를 대하는 예의는 가지고 있지 않거든. 그러니 가르쳐 주지 않겠나……? 『도깨비』여.”

“무례한 놈. 다시는 그 이름을 지껄일 수 없게 해 줄까?”

디오스의 짜증 섞인 말에 사자의 입매가 잔학한 미소로 바뀌었다.

“애송이. 예의를 갖춰라.”

사자가 손을 내리자 후방에 있는 보병 대열이 갈라지며 그 사이로 기마대가 나왔다.

“하, 어차피 죽일 셈이었지?”

“한 명쯤은 살려 줄 생각이었지.”

“개자식—.”

욕을 내뱉은 디오스는 사자에게서 시선을 돌려 돌격해 오는 기마군을 보았다.

—아직 거리가 좀 있었다.

원래 위치로 시선을 되돌린 디오스의 눈은 광폭하게 빛나고 있었다.

“일단 네놈은 확실하게 여기서 죽여 두도록 하지.”

힘껏 창을 내질렀으나 디오스의 공격은 성공하지 못했다.

“이게 무슨……?!”

사자가 간단히 막아 낸 것이다.

사자의 손에는 금은으로 아름답게 장식된 검이 있었다.

“뭘 그렇게 놀라지?”

“그건…… 정령 무기인가?”

정령은 깨끗한 물가를 좋아하며 극히 드물게 자신의 성질을 담은 결정을 만들어 낸다.

보석보다 뛰어날지언정 못하지는 않은 빛깔을 지닌 결정의 아름다움에, 사람들은 경의를 담아 정령석이라고 불렀다.

제국령에서는 한 해에 세 개에서 일곱 개의 정령석이 발견된다.

광대한 토지를 가진 제국에서도 그 정도밖에 발견되지 않는 만큼, 정령석을 얻지 못하는 나라도 존재했다.

그래서 해마다 희소가치가 높아졌다.

정령석 하나로 평생 놀고먹을 만한 재산을 모을 수 있었다.

지금도 가지고 있는 것은 황족, 혹은 그와 관련된 자들뿐—.

“그 물건을 어디서 손에 넣었지?!”

“너한테 말할 필요는 없겠지.”

쩌적, 쩌억— 묘한 소리가 울렸다.

디오스가 창으로 눈을 돌리니 창끝부터 급속도로 얼어붙고 있었다.

"칫!"

곧바로 창을 버리고 허리춤에 꽂고 있던 검을 뽑았다. 등 뒤에서 대기 중인 기병과 보병들도 발도를 끝낸 상태였다. 그러나 이대로 싸워봤자 정령 무기가 상대여서야 불리했다.

본래 전투 능력이 높기도 하겠지만 정령의 가호를 받아 신체 능력도 대폭으로 올랐을 터였다. 그게 아니라면 디오스의 창을 간단히 막을 수 있을 턱이 없었다.

디오스는 「후우……」 하고 숨을 한번 내쉬면서 고민했다.

이 녀석을 죽이려고 기를 쓰다 보면 그사이에 적의 기마대와 접촉하고 말 것이다.

그렇게 되면 전멸은 면하지 못하리라.

디오스는 검을 들어 올리고 평원에 울려 퍼질 만큼 목소리를 높였다.

"다들 잘 들어라! 동료가 쓰러지려고 해도 돕지 마라! 뒤돌아보지 마라! 앞만 보고 계속 달린다!"

『오오!』

"돌격!!!"

검을 아래로 휘두른 디오스가 가장 먼저 평원을 달려 나갔다.

그러나 사자의 옆을 지나칠 때—.

"뭐야, 끝났나?"

그렇게 시시하다는 듯이 중얼거리는 것을 디오스는 확실하게 들었다.

하지만 살아서 주인과 재회하기 위해서는 돌아볼 수 없었다.

북받쳐 오르는 분한 마음을 억눌렀다. 디오스는 그 마음을 목소리에 실어 있는 힘껏 소리쳤다.

"다들 죽을 각오로 따라와라!"

『우오오오오오오오오오!』

우렁찬 외침과 함께 기마 100, 보병 50이 뒤를 따랐다. 짐수레는 버렸다. 이내 적의 중장기마대와 디오스가 이끄는 기마대가 충돌했다.

"으랴아!"

디오스는 적에게서 창을 빼앗아 중장기병을 낙마시키며 앞으로 나아갔다.

"디오스 백기장님! 후속 부대와 분단되었습니다!"

바로 옆에서 나란히 달리는 부관이 외쳤다.

후방에서는 기마대와 보병대가 적의 중장기병에게 포위되어 일방적으로 유린당하고 있었다.

평소에 하는 단련은 절대 어설픈 수준이 아니었다. 숙련도도 제1황군에게 지지 않을 정도라고 자부하고 있었다. 하지만 수적으로도 그렇고, 중장기병이 상대여서야 불리했다. 이쪽은 기동력을 살리기 위해 경장이었기 때문이다.

"버리고 간다!"

디오스는 그렇게 결단을 내릴 수밖에 없었다. 수가 압도적으로 불리했다.

구해 낼 수 있을 리가 없었다. 그래도 부관은 희망을 완전히 버릴 수 없는지 물고 늘어졌다.

"지금이라면 아직 늦지 않습니다!"

"이 상황을 이해 못 하겠어?!"

"하, 하지만! 그들은 전하가 맡기신 소중한 사병입니다!"

"내 부하이기도 해! 두 번 말하지 않겠다!"

부관은 더 이상 아무 말도 하지 않았다. 아니, 할 수 없었다.

디오스의 얼굴이 분노로 물들어 있었기 때문이다. 귀신 같은 얼굴로 몰려드는 적을 찔러 나가다 보니 창이 꺾였고, 그 때마다 적의 창을 빼앗아 절명시켜 갔다.

"비켜! 잔챙이가 길을 막지 말라고!"

"네놈이 『도깨비』인가?! 꽤 하는군! 내가 그 실력을 시험해 주마!"

기쁘게 외치고서 디오스에게 달려드는 적이 있었다.

팔에 보라색 천을 감은 중장기병— 백기장의 표식이었다.

"시끄러워!"

디오스는 창을 수평으로 바꿔 잡은 후 힘껏 투척했다.

"크억?!"

창이 꽂힌 적의 투구가 일그러지고 대량의 피가 솟아났다.

"배, 백기장님이 당했—?!"

마지막까지 말을 끝내지 못하고 중장기병의 목이 날아갔다.

피가 치솟음과 동시에 디오스는 새빨갛게 물든 검을 오른쪽으로 휘둘렀다.

"적의 좌익을 돌파한다! 내가 길을 열겠다! 졸개들은 무시하고 따라와라!"

중장기마대의 공격을 버텨 봤자 기다리고 있는 것은 중장보병이다.

궁병대도 대기 중이었다. 그런 곳에 일부러 돌진하는 것은 어리석은 선택이었다.

디오스는 좌익을 돌파하는 것을 선택하여 그것을 피하고자 했다.

틀린 판단은 아니었으나 전장에서 이탈하려면 많은 병사를 버려야 했다.

그렇게 고군분투하는 디오스의 등을 사자가 조용히 바라보고 있었다.

"죽이기에는 아까운 실력을 가지고 있군."

낙마한 경장기병의 두개골이 짓밟히고, 미처 도망치지 못한 후속 보병이 압사해 갔다.

원래부터 수가 달랐다. 이쪽의 피해는 적었으며 곧 결말이 날 것이다.

일방적인 학살이 시작되었을 무렵, 사자의 곁으로 기마 세 마리가 다가왔다.

말에서 내린 기병이 가슴에 손을 얹고 한쪽 무릎을 꿇었다.

"스무 명 정도가 돌파하여 도망친 것 같습니다. 남은 자는 한 명도 남김없이 죽이겠습니다. 괜찮겠습니까?"

"마음대로 해. 이쪽의 피해는 어느 정도지?"

"현재로서는 사망한 자 가운데 제6황녀의 모습은 확인되지 않았습니다. 또한 이쪽의 피해는 백기장이 한 명, 중장기병 열두 명의 사망을 확인했고, 중상자와 경상자를 합하여 현재 확인을 서두르고 있습니다."

"호오. 꽤 피해가 컸군."

"추격할까요?"

"아니, 내버려 둬라. 멀쩡한 자는 한 명도 없다. 글린다 변경 백령에 들어가기 전에 도적의 습격을 받고 죽겠지."

"제6황녀를 붙잡지 않아도 괜찮으시겠습니까."

"여기엔 없었어. 추격할 필요는 없다."

"변장했을 가능성도 있습니다만."

"그렇게 약삭빠른 여자가 아니야."

"그렇다면 제6황녀는 어디에……?"

잠시 간격을 두고 사자가 입을 열었다.

"……바움 소국이겠지. 힘멜 산을 넘었을지도 모르겠군."

"그럼 저희도 바움 소국으로……?"

"아니, 이 이상 요란하게 움직이면 역시 들킬 거야. 군단은 해산해라."

"존명."

고개를 숙이는 병사에게서 시선을 돌린 사자는 사냥감을 몰아넣는 호랑이 같은 눈을 후드 밑에서 빛내며 그라우잠 산맥을 바라보았다.

***** ***** *****

글린다 변경백령의 중심 도시 링크스는 초원과 사막이 함께 있는 특이한 도시다.

북구의 초원 지대에는 상급 시민, 남구의 사막지대에는 하급 시민이 살고 있었다.

그 북구에 영주 루젠 키오르크 폰 글린다 변경백의 저택이 있었다.

벽은 흰색을 기조로 했고 그 중앙에는 팔각 옥탑이 있으며, 지붕은 사방으로 경사진 모양이었다.

도시를 내려다보는 고지대에 지어진 2층짜리 목조 저택은 명문 귀족의 이름에 부끄럽지 않을 품격을 지니고 있었다. 그런 저택을 에워싼 높은 담, 그 중앙에 자리한 철문 앞에서 한 남자가 쓰러졌다.

문 앞에서 경비를 서던 파수병이 황급히 달려갔다.

"이, 이봐. 무슨 일이야?"

"상처가 지독해."

남자를 똑바로 누인 병사들의 얼굴이 새파래졌다.

온몸이 상처투성이에 대량의 피가 들러붙어 있었다. 피가 말라 있긴 했지만 오래된 것은 아니었다.

병사들은 잘도 살아 있다며 감탄했다.

그때 갑자기 남자가 병사를 덥석 붙잡았다.

"다, 당장 글린다 변경백에게 말을 전해 줘."

"……어, 어이! 무슨 일이 있었는지 모르겠지만 이거 놔!"

"부상자이니 얌전히 있어!"

하지만 병사를 붙잡은 단련된 팔에는 예사롭지 않은 힘이 담겨 있었다.

두 병사가 합세하여 떼어 내려고 해도 남자는 필사적으로 달라붙었다.

"부, 부탁이다! 나는 디오스 폰 미하엘……. 세리아 에스트레야 님을 섬기고 있다…… 제발 말을 전해 줘."

"아, 알겠으니까 놔! 바로 전할게!"

"부탁해…… 시간이 없어……."

두 병사는 서로 얼굴을 마주 보며 난처한 표정을 지었다.

진위를 확인하고 있을 여유는 없었다. 하지만 거짓말이라면 엄청난 일이 되고, 사실이라면 무슨 벌을 받을지 알 수 없었다.

자신들에게는 버거운 일이라고 판단한 후, 디오스에게 붙잡혀 있는 병사가 소리쳤다.

"어이! 수비대장님께 알려 줘!"

디오스를 떼어 내려던 병사가 고개를 끄덕이고 저택으로 달려갔다.

이상을 감지한 저택의 수비대장이 곧바로 문밖으로 나왔다.

그는 디오스에게 다가가 부드럽게 그 어깨를 두드렸다.

"글린다 님께서 만나 주시겠다고 한다. 그러니 그 녀석을 놔 주지 않겠나?"

잠시 서로를 노려보는 형태가 이어지다가, 디오스는 병사를 놓고 그 자리에 주저앉았다.

"부탁이야……. 엘리자베스 전하께서 위험해."

"그래, 알고 있어. 그전에 우선은 치료를 받도록 해."

디오스 공을 의무실로—. 수비대장이 마지막으로 덧붙였다.

디오스는 병사 둘에게 반쯤 업힌 상태로 부축 받으며 저택에 있는 의무실로 안내되었다.

안에서 기다리고 있던 한 남성이 디오스를 보자마자 입을 열었다.

"일단 인사를 하고 싶지만— 상황을 듣기로 할까."

글린다 변경백이었다. 리즈에게 들었던 대로 자상한 얼굴이었다.

디오스는 침대에 내려져 의사의 치료를 받으면서 이야기를 시작했다.

"150명이 있었는데…… 살아남은 것은 저뿐입니다."

디오스의 말에는 분함이 담겨 있었다.

전장에서 이탈한 뒤, 다친 병사들이 차례차례 말 위에서 죽어 갔다.

게다가 더욱 불행하게도 도적의 습격까지 받았다. 피로가 축적된 인간이 얼마나 싸울 수 있겠는가. 사선을 벗어나 시야가 희미해졌을 때는 혼자 남아 있었다.

디오스의 설명을 들은 글린다 변경백은 비통함에 얼굴을 일그러뜨렸다.

"그런가. 고생 많았네. 지금은 느긋하게 쉬라고 하고 싶지만……."

글린다 변경백은 거기서 말을 멈추더니 고개를 좌우로 흔든 후 편지 한 장을 디오스에게 내밀었다.

"어제 도착한 거다."

디오스는 의아해하면서도 편지를 받아 들었다.

"이건……?!"

내용을 읽은 디오스는 매달리는 눈으로 글린다 변경백을 바라보았다.

"2천 명 정도의 대군인 것 같다. 하지만 안심하게. 조카를 배신하지는 않을 거야."

"하지만…… 이래서는……."

"『군신소녀』는 잘 알고 있다. 이곳이 변경이라고는 해도 자주 듣는 이름이야. 나 정도로는 발끝에도 미치지 못하겠지. 황제 폐하께 진정을 드리고 싶어도 친정 중이시고."

"그럼 공주님을 넘기실 겁니까?"

"말했잖나? 조카를 배신하는 짓은 하지 않아. 여동생이 남긴 아이니까."

"상대가 2천의 대군이라면 이쪽은 얼마나 모을 수 있습니까?"

"전시 중이라면 모를까, 이곳은 전쟁과 연이 없다고 해도 좋아. 글린다 변경백령의 상비군은 3천이지만 그렇다고 전부 모을 수 있는 것도 아니고, 시간이 있는 것도 아니야……. 1천이 될까 말까 한 정도겠지."

"그래서는 부족합니다……."

상대는 『군신소녀』였다. 수가 적다고 방심 따위 하지 않을 것이다.

온 힘을 다해 때려잡으려 할 터였다. 그것은 지금까지의 전력(戰歷)이 증명하고 있었다.

“황제 폐하께서 귀환하실 때까지 버텨 보겠다. 설령 상대가 『군신소녀』라 불리는 자일지라도 말이지.”

“황제 폐하께서는 언제 돌아오십니까?”

“닷새 전에 승전 보고가 도착했다. 지금쯤 제1황자와 함께 귀로에 오르셨을 터. 전령을 보냈지만 도착하는 건 닷새 후…… 빨라도 사흘일까. 그때까지는 지지 않는 전투를 할 수밖에 없겠지.”

“지지 않는 전투입니까…….”

“그래. 척후의 보고에 의하면 적군은 현재 제겐 마을을 남하하여 글로레 평원으로 향하고 있다는 모양이야.”

“결전은 글로레 평원에서 벌어진다는 거군요.”

디오스의 말에 글린다 변경백이 고개를 끄덕였다.

“적은 바움 소국의 국경을 노리고 있겠지. 하지만 그렇게 두진 않을 거야. 우선은 글로레 평원에서 발을 묶겠다.”

“그럼 저도 가겠습니다.”

“아니, 자네는 병사 200명을 이끌고 알트 성채에서 엘리자베스를 맞이해 줬으면 하네. 견고하다고는 할 수 없지만…… 지금은 농성이든 뭐든 해서 시간을 벌어야 해.”

알트 성채는 바움 소국과의 국경 부근에 구축된 성채지만 전쟁과는 연이 없기도 해서 상주하고 있는 병사는 100명도 채 되지 않았다. 게다가 설비도 낡았기에 성채 형태를 제대로 갖추지 못했다고 한다.

글린다 변경백은 평화에 너무 젖어 있었다. 하지만 디오스는 비난할 마음이 없었다. 평상시라면 그것이 보통이었고, 글린다 변경백은 사욕을 채운 것도 아니며 백성을 위해 그 자금을 사용했기 때문이다.

"면목 없군. 내가 좀 더 정신 바짝 차리고 있었다면 이런 사태가 되지는 않았을 거야."

"아뇨, 굴러 들어온 것은 접니다. 저야말로 죄송합니다."

성가신 불씨를 가져온 것은 다름 아닌 디오스 쪽이었다.

현재 위치를 지키고자 한다면 공주를 내놓으면 됐다.

그런데도 글린다 변경백은 싸워 주려 하고 있었다.

승산 없는 싸움에 힘을 빌려주는 것만으로도 고마웠다.

"미안하네……."

"공주님도 똑같이 말씀하실 겁니다. 그러니 고개를 들어 주십시오."

"그렇게 말해 주는 건가……고맙네."

머리를 들었나 싶었는데 다시 숙여 버렸다.

아무리 기다려도 고개를 들 기미가 없었기에 디오스는 화제를 바꾸기로 했다.

"앞으로 어쩌실 겁니까?"

"병사가 모이는 대로 출발할 생각이야."

"그럼 그 부분은 맡기겠습니다. 저는 공주님을 맞이하러 가야겠군요……."

"알트 성채에 전령을 보내 두겠네. 엘리자베스를 부탁하네."

"알겠습니다. 다음에 뵐 때는—."

디오스가 손을 내밀었다.

글린다 변경백이 미소 지으며 마주 잡았다.

"음. 엘리자베스와 함께 재회하지."

"예. 반드시."

그리하여 두 사람은 재회를 맹세하고 각자 해야 할 일을 이루기 위해 행동에 나섰다.

*

글로레 평원에서 8셀(24킬로미터) 떨어진 지점에 제3황군이 진을 치고 있었다.

막사 수백 개가 쳐져 있는 광경은 압권이라는 한마디로 정리되었다.

그 중앙— 검은색으로 물들인 막사 안에서 두 남녀가 책상을 사이에 두고 마주 보고 있었다.

남자는 고개를 기울였다가, 눈앞에서 책을 펼치는 소녀에게 얼굴을 돌렸다.

"천정안(우라노스) 말입니까?"

"응. 슈피츠 자작은 알고 있어?"

"그야 물론 알고 있습니다. 세계 3대 비안(秘眼) 중 하나로, 오래 살며 지혜가 뛰어난 이장족[알브](耳長族)에조차 소유자가 없고, 과거에도 현재에도 소지자는 제2대 황제뿐이죠."

거기서 슈피츠는 어떤 사실을 떠올리고 말을 이었다.

"아아, 그렇죠. 이장족이라고 하니 생각났는데 슈트벨 제1황자의 참모 중에도 이장족이 있었을 텐데요."

"응. 그 사람과는 몇 번인가 이야기를 나눌 기회가 있었어. 그때 천정안에 대해 들었어."

"그들은 장수해서 지식이 풍부하니 여러 가지로 알고 있었겠군요."

"아주 유익했어. 그가 말하길, 천정안은 천지인을 해석하고 전장을 조종할 수 있다고 해. 어이없을 만큼 반칙인 눈이라고 했어."

"그건 농담을 하신 거 아닐까요? 눈에 그 정도 힘이 있다고는 생각할 수 없습니다만……."

슈피츠는 믿기 어렵다며 어깨를 으쓱여 보였다. 그러나 곧장 표정을 고치게 되었다. 아우라의 뺨이 언짢다는 듯이 부풀었기 때문이다.

"실재한 건 확실해. 군신[마르스]이 그 증거지. 무엇보다 농담을 싫어하는 이장족이 한 말이야. 신빙성은 있어. 슈피츠 자작은 믿을 수 없어?"

뚱해진 아우라의 말을 부정하는 것은 무섭지만 그래도 믿을 수 없는 건 믿을 수 없었다. 그래서 슈피츠는 문제없을 정도로 말을 고르며 입을 열었다.

"쉽사리 믿을 수는 없습니다. 그래서는 전술, 전략 등이 무의미해지고 맙니다. 그리고 승리는 인간의 손으로 움켜잡는 것, 눈으로 인식하기만 해서야 아무것도 얻을 수 없습니다."

"그건 틀림없어. 하늘을 움켜잡는 것은 인간, 땅을 밟는 것은 인간, 인간을 다루는 것은 인간. 보기만 해서는 단순한 방관자나 다름없어. 그래도 나는 천정안이라는 것이 실재했기를 소망하고 싶어."

아우라는 그렇게 말하고 책상에 펼쳐진 지도로 시선을 떨어뜨렸다.

그녀를 따라 슈피츠도 눈길을 주었다. 지도상에는 말이 여러 개 늘어서 있었다.

아우라는 지형을 확인하듯이 천천히 시선을 움직이며 말했다.

"글린다 변경백이 모은 병력은 틀림없이 9백이야?"

"예, 제3황군의 척후는 우수하니까요. 틀림없습니다."

글린다 변경백의 영지 규모를 생각하면 3천 정도는 긁어모을 수 있을 테지만……. 오랫동안 싸움이란 것을 경험하지 않았기 때문인지 돌발적인 사태에 전달이 제대로 기능하지 않은 모양이었다. 방심은 금물이지만, 쉽게 이길 수 있는 싸움일 것이다. 이쪽은 제3황군이 자랑하는 2천의 정예 『황흑기사단(皇黑騎士團)』이니 말이다.

"글린다 변경백에게서 답장은 왔어?"

그렇게 묻는 아우라에게 슈피츠는 자세를 바로잡고 아까 도착한 서신을 내밀었다.

"예. 내용은 예상대로였습니다. 거절한다고 합니다."

슈피츠가 탄식하며 말했다. 아우라는 서신 내용을 확인하고 고개를 끄덕였다.

"당연해. 내일은 사자를 교환하여 원만하게 해결되도록 노력해야겠어."

"……예?"

무심코 멍청한 목소리가 나왔다. 잘못 들었다고 생각했다.

그러나 아우라의 얼굴을 보니 그렇지 않은 모양이었다.

"기, 기다려 주십시오. 그렇다면 왜 전략을 짜고 계신 겁니까?"

책상으로 상체를 내밀고 슈피츠가 물었다.

지금은 없지만 조금 전까지 많은 부대장과 참모들이 아우라의 작전을 듣고 있었다. 싸울 생각이 없다면 그것은 대체 뭐였을까. 애초에 무엇을 하러 여기까지 왔는지 알 수 없어졌다.

당황하는 슈피츠와는 대조적으로 아우라는 평온했고, 사랑스럽게 고개를 갸웃했다.

"어디까지나 목적은 대화. 하지만 글린다 변경백이 사자도 교환하지 않는 어리석은 자일 경우에는 싸울 수밖에 없어. 만약의 사태에 대비한 전략인데?"

"하지만 여기까지 온 이상 전투는 피할 수 없다고 생각합니다만……."

"아직 늦지 않았어. 제국인끼리 무의미한 싸움은 피해야만 해."

"그건 그렇습니다만……."

슈피츠는 더 이상 말을 이을 수 없게 되었다.

그러나 이것은 예상했던 일라고도 할 수 있었다. 경애하는 주인이 여기까지 와서 전투를 꺼릴 것도 염두에 두고 있었다.

그래서 먼저 손을 써 두었다. 아우라의 명령이라고 속여서 몇몇 부대를 글린다 변경백령에 침투시켰고, 제6황녀를 잡아 오라고 지시했다.

주인이 모르는 곳에서 멋대로 움직이는 것은 내키지 않는 일이었지만 그 판단은 옳았을지도 모른다.

침묵이 자리 잡으려는 때, 진흙투성이가 된 전령이 막사 안으로 뛰어 들어왔다.

"급보! 리히타인 공국군, 약 1만5천 명이 국경으로 다가오고 있습니다!"

"뭐라고?!"

의자에서 어정쩡하게 일어난 슈피츠는 멍해졌다.

아우라는 지도상에서 움직이고 있던 말을 멈추고 전령에게 눈을 돌렸다.

"자세히 보고해 줘."

"아우라 님의 명령대로 국경 부근에서 세리아 에스트레야 전하를 기다리고 있던 부대가 리히타인 공국 측의 수상한 움직임을 포착하였고, 척후를 보내 조사하여 군세의 이동을 확인했습니다."

전령의 보고를 들은 아우라의 눈이 날카롭게 가늘어졌다.

한편 슈피츠는 심장이 멈추기 직전이었다. 독단으로 국경 부근에 보냈던 부대의 존재를 아우라에게 들키고 말았기 때문이다.

"……슈피츠 경."

내린 기억이 없는 명령을 아우라가 이상히 여기는 것도 무리는 아니었다. 노여움 섞인 시선이 슈피츠에게 꽂혔다. 하지만 지금은 그럴 때가 아니라는 듯이 아우라는 고개를 가로젓고 전령에게 시선을 옮겨 고했다.

"피곤하겠지만 한 가지 부탁을 들어줘."

"무엇이든지 말씀하십시오!"

활기 넘치는 대답에 아우라는 미소 지었다.

"글린다 변경백에게도 이 사실을 전해 줬으면 해. 가능하다면 협력하고 싶다고도. 당장 서신을 쓸게."

종이와 펜은 책상 위에 준비되어 있었다. 아우라가 펜촉에 잉크를 묻히고 글자를 술술 적어 갔다. 막사 안에는 펜촉이 스치는 소리가 한동안 계속됐다.

정신을 바로잡은 슈피츠가 사죄해야 하나 망설이고 있는 동안 서신 작성을 끝낸 아우라의 분노에 찬 눈동자가 그에게 향했다.

"화내고 싶지만 지금은 불문에 부치겠어."

"……예?"

"슈피츠 경이 부대를 국경에 잠복시키지 않았다면 아마 리히타인 공국의 움직임을 알 수 없었을 거야. 그러니까 불문으로 끝내겠어."

"정말이십니까?!"

슈피츠가 기쁜 나머지 의자에서 벌떡 일어났다.

전령에게 서신을 넘긴 아우라가 슈피츠를 힐끗 보았다.

"하지만 벌을 주지 않으면 기강이 서지 않아. 그러니까 앞으로 공로를 세워서 보답하도록 해."

그렇게 매듭짓고 아우라는 책상 위에 놓아두었던 책을 집더니 조용히 읽기 시작했다.

뜨거운 눈길로 주인을 바라보던 슈피츠가 의자에서 지면으로 이동하여 한쪽 무릎을 꿇었다.

"반드시— 반드시 이 은혜에 보답하겠습니다!"

슈피츠는 감동한 나머지 목소리를 떨며 맹세했다.

# 제3장 각성

"언제 깨어날까……."

리즈가 걱정이 가득한 얼굴로 눈길을 준 침대에는 히로가 조용히 잠들어 있었다. 정확히는 정신을 잃은 뒤로 한 번도 깨어나지 않고 있었다.

의사에게도 진찰을 받았지만 무엇이 원인인지 알 수 없다고 했다.

"확실하지는 않지만 괜찮겠지요. 머지않아 반드시 깨어날 겁니다."

트리스는 신음처럼 말하고, 턱수염을 쓰다듬으면서 리즈에게 눈을 돌렸다.

"공주님도 쉬시지요. 애송이가 깨어났을 때, 공주님께서 쓰러지시면 의미가 없으니까요."

"……그러네."

리즈는 작게 고개를 끄덕이고 창밖으로 시선을 던졌다.

끝없는 밤하늘이 눈 아래 도시에 별빛을 뿌리며 지상을 밝게 비추고 있었다.

이곳 나투어는 바움 소국의 유일한 도시다.

완만한 분지에 펼쳐진 도시의 중앙부에는 흰 상자 모양의 신전이 위엄을 떨치고 있다.

《정령왕묘(프리덴)》라고도 불리는 그곳에서 제6황녀 일행은 신세지고 있었다.

"그럼 내일 아침에 또 깨우러 올게."

리즈는 눈을 뜨지 않는 히로의 뺨을 한번 쓸어내린 뒤 방을 나갔다.

문이 닫히자 밤공기와 함께 정적이 방에 가득 차려다가—실패했다.

침대에 누워 잠든 히로의 입에서 신음이 흘러나온 것이다. 그 얼굴은 괴로움에 일그러져 있었다.

그는 꿈을 꾸고 있었다.

시작은 갑작스러웠다.

어디를 둘러봐도 시체로 가득한 전장에 내던져졌다.

1만 군세끼리의 충돌, 원한이 만들어 내는 수많은 시체.

피는 대지를 붉게 물들였고, 하늘은 그를 슬퍼하듯 작은 빗방울을 떨어뜨렸다.

소년은 난전이 된 중앙에 있었다. 검은 옷이 바람에 나부꼈다. 동시에 팔이 움직였다.

백은빛 검이 공간을 가르며 벌레를 쫓는 것처럼 가볍게 한 번 휘둘렀다.

그 동작만으로 병사 다섯의 목이 날아갔다.

소년의 흥미는 다른 곳으로 넘어가 대지를 박차며 달리기 시작했다.

—목표는 대장의 목.

전쟁을 끝내기에는 가장 효과적이며 또한 확실한 승리를 가져오는 것이었다.

하지만 상대도 간단히 보내 줄 수는 없었다. 잘 단련된 1천 명의 정예가 앞을 막아섰다.

전선은 견고한 벽처럼 빈틈없이 메워져 있어서 일반인이었다면 대장의 목은 한없이 멀게 느껴졌을 것이다.

그러나 소년은 누구와도 부딪치지 않고 적병들의 목을 베며 질주했다.

어느 길이든 종착점은 있다. 길고 짧은 차이가 있을 뿐이다.

소년의 모습을 본 적의 총대장은 어떤 기분이었을까—.

"마, 말도 안 돼! 어떻게 여기까지 왔지?!"

"……."

피를 뒤집어쓴 소년의 얼굴을 보고 적장은 숨을 삼켰다.

한없이 깊은 칠흑빛 눈동자가 적장을 집어삼킬 듯이 붙잡고 있었다.

"……그 흑요석 같은 눈동자. 들은 적이 있다."

공포인지 아니면 긴장 탓인지, 적장은 굳은 목소리로 입을 열었다.

파죽지세로 전진하며 강대해지고 있는 망국의 병사 중에 천지인을 해석하는 남자가 있다고, 주변 나라들 사이에서 화제가 되고 있었다.

정령왕에게 받은 선물(레갈로).

"터무니없는 얘기라고 코웃음 쳤는데……. 그게 바로 『천정안』인가!"

적장이 한 발자국 앞으로 나왔다. 그 손에는 거대한 도끼가 들려 있었다.

"네놈을 여기서 죽이고 그 눈을 전리품으로 삼아 주마!"

적장이 우악스러운 손을 들자 적병들이 소년을 에워쌌다.

"혼자 오다니 훌륭한 근성이지만 멍청하기 짝이 없군."

상대는 단 한 명이니 방심하는 것도 당연했다.

"꼴사납게 괴로워하며 죽—?!"

털썩— 적장의 목이 진흙투성이가 되어 땅을 굴렀다.

포위하고 있던 적병들은 어안이 벙벙해졌다.

쌍흑의 소년 말고는 무슨 일이 벌어졌는지 아무도 파악하지 못했다.

소년은 땅을 가볍게 차며 춤추기 시작했다.

정신을 차린 적병들은 창끝을 번뜩였지만 소년의 눈앞을 통과하는 것으로 끝났다.

수많은 창이 찔러 들어왔지만 소년은 그것을 도약하여 피하고 적병들의 목을 베어 나갔다.

반짝이는 백은빛 검을 쓰다듬듯이 움직이면, 무르익은 열매가 나무에서 떨어지는 것처럼 적병들의 목이 잇따라 지면으로 낙하했다.

적병들에게 전율이 퍼졌다— 여기까지 눈 깜짝할 사이에 벌어진 일이었으니까.

이것은 명백하게 인간이 할 수 있는 일이 아니었다. 괴물이라고 해도 지장이 없을 것이다.

“하앗!”

대지를 적시는 빗방울을 튕겨 낸 백은빛 칼날이 갑옷째로 적의 상반신과 하반신을 분단했다.

저항하지도 못하고, 물웅덩이에 적병의 시체가 차례차례 쓰러져 갔다.

주위에서 피가 분수처럼 뿜어져 나왔다. 비와 뒤섞인 신선한 피의 끔찍한 냄새가 공기를 지배했다.

“처, 철—?!”

말할 시간조차 주지 않았다. 주변이 시체의 산으로 변하기까지 그다지 시간은 걸리지 않았다.

지휘관을 잃은 적은 완전히 붕괴했다. 날벌레를 짓뭉개는 것처럼 소년의 아군이 적군을 유린해 갔다. 달아나는 적군과 그것을 쫓는 아군의 함성이 평원에 울려 퍼졌다.

아비규환이 된 전장에서 벗어난 소년은 본진에 도착했다.

마르스
“군신!”

누군가가 처음 그 단어를 꺼내자 병사들의 입에서 잇따라 이명이 터져 나왔다.

이윽고 그것은 공기를 뒤흔드는 환성이 되었다.

“““““군신! 군신! 군신! 군신!”””””

병사 수천 명의 외침이었다. 그 소리는 골수까지 울렸다.

대지가 흔들리는 것 같은 착각, 소년이 한 걸음 나아갈 때마다 병사로 이루어진 바다가 갈라졌다.

사람들은 그것을 왕의 길이라고 불렀다.

양옆으로 장사진이 생겼으나 소년은 주눅 들지 않고 그 중앙을 걸어갔다.

“““““군신! 군신! 군신! 군신!”””””

그런 소년 앞에 한 청년이 나타났다.

청년이 한 손을 올렸다. 주변은 물을 뿌린 듯이 조용해졌다.

살며시 발을 내디딘 그는 소년에게 걸어갔지만 그 반듯한 얼굴에는 분노가 드러나 있었다.

“정말이지, 짐의 군사(軍師)가 전선(前線)에 나서다니 이게 무슨 일인가…….”

“이 이상의 교착은 허락되지 않아. 우리는 전선(戰線)을 너무 넓혔어. 여기가 정리되면 서쪽으로 가야, 읏?!”

반론하는 소년의 머리가 쿡 찔렸다.

청년의 입꼬리가 씩 올라가 장난스러운 표정을 짓고 있었다.

“다음부터는 짐에게도 말하라. 함께 전선에서 날뛰자꾸나.”

“그런 짓을 하면 지휘 계통이 흐트러져. 너는 본진에서 느긋하게 있으면 돼.”

“그래서는 재미없지 않나. 뭐, 끝난 일을 논해 봤자 소용없지. 여하튼—.”

청년은 소년의 양어깨를 두드렸다.

“슈바르츠…… 무사히 잘 돌아왔다. 네가 전장에 나갔다고 해서 수명이 100년은 줄었어. 적장을 벴다는 소식을 들은 덕분에 수명이 100년은 늘어났지만 말이야."

"알티우스는 너무 야단스러워— 맞다, 대장의 목을 가져왔는데 어쩔래?"

슈바르츠가 엄지로 뒤를 가리키자 그곳에 흰 상자를 든 보병이 서 있었다.

"시체만 봐도 토했던 녀석이 목을 가져오다니, 익숙해진다는 건 무서운 일이군."

"하하…… 아직 익숙하진 않아. 사람을 죽이는 것도, 사람이 죽는 것도…… 하지만 그런 걸 신경 쓰고 있으면 입장이 뒤바뀌니까."

"그 말대로다."

슈바르츠의 대답을 듣고 만족스럽게 고개를 끄덕인 알티우스는 흰 상자를 든 병사에게 말했다.

"진위 확인은 필요 없다. 조국으로 정중히 보내 주도록. 적이라고는 해도 죽은 이에 대한 예의를 잊으면 단순한 짐승과 다를 바 없어."

"예!"

알티우스는 머리를 숙이는 병사에게서 시선을 돌리고 슈바르츠의 목에 팔을 둘렀다.

"자, 축배를 들자. 우리 형제의 승리를 정령왕에게 보고해야지."

"나는 아직 미성년자니까 못 마셔."

"안심해! 포도를 짜 왔다!"

"……용의주도하네."

소년은 쓰게 웃었다— 언제까지나 변하지 않는 너에게…….

'아아…… 이건 꿈이야. 네가 있을 리 없으니까.'

그립고 먼 기억을 상기시키는 꿈. 그것은 만날 수 없는 자와 해후하는 기적의 순간이기도 했다.

퇴색되지 않는 찬란한 추억. 그러나 꿈은 언젠가 깨는 것이다.

"히로…… 아직도 안 일어나는 거야?"

당장에라도 울 것 같은 목소리가 들려서 히로는 무거운 눈꺼풀을 억지로 들어 올렸다.

곧장 시야에 들어온 것은 붉은 머리의 아름다운 소녀였다.

"……리즈?"

히로가 작게 중얼거리며 상반신을 일으키자 리즈는 환희로 눈을 크게 뜨고서 안겨들었다.

"다행이다! 이제 깨어나지 않는 건가 싶었어! 정말로 다행이야!"

히로는 멍하니 그녀의 말을 들으며 주변을 둘러보았다.

오랫동안 사용되지 않은 정체된 공기가 방에 가득했다.

그러나 청소가 안 되어 있는 것은 아니었다. 창문 근처에 있는 고풍스러운 책상은 깨끗하게 정돈되어 있었다. 그 근처 책장을 보니 책이 오래되어 변색되긴 했지만 먼지 하나 없었다.

창가에는 깃발 두 개가 세워져 있었다.

하나는 하얀 바탕에 천칭 문장이 들어간 깃발. 다른 하나는 검은 바탕에 백은빛 검을 움켜쥔 용의 문장이 들어간 깃발이었다.
히로가 자고 있던 곳은 입구와 가까운 벽 쪽에 놓인 침대였다.
이곳은 어디인가…… 히로가 묻기 전에 리즈가 입을 열었다.
"어디 아픈 덴 없어?"
"으, 응. 아마도…… 그건 그렇고 여긴 어디야?"
"그러네, 히로가 정신을 잃은 뒤 곧장 하산해서……."
리즈 일행은 히로를 간호하기 위해 근처 마을에 들렀다고 한다.
하지만 바움 소국이 알아차려서 소대 규모의 기사단에게 포위되고 말았다.
그러나 리즈 일행을 잡으러 온 것은 아니었던 모양이다.
『여기서는 여러 가지로 불편하실 겁니다. 괜찮으시다면 《정령왕묘》로 오시지 않겠습니까? 무녀공주님께서 바라고 계십니다.』
바움 소국은 왕이 없고, 그 대신 무녀공주라고 불리는 자가 대표자를 맡고 있었다.
『부디 승낙해 주셨으면 합니다.』
기사단장이 그렇게 말했기에 리즈는 부상자도 생각하여 흔쾌히 허락했다고 한다.
그런 연유로—.
"아침밥 먹으러 가자! 배고프지?"
설명을 끝낸 리즈가 히로의 팔을 잡아당겼다.
히로는 쓰게 웃으며 고개를 끄덕였다.

"그러네. 먹으러 갈까— 읏?!"

일어나면서 휘청거린 몸을 리즈가 부축해 주었다.

"괘, 괜찮아?"

"응…… 괜찮아. 깨자마자 갑자기 일어나면 안 되는구나."

"힘들면 말해. 제대로 의사 선생님한테 진찰받아야 하니까."

리즈가 그렇게 말하면서 방문을 열었다.

"꺄아?!"

"우왓?!"

두 사람이 깜짝 놀라 뒷걸음질 쳤다. 눈앞에 여성이 엎드려 있었기 때문이다.

"안녕하십니까. 평안히 주무셨는지요?"

함초롬한 이슬 느낌을 주는 매끈한 피부가 햇살을 받아 빛나자, 유례를 찾아보기 힘든 미모 속에 숨은 색향이 그녀의 매력을 한껏 부각했다.

한껏 풍기는 치유의 향기가 미모와 어우러져서 의지와는 상관없이 마음이 이끌리고 말았다.

그녀는 하얀 기모노에 검은 하카마[#1]를 착용하고 있었다.

"저는 무녀공주. 바움 소국의 대표자입니다."

그녀가 머리를 숙이니 창궁을 연상시키는 머리카락이 바닥에 펼쳐지면서 인간치고는 이상하게 길고 뾰족한 귀가 드러났다.

---

#1 하카마(袴) 일본 전통 의상. 품이 넓은 하의.

히로는 그 귀를 빤히 보았다.

"제 귀가 신경 쓰이십니까?"

"아, 그게…… 보기 드문 형태길래……."

"후후, 그러네요. 인족(휴먼) 분에게는 희한하게 보이시겠지요."

그녀는 언짢아하지 않고 웃으며 자신의 귀를 만졌다.

옆에 서 있던 리즈가 팔꿈치로 옆구리를 찔렀다.

히로가 고개를 돌리자 리즈는 귓가에 입을 가까이 가져다 댔다.

"그녀는 이장족(알브)이야. 특징은 수명이 길다는 거지만, 부럽게도 이장족은 모두 외모가 수려하단 말이지~."

"그, 그렇구나. 확실히 인간을 벗어난 얼굴이긴 한데……."

너도 만만치 않아. 그런 재치 있는 대사를 히로가 말할 수 있을 리 없었다.

무녀공주는 속닥속닥 이야기하는 두 사람을 내내 웃으며 바라보고 있었다.

"그리고 머리도 굉장히 좋아. 첫째 오라버니의 참모 중에도 이장족이 있는데, 이게 또—."

"공주님! 이런 곳에서 뭐 하시는— 아, 또 네놈이냐! 애송이!"

"엇, 엇, 저는 아무 짓도 하지 않았어요?!"

곰 같은 거한, 트리스가 분노한 형상으로 다가왔지만 그 기세는 도중에 속도를 잃었다.

히로 앞을 무녀공주가 가로막았기 때문이다.

"트리스 님. 정령왕묘에서는 조용히 해 주시길 바랍니다."
"으, 으음…… 죄송합니다."
트리스는 한쪽 무릎을 꿇고 고개를 숙였다.
"이해해 주셔서 감사합니다."
무녀공주는 다시 두 사람에게 시선을 주더니 몸을 옆으로 돌려서 길을 만들었다.
"아침 식사를 차려 뒀습니다. 거기서 느긋하게 말씀 나누시지요."
"아, 네. 부탁드립니다."
"배고팠는데. 고마워!"
무녀공주가 선도하고 두 사람이 뒤를 따르는 형태가 되었지만—.
"하, 한 번으로 끝나지 않고 두 번씩이나…… 애송이, 두고 보게."
트리스의 옆을 통과할 때 분명하게 그런 말을 들었다. 히로는 그를 무시하고 걸음을 빨리했다.
살기가 날아오는 기분이 들어서 마음을 딴 데로 돌리기 위해 무녀공주에게 말을 걸었다.
"어디로 가는 건가요?"
"남쪽 구획에 있는 식당입니다. 절 놓치지 않도록 잘 따라와 주십시오."
정령왕묘 내부는 크게 네 구획으로 나뉘어 있다.
중앙 구획은 정령왕을 모시고 있는 세례향(洗禮鄕)— 갓 태어난 아기나 정령왕묘를 처음 방문한 자가 초대받는 장소다.

동쪽 구획은 수습 무녀가 수행하는 곳으로 외부인은 출입 금지 구역이다.

서쪽 구획은 수습 무녀의 거주 구획으로 히로와 리즈가 묵은 곳이다.

남쪽 구획은 휴게소로, 트리스와 병사들은 여기서 하룻밤을 보냈다.

식당으로 향하는 도중, 무녀공주가 발을 멈추더니 히로에게 시선을 보냈다.

"분명…… 히로 님은 세례를 받지 않으셨지요."

"세례 말인가요?"

"어라, 히로는 안 받았어?"

이세계에 와서 세례를 받은 기억은 없다.

"예, 받은 적 없어요……."

"그럼 히로 님은 저와 함께 세례향으로 가 주시겠습니까?"

"어쩔 수 없네. 히로, 정령왕의 마음에 들고 와야 해."

"흥! 애송이 따위 저주나 받으라지."

무녀공주는 리즈에게 눈을 돌렸다.

"세리아 에스트레야 님은 먼저 아침을 드시지요. 식당까지 가는 길은 아십니까?"

"괜찮아. 몇 번 왔으니까 헤맬 일은 없어."

"그럼 저는 이대로 히로 님을 세례향으로 안내하겠습니다. 괜찮으시겠습니까?"

"응. 히로, 무서워할 건 전혀 없으니 안심하고 세례 받고 와."

리즈는 트리스를 데리고 통로 안쪽으로 사라졌다.

무녀공주는 그것을 확인한 후, 갑자기 히로의 손을 붙잡았다.

"그럼 이쪽으로 오시지요. 아아, 손을 잡은 건 혹시라도 길을 잃는 일이 없도록 하기 위해섭니다."

"그, 그런가요! 까, 깜짝 놀랐어요."

어른의 매력이 넘치는 미소와 함께 그런 말을 듣자 히로의 심장은 폭발할 것처럼 고동쳤다.

그 뒤로 한동안 하얀 벽에 둘러싸인 통로를 묵묵히 걸었다.

이제 돌아가는 길 따위 알 수 없을 만큼 이곳저곳을 꺾어서 똑같이 생긴 통로로 나왔다.

점차 앞이 어둑해졌고, 히로가 끌려온 곳은—.

"도착했습니다. 이곳이 세례향입니다."

"……이건?"

깜짝 놀라는 히로의 손을 놓고 무녀공주는 어딘가로 사라졌다.

하지만 히로는 알아차리지 못했다. 그 정도로 압도되어 있었다.

날카로운 날붙이로 잘린 것처럼 통로가 뚝 끊어지고 그 앞에 숲이 펼쳐져 있었다.

히로의 발은 무의식중에 앞으로 나아갔다.

얼음 같은 푸른 공기가 흐르며 서늘한 감촉이 피부를 어루만졌다.

새의 지저귐이 공기를 타고 퍼져 나갔다.

숲을 빠져나가자 탁 트인 곳이 나왔다. 히로의 눈앞에 샘이 있었다.

줄지어 늘어선 기둥들에 둘러싸여 눈부시게 빛나는 샘이었다. 건너편에는 거대한 동상이 두 개 있었다.

그 사이에 흰 구체가 성스러운 빛을 내뿜으며 떠 있었다.

물을 만지려고 허리를 낮춰 손을 뻗었을 때, 등 뒤의 풀숲이 바스락거렸다.

그 소리에 히로는 퍼뜩 정신을 차리고 뒤돌아보았다.

"오래 기다리셨습니다. 지금부터 세례를 시작하겠습니다."

눈처럼 새하얀 피부가 비칠 만큼 얇은 옷을 입은 무녀공주가 그곳에 서 있었다.

어렴풋이 보이는 가슴, 관능미 넘치는 그 언덕 아래의 잘록한 허리.

눈부시게 하얀 여체가 히로의 눈앞에 있었다.

전부 보였다. 차라리 안 입는 게 나을 것이다.

"왜 그러십니까?"

"저기…… 그러니까, 세례라는 게 뭔가요?"

"정령왕의 축복을 받는 겁니다."

"그건 혼자서는 안 되나요?"

"이번에는 특별하기에……."

"어, 어째서 특별할까요?"

고개를 숙여서 그녀를 바라보지 않으려 했지만 바스락바스락 풀을 밟는 소리가 들려왔다.

무녀공주가 거리를 좁히고 있었다.

"제 입으로는 말할 수 없습니다. 하지만 계기를 드릴 수는 있습니다."

무녀공주가 웅크린 것을 알 수 있었다. 싱그러운 허벅지가 눈에 들어왔기 때문이다. 어깨에 부드럽게 손이 놓이더니 천천히 움직여 히로의 뺨에 닿았다.

얼굴을 들라는 재촉에 저항할 수 없었다.

무녀공주와 코끝이 닿을 만한 거리에서 마주 보았다.

"……무사히 귀환하셔서 진심으로 기쁩니다."

파란 눈에서 한 줄기 눈물이 볼을 타고 흘러내렸고, 그녀의 촉촉한 입술이 부드럽게 어루만지듯 입가에 닿았다.

*

"트리스! 히로가 없었어!"

"진정하십시오. 명색이 제6황녀라는 분이 뛰어다니시면 되겠습니까."

"하, 하지만 세례향에 없었단 말이야! 미아가 된 걸지도……."

"무녀공주가 함께 있으니 그렇진 않을 겁니다."

"그럼 어디로 간 거야……. 분명 울고 있을 거야."

리즈가 다시 의자에 앉아 손으로 얼굴을 덮었다. 그 앞 테이블에는 빈 그릇이 늘어서 있었다. 발밑에는 서버러스가 만족스러운 얼굴로 자는 중이었다.

맞은편에 앉아 있는 사람은 트리스였다.

"열여섯 살이나 돼서 울 리가 없습니다. 어쩌면—."

그때, 어떤 인물이 눈에 들어와 트리스는 말을 끊었다.

"공주님, 돌아온 것 같습니다."

"어?"

돌아보니 입구에 히로의 모습이 있었다. 세례를 받은 탓인지 그 표정은 약간 피곤해 보였다.

"히로! 이쪽이야!"

손을 흔들어 부르니 이쪽으로 시선을 보내왔다.

"정말~! 늦어!"

느릿느릿 걷는 히로를 보다 못해 달려간 리즈는 그의 손을 잡아당겨 옆에 앉혔다.

"히로…… 어쩐지 지친 모습인데, 그렇게 세례가 힘들었어?"

"응, 정신적으로 아주 지쳤어."

"그래?"

"어딜 보면 좋을지 모르겠고, 여러 군데를 만지더라고."

"뭐, 오늘은 사람이 많아 보였으니까. 히로는 얼굴이 꽤 귀여우니 아저씨가 이상한 생각을 해도 어쩔 수 없으려나~?"

"응? 아저씨?"

"아저씨잖아?"

"뭐?"

"어?"

두 사람이 고개를 갸우뚱하고 있으니 그 사이로 그림자가 생겼다.

"—세리아 에스트레야 님. 아침 식사는 어떠셨습니까?"

돌아보니 무녀공주가 등 뒤에 서 있었다.

"아, 무척 맛있었어. 역시 정령왕묘의 식당이야."

"다행입니다. 오늘도 묵고 가십니까?"

"으음~ 매력적인 얘기지만 슬슬 출발해야 해."

"그건 아쉽군요. 여러모로 바쁘시겠지만 또 찾아와 주십시오."

"머지않아 다시 올게. 다친 부하를 데리러 와야 하고."

상처 입은 병사들을 데리고 갈 수는 없었다. 앞으로 무슨 일이 벌어질지 알 수 없기 때문이다. 전투가 발생하면 그들을 지키며 싸우기는 어려웠다.

그런 리즈의 생각을 헤아려 주었는지 무녀공주는 작게 고개를 끄덕였다.

"그렇군요. 그때는 히로 님도 꼭 와 주십시오. 또 이런저런 이야기를 할 수 있다면 좋겠습니다."

"아, 그게, 예. 또 오겠습니다……."

"히로? 얼굴이 새빨개. 감기라도 걸렸어?"

"아니, 괘, 괜찮아."

"후후, 그럼 저는 이만 실례하겠습니다."

"아, 여러 가지로 고마워. 이 은혜는 절대 잊지 않을게."

"곤란한 상황에 처한 분을 구하는 것은 정령왕을 섬기는 자의 의무입니다. 저라도 괜찮으시다면 언제든 의지해 주십시오."
"정말 고마워!"
"바깥에 말을 준비해 두었습니다. 자유롭게 이용해 주십시오."
그럼 이만, 하고 허리 숙여 인사하더니 무녀공주는 물러갔다.
그것을 지켜본 리즈는 다시 의자에 앉아 히로를 보았다.
"저기, 역시 얼굴이 빨간데?"
리즈에게 지적받은 히로가 눈에 띄게 당황했다.
"아니, 기, 기분 탓이야! 그보다 서둘러야지!"
"으, 응? 왜 그렇게 허둥대?"
팔을 잡아당기는 히로를 보고 리즈는 물음표를 띄웠다.
"됐으니까 얼른 가자!"
그런 두 사람의 모습을, 무녀공주가 그늘에서 줄곧 보고 있었다.
히로와 리즈의 등이 보이지 않게 되자 그녀는 다시 걷기 시작했다.
그 발은 정령왕묘의 북쪽 구획으로 향했다.
무녀공주만이 출입할 수 있는 영역— 세례궁.
그곳에는 눈부시게 빛나는 구체가 있었다. 무녀공주는 그것을 가만히 바라보았다.
언제나 미소 짓고 있다고 평판이 자자한 아름다운 아가씨지만, 지금은 그것이 사라진 표정이었다.
"지금 무슨 생각을 하고 계신 겁니까…… 영웅왕을 다시 불러들인 이유는 무엇입니까? 우리의 부신(父神), 정령왕이시여. 부디 대답해 주십시오."

세계의 끝에 있는 듯한 섬뜩한 정적이 내려앉았다.

"역시 대답해 주시지 않는 겁니까……."

깊게 탄식한 무녀공주는 구체를 사이에 끼고 세워져 있는 두 동상으로 눈을 돌렸다.

이 세계에 사는 자라면 누구나 알고 있는 그란츠 열두 대신 중 둘이었다.

하나는 검을 대지에 찌른 모습의 아름다운 청년 동상.

대제국을 건국한 사자심왕(獅子心王), 레온 벨트 알티우스 폰 그란츠.

다른 하나는 칼자루를 양손으로 움켜쥐고 하늘로 들어 올린 모습의 동상.

대제국을 쌓아 올린 영웅왕(英雄王), 헬트 레이 슈바르츠 폰 그란츠.

"……알티우스 폐하, 부디 슈바르츠 폐하를 지켜 주십시오."

*

나투어를 떠난 히로 일행은 바움 소국의 국경 부근에 접어들었다. 70명이 채 안 되는 수라고는 하지만 일제히 땅을 밟는 말발굽 소리는 사람의 마음을 불안하게 했다. 선두를 달리는 것은 물론 리즈였다. 능숙하게 말을 몰며 아름다운 붉은 머리카락를 뒤쪽으로 나부꼈다. 그녀의 허리에는 히로가 팔을 감고 달라붙어 있었다.

"이, 이제 국경이지?"

"그래, 맞아. 이대로 글린다 변경백령으로 들어갈 거야."

두 사람의 대화가 들렸는지 나란히 달리는 트리스가 얼굴을 굳혔다.

"선발대가 돌아오지 않았습니다. 저쪽 상황을 알 수 없습니다. 앞으로 1셀(3킬로미터)쯤 더 가서 말을 버리고 걷는 게 좋겠습니다."

"……역시 오라버니가 손을 뻗쳤을까?"

"아니라고는 단정 지을 수 없습니다. 신중해져도 손해는 없을 겁니다."

"알겠어……."

리즈는 고개를 끄덕이고 전방을 보았다.

바움 소국과 글린다 변경백령을 잇는 가도는 황야였다.

글린다 변경백령의 3분의 1은 물이 부족한 불모지인데 그 영향인지는 알 수 없지만 바움 소국의 국경 부근도 모래 먼지가 날리는 건조 지대였다.

모래로 쌓아 올린 작은 언덕. 벼랑에서 무너져 내린 사암. 나무도 풀도 없는 사막 같은 토지였다.

일행은 황야 입구에서 말을 버렸다.

"여기서부터는 신중하게 가자."

리즈가 병사들에게 눈길을 주고 황야를 걷기 시작했다.

이 상태라면, 앞으로 30분이면 글린다 변경백령에 들어갈 것이다.

눈에 띄지 않도록 절벽 그늘에 숨으며 리즈 일행은 신중한 발걸음으로 나아갔다.

“공주님. 선발대가 돌아오지 않습니다. 무슨 일이 있었다고 생각하는 게 좋을 겁니다.”

“그래…… 이대로 나아가면 위험할지도 모르겠어.”

트리스의 말에 동의한 리즈가 바위를 잡고 올라가기 시작했다. 국경의 모습이 보이는 장소까지 이동하는 것이다.

불안한 표정을 짓는 히로를 알아차리고 리즈는 웃으며 안심시켰다.

“괜찮아. 외숙부님의 영지인걸.”

그것은 자신에게도 들려주는 말 같았다.

국경의 모습이 엿보이는 절벽을 다 올라가자 트리스가 포복전진하여 벼랑 끝으로 다가갔다. 그리고 잠시 후, 리즈를 향해 신호를 보냈다.

돌아오지 않고 불렀다는 것은 뭔가 있다는 말이리라.

리즈는 의아한 얼굴로 트리스에게 접근하여 낭떠러지에서 지상을 내려다보았다.

“—?!”

무심코 목소리가 나올 뻔하여 리즈는 황급히 입을 막았다.

눈앞에 펼쳐진 광경은 절망뿐이었다. 자신의 눈을 믿을 수 없어서 리즈는 몇 번이고 눈을 비볐다. 그래도 잔혹한 풍경은 바뀌지 않았다. 리즈의 눈꼬리에 눈물이 맺혔다.

"무슨 짓을……."

글린다 변경백령 입구에 선발대 열 명이 무참한 시체가 되어 버려져 있었다.

고문을 받았는지 다들 신체의 일부가 모자랐다.

그 후방에는 갈색 피부를 지닌 3천 명의 병사가 있었다.

머리에는 밤색 천을 두르고, 팔이나 어깨를 드러낸 가죽 갑옷을 입은 모습이었다.

허리에 매단 것은 칼날 쪽으로 휜 곡도였고, 창과 타원형 방패를 땅에 꽂고 있었다.

갈색 바탕에 호랑이 문장이 들어간 깃발이 선두에서 황야에 휘몰아치는 바람을 받아 펄럭였다.

"리히타인 공국인 것 같군요."

트리스가 얼굴을 찡그리며 말했다.

사막의 굶주린 이리, 리히타인 공국— 국가의 성격은 잔학무도라는 한마디로 정리된다.

적대하는 나라의 백성은 노예가 되거나 죽는 수밖에 없다.

그래서 노예 제도가 여전히 남아 있는 나라 중 하나였다.

"굳이 말하지 않아도 알고 있어. 하지만 리히타인의 병사가 왜 여기 있는 거야!"

오랜 세월 동안 그란츠 대제국의 영향 아래에 있었고, 최근 수십 년간은 작은 충돌조차 일어나지 않았다.

그 이유는 노예 제도에 있었다.

그란츠 대제국은 노예 제도를 폐지했기에, 전쟁에서 포로로 삼았으나 몸값을 얻지 못한 적대 국가의 장교나 그 나라의 백성은 리히타인에 팔아 치웠다.

전선이 넓은 그란츠 대제국은 단골손님이었고, 무엇보다 너무 강대했기에 어리석게 침공하는 짓은 하지 않았다. 그렇게 생각되던 곳이었다.

"이곳에 군대를 전개했다는 건, 녀석들의 목적은 십중팔구 공주님이겠지요."

트리스는 적군에게 날카로운 시선을 날렸다.

"공주님이 이곳을 지난다는 사실을 어떻게 알고 있는지는 의문입니다만. 하여튼 바움 소국으로 돌아갑시다."

"안 돼. 무녀공주를 말려들게 할 수는 없어."

"녀석들이 바움 소국에 쳐들어올 거라고는 생각할 수 없습니다. 만약 쳐들어온다면 각국의 노여움을 사게 될 테니 말이지요."

"이건 명백한 영토 침해야. 그것도 그란츠 대제국을 상대로 말이지. 그런 녀석들이 정령왕묘를 파괴하는 걸 망설이겠어?"

"그건……."

말문이 막힌 트리스를 내버려 둔 채 리즈가 입을 열었다.

"여기선 무리해서라도 돌파해서 외숙부님과 합류해야 해."

"녀석들이 여기 있다는 건 베르크 요새를 돌파했다는 뜻입니다."

여기까지 오려면 베르크 요새와 알트 성채를 순서대로 통과해야만 했다.

적군이 여기까지 육박해 있는 것을 고려하면 함락당했을 가능성이 컸다.

"그리고 녀석들이 언제까지고 제국 영내에 머물 수 있는 건 아닙니다. 시간이 지나면 제4황군이 지원하러 올 겁니다."

"내가 모습을 나타내지 않으면 녀석들은 주변 마을을 습격할지도 몰라. 바움 소국에 쳐들어갈지도 모르고."

마을이 불타며 사람들이 유린당하는 미래를 상상하고서 주먹으로 땅을 내려친 리즈가 눈 아래 펼쳐진 적군을 노려보았다.

"나 때문에 아무 관계없는 백성들이 다치는 건 참을 수 없어."

"이길 수 있을 리가 없습니다. 만약 공주님께 무슨 일이 생기면—."

"어떤 상황이든 간에 백성을 위해 싸우는 게 황족의 역할이야."

"……양보하실 수 없는 겁니까."

"당연하지. 나는 그란츠 대제국의 제6황녀야."

"……하는 수 없군요. 그럼 함께 가겠습니다."

"믿음직스럽다니까."

대화를 끝내고 두 사람은 후방 바위 그늘에 숨어 있는 부하들과 합류했다.

리즈는 먼지를 터는 것도 잊고 제일 먼저 히로에게 다가갔다.

"지금부터 격렬한 싸움이 될 거야. 히로는 바움 소국으로 돌아가."

"뭐?"

"여기서부터는 히로에게 짐이 무거워지니까……. 함께 가지 않는 편이 안전해."

"아니, 함께 싸우겠어."

히로의 결의는 굳건한 것 같았다. 전쟁 따위 경험한 적 없을 텐데…….

실제로 시선을 내리니 그의 다리는 공포로 떨리고 있었다.

"안 돼. 히로는 왔던 길을 되돌아가서 도망쳐."

리즈가 모든 사사로운 정을 버리며 내쳤지만, 히로는 한순간 주춤하기는 했어도 물고 늘어졌다.

"기가스 때도 도움이 됐잖아? 이번에도—."

히로의 상냥함을 느끼고 리즈는 환희의 표정을 지었으나 그것은 곧 곤혹으로 바뀌었고 머지않아 결의로 변했다.

"……솔직히 말할게. 히로가 있으면 정신 사나워져. 그러니까 따라오지 말았으면 좋겠어."

쿵— 무거운 것에 얻어맞기라도 한 듯 히로의 몸이 비틀거렸다.

그래도 히로는 주먹을 움켜쥐고 버텼다. 하고 싶은 말이 잔뜩 있는데 아무것도 떠오르지 않아 필사적으로 할 말을 생각했다.

그런 히로가 사랑스러워서 리즈는 그의 뺨에 손을 댔다.

"괜찮아. 정말로 괜찮으니까…… 나중에 꼭 다시 만날 수 있으니까."

리즈는 일부러 다정하게 말하며 타일렀다.

"……여기까지 같이 와 줘서 고마워."

이 이상 이야기하면 분명 같이 있어 달라고 부탁하고 말 것이다.

리즈는 아쉬운 듯이 히로의 뺨을 쓰다듬고—.

"여기서 여행은 끝. 무척 즐거웠어."

이별을 입에 담았다.

*

"정말로 그렇게 헤어진 게 잘한 일일까요……."

트리스가 자상한 목소리로 물었다.

"그래, 힘든 싸움이 될 테니까. 히로까지 끌어들일 필요는 없어."

그 소년은 한없이 착해 빠졌다. 리즈가 말한다면 마지막까지 싸워 주었을 것이다.

그렇기에 살아 있길 원했다.

그 다정함은 이런 곳에서 사라져선 안 된다.

"온다!"

하늘로 떠오른 검은 덩어리를 보고 리즈가 외치자, 그것은 구름처럼 하늘을 물들여 갔다. 포물선을 그리며 힘차게 낙하하는 모습은 흡사 장대비 같았다.

"몸을 낮추고 방패를 들어!"

""오오!""

순간, 수천 개의 화살이 지상으로 떨어졌다.

쿠구구궁— 얼음덩어리가 대량으로 쏟아지는 듯한 굉음이 전장을 지배했다.

소리가 가셨을 때는 중장보병의 방패에 수많은 화살이 꽂혀 있었다.

"벽을 만들어!"

리즈가 지시를 날렸다.

성인 여섯 명이 나란히 지나갈 만한 폭으로 중장보병대가 방패를 땅에 박아 전방에서 돌격해 오는 적에 대비했다.

리즈가 전장으로 고른 곳은 좌우에 절벽이 있는 협곡이었다.

—수적 불리를 지형적 이점으로 뒤집는다.

아무리 3천 명의 병사라도 협곡을 때려 부수고 전진할 수는 없었다.

그래서 자연스럽게 소수끼리 싸우게 되었다. 리즈는 다가오는 적에게 창을 투척했다.

『으악?!』

훌륭히 명중시키기는 했지만 그 시체를 넘어 새로운 적이 밀려들었다.

"궁병대! 쏴!"

즉각 염제(레바테인)를 세로로 휘두르니 후방에서 수많은 화살이 머리 위를 통과해 갔다. 근거리에서 발사된 화살은 모조리 명중했다.

적의 전열이 송장이 되어 후열 적병들의 진행을 방해했다.

그러나 적병들은 그들을 짓밟으며 기세를 잃지 않고 돌진해 왔다.

『우오오오오오오!』

공기를 진동시키는 우렁찬 외침이 고막을 뒤흔들었다.

"공주님! 뒤쪽으로!"

중장보병들이 팔에 힘을 주고 이를 악물었다.

바람의 방향이 바뀌어 모래 먼지가 중장보병들을 뒤덮었다.

그 순간 쿵— 충돌음이 울림과 동시에 금속끼리 맞부딪치는 소리가 들렸다.

"하앗!"

리즈는 모래 먼지를 풍압으로 밀어내며 염제를 내질렀다.

그 반응을 느낀 리즈가 그대로 옆으로 휘둘렀다.

리즈는 적의 기척을 감지하며 지체 없이 공격을 펼쳐 나갔다.

돌풍이 벽 사이를 빠져나가 시야가 트였을 때, 리즈의 주위는 시체로 가득했다.

거기서 조금 떨어진 곳에 창으로 적을 휩쓰는 트리스가 있었다.

"공주님! 너무 앞으로 나가셨습니다! 돌아오십시오!"

"아직이야! 가능한 한 여기서 적을 정리하겠어!"

적이 서로를 밀치며 좁은 통로를 지나 리즈에게 다다랐다.

『으라아아아아아!』

"그런 공격이 맞을 리 없잖아!"

『어억?!』

리즈는 덤벼드는 적병을 단칼에 베어냈다.

『크르아아아아!』

『으아아아악?!』

서버러스가 튀어나와 적병의 목을 이빨로 도려냈다. 늑대는 잇따라 적병에게 달려들어 목숨을 사냥해 갔다. 서버러스의 흰 털이 순식간에 빨갛게 물들었다.

리즈는 오른발을 축으로 삼아 왼쪽으로 염제를 내리쳤다.

"훗!"

배후로 돌아들려던 적의 한쪽 팔이 떨어졌다.

『아아아아아아아아악?!』

절규하는 그를 무시하고, 시야 끄트머리에 잡힌 적을 푹 찔러 절명시켰다.

기세를 이용해 몸을 비틀어 그 왼쪽에 있던 적의 목을 떨어뜨렸다.

『아윽?!』

마지막으로 한쪽 팔을 잃은 적의 목을 벴다.

"살짝 시간을 벌도록 할게."

붉은 칼날에서 불덩어리가 나오더니 주변을 끌어들여 폭발했다.

『으아악?!』

『무, 물러나!』

장사진을 이루어 협곡을 돌진하던 기세를 간단히 멈출 수 있을 리 없었다.

적 대다수가 단말마의 비명을 지르며 불에 타 죽어서 전장에 탄내가 감돌았다.

리즈는 그대로 내달려 아군과의 사이에 있는 분단된 적을 베어 나갔다.

트리스와 합류했을 때는 시체로 길이 만들어져 있었다.

"공주님! 다치신 곳은 없습니까?!"

"괜찮아. 그보다 적은 아직도 많이 남았어. 다음 공격에 대비하자."

살짝 여유가 생기자 리즈는 히로를 생각하고 말았다.

너무한 이별이 되어 버렸다. 상처받은 히로의 얼굴을 떠올리니 후회가 되었다.

만약 재회하게 된다면 성심성의껏 머리 숙여 용서를 빌자.

그렇게 마음을 먹었지만, 싸움도 끝나지 않았는데 사색해 봤자 의미는 없었다.

'싸움은 이제 막 시작됐을 뿐인데 말이지…….'

리즈는 쓰게 웃고서 서버러스의 머리를 쓰다듬으며 제대로 살아남게 된다면 생각하자고 결의했다.

"적이 옵니다!"

"초장부터 기세를 꺾는 거야! 궁병대, 쏴! 중장보병대, 전진!"

궁병대의 엄호사격을 받아 맨 앞줄 중장보병이 빈틈없이 방패를 들면서 전진했다.

눈앞에 있는 적병들이 모두 경악했지만 멈추는 것은 허락되지 않았다.

멈추면 등 뒤에 있는 아군에게 짓밟히기 때문이다.

이내 양자가 격돌했고, 중장보병은 버텼으나 적군은 뒷사람까지 함께 날아갔다.

방패와 방패 사이에서 창끝이 튀어나와 쓰러진 적병의 숨통을 끊었다.

대열이 무너진 것을 본 중장보병이 벽을 열었다.

리즈와 트리스, 그리고 경장보병이 사이를 누비며 돌격하여 상처 입어 전의를 상실한 적을 처리해 갔다.

그사이 후방에서 대기하고 있던 두 번째 중장보병 대열이 합류했다.

"이대로 밀고 나가는 거야!"

최전선에서 지휘관이 싸운다. 이토록 사기가 고무되는 일은 없을 것이다.

실제로 병사들의 얼굴에 공포는 없었고, 있는 것은 그저 주인을 지키겠다는 의욕이었다.

수적으로 불리한 상황임에도 불구하고 공포보다 열의가 병사들을 분기시켰다.

적 입장에서 이렇게나 성가신 일은 없었다. 적병이 맥없이 죽어 갔다.

그러나 기세를 몰아붙일 때는 눈에 아무것도 안 보이게 되는 법이다.

"……거짓말이지?"

리즈가 상공을 올려다보며 중얼거렸다. 그 얼굴은 새파래져 있었다.

기세가 붙은 탓에 경장보병대는 주인을 두고 전진을 개시했다.

리즈의 이변을 감지한 트리스가 의아한 얼굴로 돌아보았다.

"공주님, 어디 다치시기라도?!"

"트리스! 위쪽이야!"

비명과도 닮은 불온을 내포한 외침이었다.

"어서 방패를! 서버러스! 이쪽으로 와!"

서버러스를 왼손으로 끌어안고 아군에게 오른팔을 흔들어 신호를 보냈지만 때는 이미 늦었다.

멍하니 하늘을 올려다보고 있는 경장보병들— 그들의 사고는 정지해 있었다.

잠시 후, 하늘을 가득 메운 화살촉 무리가 포물선을 그리며 날아왔다.

자신들의 아군조차 집어삼킨 적의 공격은 전장을 혼돈의 장으로 만들었다.

화살이 지면을 뒤덮었다. 군데군데 흩어져 있는 작은 바늘꽂이는 그것이 사람이었음을 간신히 알 수 있을 뿐, 적인지 아군인지 판별할 수 없을 정도였다.

한 사람도 움직이지 않는다는 것은, 경장보병대는 전멸했다고 봐도 좋으리라.

"공주님, 무사하십니까!"

트리스는 등에 화살 몇 발이 꽂혀 있었지만 움직임을 볼 때 치명상에는 이르지 않은 모양이었다. 전황이 뒤집히고, 현재 상황을 파악한 중장보병대는 맥없이 서 있었다.

활기를 불어넣고자 트리스가 크게 입을 벌렸다.

"중장보병대는 즉각 대열을 바로 갖추게! 입구를 굳혀서 적의 진격을 막아!"

"예!"

트리스는 지시를 날린 뒤, 상처의 통증도 잊고 리즈에게 달려갔다.

"살짝 방심했네……."

리즈는 고통에 얼굴을 일그러뜨리며 왼팔에 꽂힌 화살을 오른손으로 뽑아서 버렸다.

흘러나오는 피를 서버러스가 걱정스럽게 바라보았기에 리즈는 머리를 쓰다듬으며 안심시켰다. 그 옆을 중장보병이 지나가 곧장 전선에 철벽을 만들었다.

"당장 치료해야……."

"묶어 두면 돼. 그보다 피해 상황을……."

"그건 다른 이에게 맡기시고 지금은 치료를—."

"트리스 오백기장님!"

리즈를 꾸짖으려던 노병의 말을 한 중장보병이 막았다.

이와 같은 긴급 사태에 부르다니— 트리스는 분노한 형상으로 뒤돌았다.

"뭔가?!"

"적의 움직임에 변화가 있습니다!"

두루뭉술한 보고를 들은 트리스의 이마에 혈관이 불거졌다.

"제대로 보고할 수 없나!"

"하, 하오나…… 저걸 봐 주십시오!"

병사가 가리킨 곳에는 이해할 수 없는 광경이 펼쳐져 있었다.

2백 명쯤 되는 제국병들이 등 뒤로 팔이 묶인 채 일렬로 늘어서 있었다.

적군 가운데서 한 남자가 앞으로 나왔다.

『내 이름은 바일 나르메르 리히타인. 지금부터 재밌는 걸 보여 주지!』

"뭘 할 셈이지……."

남자는 허리춤에 꽂아둔 곡도를 뽑더니 제국병의 어깨에 발을 올리고 억지로 머리를 숙이도록 했다. 그리곤 곧바로 칼을 내려쳐 제국병의 목이 날아갔다.

남자는 피가 솟구치는 시체를 발로 차고서 입가에 미소를 띠고 리즈에게 시선을 날렸다.

『제6황녀여! 그대가 얌전히 항복한다면 처형은 그만두지. 저항을 계속하겠다면 여기 있는 제국병들의 목을 전부 잘라주겠다!』

"웃기는 짓을!"

트리스의 얼굴이 분노로 달아올랐다. 리즈는 당장에라도 울음을 터뜨릴 것 같은 얼굴로 묵묵히 귀를 기울이고 있었다.

『어느 쪽이든 상관없다. 결국 그대는 잡힐 테니 말이야. 그리고 노예가 되는 거다. 외로운 나날을 보내게 하진 않아! 매일 귀여워해 주고말고! 매일 말이지!』

그리고서 분류 작업이라도 하듯이 제국병들의 목을 담담히 잘라 갔다.

이쪽이 전의를 잃도록 본보기를 보이는 것이었다.

『자, 결단하라! 세리아 에스트레야 제6황녀여!』

피로 물든 검이 햇빛을 받아 반짝였다.

***** ***** *****

히로는 홀로 바위 위에 앉아 땅을 바라보고 있었다.

머릿속을 맴도는 것은 짐짝일 뿐이었던 자신의 한심함이었다.

자신은 이 이세계에 무엇을 위해 왔는가, 어째서 아무런 힘도 없는가.

그저 눈이 잘 보인다는 특기만으로는 그녀를 위해 싸울 수조차 없었다.

'나는 무엇을 위해…… 여기 온 걸까.'

바움 소국으로 도망치라고 했지만 도저히 움직일 생각은 들지 않았다.

멀리 떨어진 곳에 있는 그녀에게 마음이 기울어 있기 때문일까…….

그녀의 슬픈 미소가 뇌리에 떠올랐다. 함께 싸워 달라고 말해 주길 원했다.

설령 그것이 승산 없는 싸움일지라도, 이 세계에서 신세 진 은혜를 아직 다 갚지 못했다.

'하지만…… 전투가 벌어지면 나는 분명 다리가 풀리고 말 거야.'

그것뿐이라면 괜찮지만, 히로를 감싼 리즈가 다칠지도 모른다.

히로는 고개를 좌우로 흔들고 하늘을 올려다보았다. 강한 햇볕이 메마른 대지에 내리쬐고 있었다.

눅눅한 바람이 짜증을 불러일으켜서 뭐라 말할 수 없는 불쾌한 기분이 되었다.

'……앞으로 어쩔까.'

바위에서 내려와 아쉬운 마음에 뒤를 돌아보았다. 이 길 끝에 그녀가 있다.

지금쯤 전투가 시작됐을 것이다. 100명도 채 안 되는 수에게 3천이라는 수는 절망적이었다.

하지만 리즈는 강했다. 풋내기가 보기에도 그것은 확실했다.

히로는 부디 그녀가 무사히 글린다 변경백과 만날 수 있기를 정령왕에게 기도했다.

"……가자."

히로는 눈을 한 번 감았다 뜬 후, 미련을 버리고 빠른 걸음으로 그 자리를 떠나기로 했다.

그러나 곧장 멈춰 섰다.

'……뭐지? 사람?'

많은 발소리가 들리나 싶더니 바람에 목소리가 실려 왔다.

바위 그늘에 몸을 숨기자 낯익은 집단이 절벽 틈에서 나왔다.

『여기로 가면 돼?』

『그래, 이 주변은 바움 소국 쪽이야. 이대로 벽을 따라 남쪽으로 가면 제6황녀의 배후를 칠 수 있을 거야.』

『이 부근에 마을은 없어?』

『참아.』

『그 대단한 제국에 싸움을 걸었다고. 노예 세 명 정도는 붙잡아야 수지가 맞지.』

수는 파악할 수 없지만 그늘에서 수많은 병사가 우르르 튀어나왔다.

리히타인 공국의 병사였다. 모든 병사의 몸이 잘 단련되어 있었고, 갈색 피부를 부끄럼 없이 드러낸 채 제 집처럼 히로가 왔던 길을 나아갔다.

『제6황녀를 붙잡으면 그 뒤엔 주변 마을을 불태우는 일뿐이야. 즐거움으로 남겨 둬.』

『제6황녀라…… 역시 맛보면 혼나려나.』

『뭐, 틀림없이 목이 날아가겠지.』

『그 정도의 가치가 있다면 좋겠는데.』

으하하, 상스럽게 웃으면서 나아가는 무리에게 화가 난 히로는 무심코 바위 뒤에서 뛰쳐나갔다. 갑자기 나타난 소년의 모습을 보고 적병들이 순간 긴장했지만 이내 경계를 풀었다. 공포로 다리를 떨면서 나타난 소년이 뭐가 위험하겠는가.

『……미아인가?』

『뭐야, 남자냐. 여자라면 울려 줬을 텐데 말이야.』

저속한 말을 내뱉은 병사가 확연하게 낙담하여 어깨를 떨구었다.

그러나 이내 손을 턱에 대고서 빤히 히로를 바라보았다.

『하지만 낯짝이 꽤 반반하네. 그쪽 취미인 녀석들한테 팔리겠어. 잡을까?』

『아니, 방해될 뿐이야. 죽이고 간다.』

바움 소국에 보고되면 귀찮고 말이지. 그렇게 중얼거리며 병사가 곡도를 뽑았다.

하지만 저속한 병사가 팔을 뻗어 성실한 병사를 제지했다.

『잠깐, 잠깐. 내가 할게.』

『시간 잡아먹지 마.』

『예이예이. 그럼 내가 냉큼 해치울 테니까 잘 보라고. 아니면 내기할래?』

즉각 뒤쪽 병사들이 즐겁게 소리를 높였다.

『내기 따위 성립이 되겠냐.』

『어린애가 죽고 끝이지. 얼른 가자고.』

『너무 시간 끌지 마. 각하 손에 죽을지도 몰라.』

『알고 있어. 잠깐만 기다려.』

저속한 남자가 왼손으로 히로의 어깨를 붙잡았다. 오른손에 있던 창을 땅에 찌르고 대신 곡도를 뽑아서 히로의 목덜미에 바싹 들이댔다.

『무서워서 목소리도 안 나오냐? 안심해, 아프지도 않을 거야. 이딴 얇은 목, 싹둑 잘라 주지.』

저속한 남자가 오른팔을 옆으로 펼쳤다. 거리를 두고 단숨에 잘라 내려는 것이다.

히로의 몸은 공포로 잘게 떨리고 있었다.

어떤 비명이 들릴까 상상했는지 남자는 더욱 짙게 웃었지만—.

"……죄송합니다."

히로가 그렇게 중얼거렸다.

『이제 와 목숨을 구걸해 봤자 너무 늦었어.』

남자는 히로의 어깨를 두드리며 위로하고서 힘을 주어 팔을 치켜들려고 했다.

—하지만 팔이 움직이는 일은 없었다.

남자는 의아한 얼굴로 자신의 팔이 있던 자리를 보았다.

오른쪽 어깨 밑이 사라졌다는 것을 겨우 알아차린 모양이었다.

『아아?! 어, 어째서?! 팔이이이이이이이이!』

부숙— 뿜어져 나오는 피를 멈추려는 것인지 남아 있는 손으로 막았다.

그러나 손가락 틈으로 피가 흘러나오며 멈추지 않았다.

『아아아아아아아아아아악!!』

남자는 격통에 괴로워하며 땅을 굴렀다. 그것을 얼어붙은 눈으로 내려다보는 자가 있었다.

—히로였다.

손에는 남자의 어깨에서 잡아 뜯은 팔이 쥐어져 있었다.

그 접합부에서 방울져 떨어진 피가 지면에 스며들었다.

"……아아."

히로는 자신 안에서 분명하게 들었다.

"……그런가."

무언가 부서지는 섬뜩한 소리가 몸 안쪽에서 메아리치고 있었다.

이제 그것은 원래대로 돌아가지 않는다. 완전히 망가져 버렸을 것이다.

"나는……."

머리 구석구석이 맑아지는 감각이 기분 좋았다.

대지에 꽂힌 창을 뽑고―.

『망할 애새끼가아아아!』

다가오는 적의 가슴을 꿰뚫었다.

적이 쓰러지기 직전에 그 허리에서 검을 훔치고―.

『으랴아― 윽?!』

다음 적의 목을 쳤다.

몸 구석구석으로 힘이 퍼지는 것을 느꼈다.

『네놈은 뭐야! 포위허윽?!』

또 한 명의 적을 도륙하고 창을 빼앗아 옆으로 쓸었다.

적병 세 명의 목이 허공을 날았다. 소년을 억압하던 벽은 완전히 사라졌다.

머리가 맑아져 갔다. 몸이 가벼워져 갔다.

오감이 예민해져 갔다.

소년은— 예전의 자신으로 돌아왔음을 실감했다.
그것을 확인하듯 손을 두세 번 움켜쥐었다가 폈다.
"……."
심연의 눈동자에 감정 따위는 떠올라 있지 않았다. 그곳에는 무(無)가 있을 뿐이었다.

그저 어둡고.

그저 깊고.

그저 차갑게.

—살육의 막이 올랐다.

***** ***** *****

'어디서 잘못됐지? 뭘 잘못했지?'
남자의 머릿속에는 그 말만이 가득했다. 조금 전까지는 여유가 있었지만 지금 그런 것은 없었다. 뒤에서 쫓아오는 적으로부터 도망치는 것만으로도 벅찼다.
남자의 이름은 카렐리스, 올해로 서른네 살이 된다.
바일 나르메르 리히타인이 이끄는 리히타인 공국군의 참모 중 한 명이었다.

그는 원래 노예였지만 지식을 쌓아 자신의 능력을 키워서 해방됐다.

겨우 인생이 궤도에 오르기 시작했는데 성가신 것과 만나 버렸다.

그렇게나 많던 동료는 어디로 갔을까.

'500명이나 있었다고! 뭐가 어떻게 된 거야?!'

병사 500명이 단 한 명을 상대로 공격 한 번 제대로 못 하고 죽어 버렸다.

이것이 꿈이 아니라면 그런 일이 가능한 괴물은 정령 종류밖에 없었다.

문득 거기까지 생각이 이르자 남자는 발을 멈췄다.

'……혹시 정령 종류였나?'

바위 그늘에 숨어 호흡을 골랐다. 조금 진정되면 지휘관에게 보고하러 가야 할 것이다.

카렐리스는 주위를 경계하면서 숨죽여 머릿속을 정리하기로 했다.

'그래. 정령 종류가 아니라면 다그너가 그렇게 부자연스럽게 죽었을 리 없어.'

지금 다시 생각해도 몸서리가 쳐졌다.

진군하는데 소년이 앞에 나타났고, 제거하려던 다그너의 팔이 뜯겼다.

그 후로 말로 표현할 수 없는 살육이 시작됐다. 맞선 자는 전부 도륙당했고 도망친 자는 목이 잘렸다.

간단하게 사람을 죽이는 소년의 표정에는 감정이라는 것이 없었다.

소년의 얼굴을 떠올린 탓에 몸이 공포로 떨렸다.

'왜 이렇게 됐지……. 간단한 일이었을 텐데. 그저 제6황녀의 배후를 치기만 하면 됐는데!'

딱딱— 춥지도 않은데 몸이 떨리고 이가 부딪쳤다.

소리를 내서는 안 된다. 소년에게 들키고 만다. 카렐리스는 입을 막았다.

툭— 돌을 차는 소리가 났다. 카렐리스가 눈을 감으니 눅눅한 바람이 뺨을 어루만지고 갔다. 과도한 공포에 머리가 돌아버릴 것 같았다.

'죽기 싫어. 죽기 싫어. 죽기 싫어. 죽기 싫어!'

하지만— 절망은 눈감아 주지 않았다.

"……네게 두 가지 선택지를 주지. 스스로 목숨을 끊던가, 내 손에 목숨이 끊기던가."

『히익, 요, 용서해 줘! 뭘 했는지는 모르겠지만 내가 잘못했어. 그러니 그냥 넘어가 줘!』

소년은 고개를 숙이는 카렐리스를 무기질적인 눈동자로 내려다보았다.

『부탁이야! 내가 뭘 했다는 거야?! 아무것도 안 했잖아! 동료도 잃었어. 이 이상 내게 어쩌라는— 억?!』

카렐리스는 목이 잡혀서 들어 올려졌다.

이 가느다란 팔 어디에 이런 힘이 있는 걸까. 카렐리스의 마음은 완전히 꺾여 버렸다.

『부탁이야, 아무 짓도 하지 않았어! 죽이지 말아 줘! 나는 아직 죽고 싶지 않아!』

“너는 **아직** 아무 짓도 하지 않았어. 하지만 놓아주면 무슨 짓을 할지도 몰라. 그것만으로도 죽어 마땅해. 너를 놓아줘서 누군가 불행해질지도 몰라. 나는 그걸 견딜 수 없어.”

『그, 그게 뭐야…… 그런 이유로 죽이는 거냐! 네놈이 신이라도 돼?!』

“아아…… 지금은 신일지도 모르겠네.”

『어윽— 푸헉?!』

번쩍이는 칼날이 가슴을 횡단하자 입이 혈액을 토해 냈다.

카렐리스는 의식이 멀어지는 가운데 어떤 옛날이야기를 떠올렸다.

늦게까지 자지 않는 아이에게 부모가 읽어 주는 흔한 이야기였다.

밤늦도록 깨어 있으면—.

—『끝없는 절망(데스퍼레이션)』이 너를 데리러 온단다.

***** ***** *****

남자는 탄탄한 상반신을 훤히 드러내고 하반신에는 금은으로 장식된 화려한 비단을 감고 있었다. 다른 병사들과 마찬가지로 갈색 피부였지만 축복받은 체구와 풍기는 분위기는 다른 이들과 확연히 달랐다.

바일 나르메르 리히타인.

공작가의 삼남으로 리히타인 공국군의 별동대를 이끄는 지휘관이다.

그의 시선은 절벽 사이에 숨은 붉은 머리 황녀에게 향해 있었다.

“꽤 고집이 세군. 더더욱 동하잖아.”

그의 등 뒤에는 제국병 200명이 무릎을 꿇고 늘어서 있었다.

바일은 몇 명의 목을 다짜고짜 베고서 말했다.

“좋아, 이제 됐겠지. 전부 죽여. 그리고 녀석을 데려와.”

제국병은 저항하지도 못한 채 가슴이 찔리고, 목이 베이고, 오체가 잘려나가 한 명도 남김없이 죽었다. 시체에서 흘러나온 피가 메마른 대지를 적셔 갔다.

그리고 바일 앞에, 뺨에 큰 상처가 있는 남자가 끌려왔다.

『디오스?!』

붉은 머리 소녀의 비명과도 닮은 목소리가 들렸다. 바일의 얼굴이 유쾌함에 일그러졌다.

“크윽, 하하하하! 아아……! 좋군! 멋진 목소리잖아. 겨우 울어 줬나!”

바일은 분함에 이를 악무는 디오스의 머리를 짓밟았다.

“저 허둥대는 모습을 보건대…… 네놈은 제6황녀의 측근이라도 되나 보군."

알트 성채를 공격했을 때, 다른 제국병들과는 차원이 다른 강함을 보인 남자였다.

축복받은 체구는 노예로 오래 쓸 수 있겠다 싶어서 산 채로 붙잡았는데, 보람이 있었다.

자신은 참으로 운이 따르는 모양이었다.

"덕분에 제6황녀를 잡을 수 있을 것 같아. 걱정할 것 없어. 네 앞에서 귀여워해 줄 테니 말이야!"

『커헉!』

디오스의 얼굴을 차올린 바일은 붉은 머리 소녀를 향해 소리쳤다.

"이 남자를 멀쩡히 돌려받고 싶다면 얌전히 항복하는 게 좋을 거야!"

제6황녀의 표정은 엿볼 수 없었지만 병사가 말리고 있는 것을 보면 흥분했음이 확실했다.

조금만 더 밀어붙이면 되려나……. 그렇게 생각한 바일은 디오스의 어깨로 검을 내리쳤다.

『윽?!』

잘려나간 팔이 하늘 높이 떠오르더니 빙글빙글 회전하며 땅에 떨어졌다.

『으윽!』

디오스는 이를 악물고 버텼다.

팔을 잃었다. 아픔에 의식이 날아가도 이상하지 않았다.

선혈이 세차게 뿜어져 나오자 바일은 부하를 향해 턱짓했다.

"지혈해."

"예!"

곧장 부하가 천을 꺼내 디오스의 어깨에 감았다.

떨어진 팔을 검으로 찌른 뒤, 크게 휘둘러 올려서 붉은 머리 소녀의 발밑으로 던졌다.

"제6황녀여. 빨리 치료하지 않으면 소중한 부하가 죽는다! 아하하! 하하하하하!"

자, 돌격하든 항복하든, 뭐든 좋으니 행동해.

바일의 머릿속에는 제6황녀가 울부짖는 모습이 떠올라 있었다.

그것을 상상하기만 해도 쾌락이 밀려들었다.

희롱하고, 범하고, 쓰레기처럼 다뤄 주겠다. 울부짖는 모습을 온 제국에 보여줄 것이다.

그 가까운 미래를 상상하니 바일은 웃음을 참을 수가 없었다.

하지만 그것도 오래 가지는 못했다.

『세리아 에스트레야 엘리자베스 폰 그란츠 전하!』

디오스가 외쳤기 때문이다.

"응?"

바일이 의아한 얼굴로 디오스를 내려다보았다.

『싸움을 이어가십시오! 설령 죽더라도, 제 혼은 그란츠 대제국과 함께, 당신과 함께 있습니다! 꿈을 이루십시오! 예전에 당신께서 말씀하셨던 장대한 꿈을 이루는 겁니다!』

“네놈, 무슨 말을 하는 거지?!”

『그 꿈이 이루어진다면 그란츠 열두 대신에게 제 혼을 바치겠습니다!』

“이 녀석의 입을 막아!”

『으윽!』

디오스의 얼굴을 발로 찼지만 그는 미동도 하지 않았다. 날카로운 안광에 바일은 순간 압도되어 뒷걸음질 쳤다. 디오스는 핏덩어리를 뱉고서 말을 이었다.

『당신께서 나아갈 길은 험하고, 여러 난관이 기다리고 있겠지요! 하지만 결코 멈춰 서지 마십시오! 수많은 시체를 넘어 도달하십시오! 패도(覇道)를 달려 나가는 겁니다!』

“쓸데없는 말 집어치워!”

『으악!!』

팔을 잃은 어깨를 차인 디오스가 땅에 엎어졌다.

분노한 채 그런 디오스를 내려다보고 있던 바일은 곧장 제6황녀에게 시선을 돌렸다.

그녀는 철벽 너머로 사라지고 있었다.

“기다려! 이 녀석이 어찌 돼도 좋은 건가?!”

황급히 디오스의 머리를 잡아채 얼굴을 들게 했다.

하지만 그녀의 등은 절벽 그늘로 숨어 보이지 않게 되었다.

『크윽, 거참 수고가 많네. 얼른 날 죽이도록 해. 영애는 네놈의 노예 따위 되지 않아.』

바일은 디오스의 얼굴을 땅에 내동댕이친 후 뒤꿈치로 몇 번이고 세게 짓밟았다.

신음도 내지 않는 디오스에게 짜증을 토해 내며 가차 없이 계속해서 뒤꿈치를 내리찍었다.

"흥! 네놈의 소중한 공주가 더럽혀지는 걸 저세상에서 조용히 지켜봐라."

바일은 꿈쩍도 하지 않게 된 디오스의 목을 베고 부하의 발밑에 던졌다.

"내걸어 둬. 녀석들한테 잘 보이게 말이야."

바일은 흥미를 잃었는지 눈길도 주지 않고, 피로 물든 검을 들어 크게 외쳤다.

"전군 돌격하라!"

***** ***** *****

"역으로 이쪽에서 쓸어 주지! 무슨 수를 써서든 공주님을 지켜라!"

트리스의 호령이 벼랑 사이를 가로질러 울려 퍼졌다.

중장보병들은 말없이 방패를 두드렸다. 궁병대는 지시가 없어도 화살을 쏴 적의 숨통을 끊어 갔다. 그 뒤쪽에 고개를 숙인 리즈가 있었다.

새빨갛게 부어오른 눈이 애처로웠다.

그렇게나 활력 넘쳤던 소녀의 모습은 남아 있지 않았다.

'……히로.'

리즈는 다정한 얼굴의 소년을 떠올렸다.

이 여행에서 그의 존재가 얼마나 든든했는지, 그는 분명 모를 것이다.

상황도 모르면서 따라와 준 정체불명의 소년.

약한 소리를 내뱉지도 않고, 마지막까지 어울려 주었던 마음 착한 소년.

함께 싸우겠다고 말해 주었을 때에는 너무 기쁜 나머지 끌어안을 뻔했다.

'……사과하고 싶었는데.'

이제 싸울 기력은 남아 있지 않았다. 이 이상 누군가가 죽어 가는 것은 견딜 수 없었다.

이 여행에 동행했던 사병은 셀 수 있을 정도의 수만이 살아남았다.

그들도 머지않아 전멸할 것이다.

'히로…… 나 지쳤어.'

리즈는 무릎을 끌어안고 그 사이에 얼굴을 묻어 세계를 차단했다.

이미 눈물도 메말라 버린 소녀는 잠에 빠지는 것처럼 눈을 감았다.

전장의 소란도 신경 쓰이지 않을 만큼 의식이 깊이 떨어져 갔다.

그래서 그녀는 알아차리지 못했다.

—전장의 변화를.

이글거리는 햇빛이 황야에 쏟아지며, 전장의 열기와 피가 뒤섞인 모래 먼지가 휘몰아치는 가운데, 짙은 어둠 한 덩어리가 빗방울처럼 지상에 내려앉았다.

하늘에서 내려온『그것』은 양군의 거리를 넓히는 데 성공했다.

모두가 싸움을 멈추고 의아한 얼굴로『그것』을 보았다.

옻처럼 검고 윤기 있는 머리카락이 바람을 받아 춤췄다. 눈동자는 차가운 이성을 품고서 맑은 검은빛을 내고 있었다. 어둠을 구현한 듯한 의복을 입은 소년은 그저 조용히 적을 바라보았다.

"……."

소년은 손에 든 백은빛 검을 가볍게 휘둘렀다.

부드러운 바람이 갈색 피부를 지닌 적들 사이를 빠져나갔다.

그 순간— 여러 병사들에게서 피가 솟구쳤다.

그것이 시야 전체를 가득 메우는 데 그다지 시간은 걸리지 않았다.

동료의 피를 뒤집어쓴 적병들은 한결같이 물음표를 띄우고 있었다.

쓰러지는 동료를 봐도 이해하지 못했다. 뇌가 사고를 정지한 것 같았다.

왜 자신에게 피가 쏟아지는지, 대체 무슨 일이 일어났는지, 전혀 알 수 없었다.

전장의 시간은 멈춰 있었지만 유일한 예외인 소년은 천천히 걷기 시작했다.

고개를 움직여 돌아보지도 않고 소년이 검을 옆으로 휘두르자 멍하니 보고 있던 적병의 목이 날아갔다.

소년이 몸을 비트니 번쩍이는 칼날이 적병 둘의 두개골을 갈라 버렸다. 피가 솟구치기 전에 한 걸음 나아가 한 명, 두 걸음 나아가 세 명을 벴다.

소년은 백은빛 검을 왼손으로 바꿔 잡고 땅에 떨어져 있던 창을 주웠다. 그것을 아무렇게나 던지자 사과를 꿰뚫는 것처럼 네 명의 머리가 쉽사리 관통됐다. 거기서 그치지 않고 멍하니 있는 적의 목을 왼쪽 검으로 찌른 뒤, 그 옆에 있던 적의 목덜미를 쓰다듬듯이 벴다.

여기까지 오면 어떤 인간이든 제정신으로 돌아올 것이다.

적병들이 우렁차게 소리쳤다. 소년의 몸이 날아갈 정도의 큰 음량이었다.

『네, 네놈은 누구냐아아아아아아아!』

"핫!"

번쩍이는 칼날이 공기를 갈랐다. 적병의 몸통이 분단되고 거슬리는 소리를 내며 땅에 무너져 내렸다.

『으랴아아아아!』

"캇!"

창을 내리친 적의 품으로 파고들어 검을 찔렀다.

그대로 검을 뽑아내면서 그 기세를 몰아 두 명의 목숨을 베고, 소년은 땅을 박차 하늘로 도약했다.

파바밧— 투창 여러 개가 원래 있던 곳에 꽂혔다.

공중제비를 돈 소년은 적이 가득한 한가운데로 되돌아갔다.

“하앗!”

팔을 두 번, 세 번 휘둘러 십자를 새겼다.

하얀 선 여러 개가 공간에 생겨났고, 주변의 적들은 아픔을 느낄 새도 없이 단숨에 시체로 변했다. 마치 개미를 뭉개는 것처럼 담담히, 소년은 아주 간단하게 적군을 유린해 갔다.

정신없이 빠르게 바뀌는 전장 속에서 트리스는 목소리도 낼 수 없었다.

입을 다물고 있는 것은 트리스뿐만이 아니었다.

아군 병사들도 소년을 놓치지 않도록 주목하고 있었다.

기묘한 공기가 전장을 뒤덮었다.

천에 스며드는 물처럼 천천히 전장을 침식해 가는 검은 덩어리.

적의 전선은 완전히 와해되어 버렸다. 여기서 다시 구축하는 것은 매우 어려운 일이리라.

최전선 적병들의 얼굴은 모두 공포로 일그러져 있었고, 지금 당장 도망치고 싶다고 표정이 말하고 있었다. 그러나 돌격 명령이 떨어져 후방에 있는 아군에게 밀리고 있는 탓에 물러날 수는 없었다.

그저, 그저 어둠의 먹이가 될 수밖에 없는 것이 현재 상황이었다.

"저건…… 애송인가?"

백은빛 검을 한 손에 들고 적진을 유린해 가는 소년을 보며 트리스가 고개를 기울였다. 멀리서 봐도, 그에게서는 처음 만났을 때와 같은 연약한 분위기가 느껴지지 않았다.

마치 무언가에 씐 듯한 변화였다.

"게다가 저 검은 뭐지?"

수많은 적을 도륙해도 그 검에 피가 묻는 일은 없었다.

아름답게 반짝이는 백은빛 검은 처음과 다름없이 형형한 빛을 계속 내뿜고 있었다.

트리스가 모르는 것도 무리는 아니었다.

그것이 바로— 일찍이 영웅의 검이라고 불렸다는 것을…….

멸망을 맞이하려던 나라를 구하고 주변 나라들을 정복한 왕의 검.

1000년의 세월이 지나 전설이 된 검은 오랜 역사 속에 묻혀 잃어버린 검이라 불리고 있었다.

그란츠 대제국, 제2대 황제 헬트 레이 슈바르츠 폰 그란츠.

그의 전승에는 이렇게 기록되어 있다.

『천지인을 다루는 쌍흑의 왕에게 한 자루 검이 있으니. 필히 승리를 가져오는 무패의 검이라.』

이곳에 당시를 아는 자는 없다.

그러나 만약 있었다면 감동에 떨었을 것이다. 칼코등이도, 칼자루도 눈 덮인 것처럼 새하얘 더러움을 찾아볼 수 없었고, 도신은 반짝이는 별이 무수히 뿌려진 듯 빛나며 예리함을 뽐

내고 있었다.

검은 의복을 몸에 두른 쌍흑의 소년이 그것을 들자, 연상되는 것은 밤하늘에 뜬 별들이었다.

정령검 5제.

최후의 한 자루이자 가장 아름답다고 일컬어졌던—.

엑스칼리버
—《천제(天帝)》.

그 검이 이 세상에 다시 현현한 순간이었다.

"적이…… 물러가고 있어?"

중장보병 중 누군가가 중얼거렸다. 살육을 묵묵히 받아들이고 있던 전장에 변화가 찾아온 것이다.

마침내 적장에게 소식이 전해졌는지도 모른다.

리히타인군은 히로를 경계하며 천천히 후퇴해 갔다.

소년은 한동안 물러나는 적을 바라봤지만 이내 흥미를 잃었는지 등을 돌렸다.

그 순간, 트리스가 안색을 바꾸고 외쳤다.

"애, 애송이! 뒤쪽일세!"

물러나는 적의 후방에서 무수한 화살이 날아왔다. 목소리는 소년에게 닿지 않았는지 그쪽을 쳐다보지도 않았다. 아니, 들렸더라도, 방패도 없는 히로가 막을 수는 없을 것이다.

이제 틀렸다고 생각한 트리스는 무심코 눈을 감았다.

그러나 이어서 눈을 떴을 때, 트리스는 현실과 환상을 구별할 수 없게 되었다.

폭포가 갈라지는 것처럼 화살이 소년을 피해 땅에 꽂히고 있었기 때문이다.

경악한 얼굴로 그것을 보고 있던 트리스가 소년의 눈동자를 보고 입을 열었다.

“『천정안(우라노스)』인가…….”

그렇게 안도한 것도 잠시, 소년이 달리기 시작했다.

“뭐지?”

전력으로 트리스의 곁으로 달려왔기에 의아하게 여기는 것도 무리는 아니었다.

그 얼굴은 조금 전까지의 심연을 띤 표정이 아니라, 처음 만났을 때와 마찬가지로 연약하고 미덥지 못한 느낌으로 돌아와 있었다.

“트, 트리스 씨!”

“우왓?! 뭔가?!”

트리스는 느닷없이 안겨든 히로를 깜짝 놀라면서도 받아냈다.

“리, 리즈는?! 리즈는 어디 있나요?! 무사하죠?!”

“지, 진정해! 공주님은 뒤에서 쉬고 계시네! 그보다 자네야말로 괜찮은가?!”

이렇게나 기운이 넘치니 괜한 걱정이라고 할 수 있겠지만, 그래도 트리스는 묻지 않을 수 없었다. 그러나 소년은 자신의 몸을 둘러보고서 말했다.

"괜찮은 것 같아요! 리즈한테 갔다 올게요!"

"아, 아니, 기다려, 애송이! 지금은—."

트리스가 손을 뻗었으나 소년은 그대로 안쪽을 향해 달려갔다.

히로는 무심코 얼굴을 찡그렸다. 후텁지근한 열기가 시체 냄새와 함께 벼랑 사이에 고여 있었다.

얼마나 많은 병사가 죽어 있는지 그들을 밟지 않도록 조심하면서 안쪽으로 나아갔다.

"아, 리즈—."

목적하던 소녀를 찾았을 때, 미소를 띠려던 히로의 표정은 순식간에 침통하게 바뀌었다.

시신에 둘러싸인 붉은 머리 소녀가 바위 위에 주저앉아 있었기 때문이다.

당장에라도 부서질 것 같은 그 모습에 가슴이 죄어들었다.

"……."

바위 위로 올라가자 리즈의 옆에 있던 서버러스가 히로에게 시선을 보내왔다.

서버러스의 머리를 툭툭 쓰다듬고, 고개 숙인 리즈의 어깨에 손을 얹었다.

"리즈……."

세계를 차단한 소녀는 어깨를 건드린 것조차 알아차리지 못했다.

"리즈!"

히로는 큰 목소리를 내며 어깨를 흔들었다.

"……."

"읏?!"

겨우 얼굴을 든 리즈를 보고 히로는 크게 충격 받아 숨을 삼켰다.

빛을 잃은 눈동자는 초점 없이 그저 뜨여 있었고, 부어오른 눈은 애처로울 만큼 빨갰다.

'아아…… 너를 이렇게나 상처 입힌 녀석은 누구지.'

히로는 그녀의 머리에 부드럽게 팔을 둘러 끌어안았다.

이토록 초췌해진 그녀에게 건넬 말을 찾을 수가 없었다.

"리즈…… 미안해."

그것은 무엇에 대한 사죄일까. 말이 떠오르지 않는 것에 대한? 늦게 도착한 것에 대한? 히로도 알 수 없었다.

붉은 머리 소녀의 손가락이 움찔거렸다. 히로의 팔을 움켜잡고 품에서 얼굴을 떼어 냈다.

"……히로?"

"응, 화낼지도 모르지만…… 돌아왔어."

히로가 난처한 얼굴로 고개를 끄덕이자 리즈의 손이 뺨을 만졌다.

여름처럼 무더운데도 그녀의 손은 오싹할 만큼 차가웠다.

"왜 왔어?"

"내가 할 수 있는 일을 알았으니까."

히로는 뺨에 닿은 리즈의 손을 잡아 녹여 주려는 것처럼 따뜻하게 꽉 쥐었다.

그녀의 눈에 빛이 돌아왔다. 진짜라고 실감했을지도 모른다.

하지만 리즈는 슬픈 표정을 짓더니 시선을 내려 버렸다.

"디오스가 죽어 버렸어……."

"……응."

"오라버니보다도 더 오빠다워서. 진짜 오빠처럼 생각했었어."

"응."

"그런데…… 나는 구할 수 없었어."

"……."

"꿈을 이루라고…… 했어."

목소리를 떨면서, 리즈의 눈동자가 눈물에 젖어 갔다.

"나는…… 흐으으으…… 아아아—."

리즈는 히로의 가슴에 얼굴을 묻고 짧게 숨을 내쉬며 흐느끼기 시작했다.

히로는 그녀의 등에 팔을 두르고 끌어안았다.

정령검의 사용자라고 해도 이제 갓 열다섯 살이 된 소녀다.

가족처럼 아끼던 자가 눈앞에서 살해당했다. 가슴이 찢어지는 심정이었을 것이다.

'아아…… 그래, 이 아이는 너와 빼닮았어.'

머리색과 얼굴은 닮지 않았지만 그 마음씨가 똑같았다.

젊은 나이에 옥좌에 오르고, 대망을 가졌으나 그 입장 때문에 아무것도 할 수 없어서…….

그저 멸망해 가는 나라를 말없이 바라볼 수밖에 없었다.

'그래서 나를 다시 불러들인 거야?'

히로는 리즈의 머리를 쓰다듬으며 자신이 이 세계로 돌아온 이유를 알았다.

틀렸을지도 모른다. 하지만 상관없다고 히로는 생각했다.

바위 위에서 조용히 우는 제6황녀를 트리스와 중장보병들이 안쓰럽다는 얼굴로 지켜보고 있었다.

강인한 남자들은 눈물을 흘리며— 소리 없이 이를 악물고서 울었다.

그런 가운데 트리스는 결코 눈물을 보이지 않고, 입가에 한 줄기 피를 흘리며 분노로 떨고 있었다.

디오스 폰 미하엘. 올해로 스물여덟 살을 맞이할 터였던 청년.

원래는 용병이었지만, 중상을 입고 제국으로 흘러든 것을 트리스가 치료를 베풀고 거두었다. 매일 빠짐없이 단련하고 전장에서 공적을 착착 쌓아 올려, 그 힘을 인정받아 제6황녀의 측근이 됐을 때, 트리스는 자기 일처럼 기뻐했다.

리즈가 딸이라면 디오스는 아들이었을 것이다.

트리스는 가슴을 세게 두드려 과거 기억을 떨쳐 냈다.

갑옷으로 커다란 소리를 연주하여 정적을 깨고, 그 자리에 무릎 꿇고서 외쳤다.

"세리아 에스트레야 엘리자베스 폰 그란츠 전하!"

울려 퍼지는 커다란 음성에 모두가 시선을 보냈다.

"슬퍼하고 있을 여유 따위 없습니다. 디오스도 그것을 바라지는 않을 겁니다! 곧 해가 집니다. 녀석들을 돌파할 계책을 생각합시다!"

트리스의 분노 섞인 말에 반응한 것은 히로였다.

"그거라면 저한테 좋은 생각이 있어요."

"뭐라?"

"적의 수는 대략 2천 명쯤, 이걸 돌파하더라도 주변 마을에 피해가 미칠 겁니다. 리즈는 아무 관계없는 백성들이 다치는 걸 좋아하지 않겠죠."

"히, 히로?"

리즈가 당황을 머금은 목소리를 흘렸다.

그녀 안에서 히로는 평범한 소년인 채이니 놀라는 것도 무리는 아니었다.

히로는 쓴웃음을 보내고서 이야기를 계속했다.

"그럼 전멸까지는 아니어도 도적 같은 짓을 할 수 없도록 가능한 한 적의 수를 줄여야 합니다."

"이쪽은 스무 명밖에 안 남았네. 이 수로 2천 명을 어떻게 상대한다는 겐가? 혼자서 적 100명을 죽이기라도 하라는 말인가?"

"그렇게까지 무리한 말은 안 해요. 다들 지치셨으니까요."

더욱 짙게 웃은 히로는 바위에서 내려와 검지를 세웠다.

"어린아이도 생각할 만한 단순한 작전이에요."

일찍이 『군신(마르스)』이라 경외 받았던 남자가 다시 태어났다.

***** ***** *****

리히타인군은 절벽에서 2셀(6킬로미터) 떨어진 곳에 진지를 구축하고 있었다.

방책으로 둘러싸인 진지에는 막사 수백 개가 있었고, 그 중앙에 한층 호화로운 막사가 자리했다.

그 안에는 가운데를 비우고 좌우에 참모와 각 부대장이 줄지어 있었다.

그 안쪽 커다란 의자에 앉은 바일은 분노한 표정으로 참모로부터 피해 보고를 듣는 중이었다.

"……부대장 6, 보병 812, 부상자 219. 이상입니다."

보고를 끝낸 참모장이 대열로 돌아갔다.

배후에서 기습을 가하기 위해 보냈던 병사 500명이 전멸했을 뿐만 아니라, 제6황녀가 예상 이상으로 저항하여 많은 병사를 잃었다.

"100명도 안 되는 적에게 1천 명 가까운 병사가 전사했다는 거냐?!"

바일이 포도주를 땅에 내동댕이치자 유리잔이 요란하게 부서졌다.

"무슨 얼굴로 형님을 만나라는 거야?! 제6황녀를 붙잡지도 못하고 병사 1천을 쓸데없이 잃었다고 보고하란 말이냐?!"

참모장이 다시 앞으로 나왔다.

"하오나 예상치 못했던 일이 벌어진 탓이기도 합니다. 각하께서도 보셨을 겁니다. 그것은 도저히 인간이라고 부를 수 있는 종류가 아닙니다!"

확실히 두려워해야 할 것은 검은 옷을 입은 남자였다.

갑자기 전장에 난입했나 싶더니 눈 깜짝할 사이에 마구잡이로 병사를 베어 갔다.

하지만—.

"하! 단 한 명의 손에 1천 명이 죽었다고 형님께 보고하라는 건가? 그런 짓을 했다가는 내 목이 날아가!"

바일은 짜증을 감추지 않고 의자를 걷어찼다. 의자가 책상과 충돌하더니 요란한 소리를 내며 부서져 버렸다. 그래도 성에 차지 않아서 바일은 부대장 한 명의 멱살을 잡았다.

"……확실히 녀석은 경이적인 힘을 가지고 있었어. 그러나 멋대로 날뛰게 둔 건 누구지? 네놈들 부대장이잖아!"

"……그 정도의 힘을 여실히 드러내며 공포를 각인시켜서야 물러날 수밖에 없습니다!"

"한심한 것도 정도가 있어! 그러고도 네놈들이 리히타인 공국의 병사인가!"

부대장을 내치고, 텐트 안에 있는 부하들의 얼굴을 순서대로 노려보았다.

"날이 밝음과 동시에 총공격을 가한다. 후퇴는 없어. 불만 있는 녀석은 앞으로 나와라. 그 목을 쳐 주지."

쉬운 싸움이 돼야 했었다. 원래대로라면 몇 시간 만에 끝났어야 했다.

그렇기에 야간 전투 따위 준비하지 않았고, 이렇게 적에게 휴식을 주고 있는 형편이었다.

"없군. 그럼 회의는 종료한다. 사망한 부대장을 대체할 자를 당장 선임하도록. 네놈들에게 자고 있을 시간은 없어. 새벽까지 좋은 방안을 생각해 둬. 쓸모없는 놈은 노예로 삼아 주겠다."

부하들은 오른손으로 왼쪽 어깨를 두드리고, 한쪽 무릎을 꿇어 이구동성으로 말했다.

""""존명.""""

그 직후였다. 전령이 헐레벌떡 막사 안으로 뛰어 들어왔다.

"적의 습격입니다! 수는 불명! 현재 공격받고 있습니다!"

모두가 어안이 벙벙해졌다. 무리도 아니었다. 적은 전멸 직전이다. 공격해 오다니 말도 안 되는 일이었다.

바일은 자신의 귀를 의심하며 되물었다.

"……뭐라고?"

"반복합니다! 적의 습격입니다! 수는 불명! 현재 공격받고 있습니다!"

"웃기지 마……. 상대는 다 죽은 목숨이라고!"

바일은 황급히 막사를 나갔다. 이어서 참모와 각 부대장들도 뛰쳐나왔다.

노성과 비명, 쩌렁쩌렁한 말굽 소리, 휴식을 취하고 있던 병사들이 공포에 빠져 있었다.

"어떻게 된 거냐?! 설마 적의 원군이 오기라도 했나?!"

남은 적은 보병과 궁병이 중심인 부대일 터였다. 기마 따윈 없었다. 있다고 하면 가능성은 원군이었다. 하지만 그건 있을 수 없는 일이었다.

"설마…… 형님이 진 건가?"

그렇게 생각했다가—.

"아니, 그건 아니야."

바일은 곧장 부정했다.

본대 1만2천 명은 베르크 요새를 공격하고 있을 터. 그들이 패배하지 않는 한 적에게 원군은 오지 않는다.

"상대가 『군신소녀』라고 듣긴 했지만……."

제6황녀를 붙잡기 위해 별동대를 조직하여 이곳에 도착한 것은 이틀 전이었다.

아무리 『군신소녀』라고 칭송받는 자더라도 1만2천을 쉽사리 격파하지는 못할 것이다.

그러나 원군이 아니라면 이 상황을 어떻게 판단하면 좋을지 알 수 없었다.

혼란스러워하는 바일 옆에서 참모가 각 부대장에게 지시를 날렸다.

"각자 부대의 지휘로 돌아가라! 안정을 되찾으면 이곳으로 집결하도록."

"예!"

부대장이 그대로 달려가려고 했지만 그는 그대로 무너져 내렸다.

그 시체를 넘어 한 소년이 무뎌진 창을 한 손에 들고 다가왔다.

『다행이다…… 만약 회의가 열리지 않았으면 어쩌나 싶었어.』

"히이익?!"

안도의 숨을 내쉬는 소년을 보고 참모 한 명이 비명을 지르며 엉덩방아를 찧었다.

낡은 창을 버린 소년은 죽은 부대장에게서 검을 빼앗았다.

『응. 깔끔하게 손질되어 있군. 성실한 인물이란 걸 잘 알겠어.』

소년이 옆으로 검을 쓱 휘두르자 다리가 풀린 참모의 목이 떨어졌다.

전장에서 마구 날뛰던 검은 옷을 입은 소년이 나타났다. 각인된 공포심은 간단히 없앨 수 없다. 참모와 각 부대장은 얼굴을 굳히고 뒷걸음질 쳤다.

『도망치게 둘 수는 없어. 너희를 놓아주면 불행해지는 사람이 나오니까.』

소년이 검을 수평으로 바꿔 잡고 던졌다. 콱— 검은 그대로 눈물지은 참모의 미간에 꽂혔다. 피가 솟구쳤고, 그 모습을 본 다른 자들은 비명을 지르며 도망치려고 했다.

『말했잖아. 도망치게 두지 않겠다고.』

하지만 소년이 눈감아 주는 일은 없었고— 그들은 구원을 바라는 기도를 입에 담으며 피와 고깃덩이로 변해 갔다.

"젠장!"

결국 바일만이 남게 되자, 그는 서둘러 막사 안으로 도망쳤다.

소년이 곡도를 주워 쫓아왔다.

"크큭, 네놈이 누군지는 모르겠지만 이 검 앞에서는 갓난아기나 마찬가지야."

바일은 보석이 여기저기 박힌 검을 들고 짙게 웃었다.

『……정령 무기인가.』

소년은 어깨를 으쓱이더니 근처에 있던 의자 잔해에 검을 내리쳤다.

몇 번이고 계속해서 내리치자 곡도의 이가 빠졌다.

"……뭐 하는 거지?"

뜬금없는 행동을 시작한 소년을 보고 바일은 눈썹을 모으며 의심스러워했다.

뒤돌아본 소년의 손에는 검의 형태를 잃어 폐기해야 할 물건이 들려 있었다.

『그거 알아? 사람은 이성이 있기에 잔혹질 수 있어. 의형(義兄)이 했던 말이지만 묘하게 납득했어.』

"무, 무슨 말이지?"

『지금부터 네게 몇 가지 질문할 테니까 대답해 줬으면 해.』

"그, 그러니까 무슨 소리냐?!"

대화가 이루어지지 않는 것을 참다못해 바일이 소리쳤다.

『우선은 손가락으로 시작하고 싶지만 그다지 시간도 없으니까…… 팔부터 갈까.』

그 순간 시야에서 소년이 사라졌다. 그리고 다시 그 모습을 발견했을 때, 심연이 바일을 들여다보고 있었다.

이어서 격통이 엄습하자 바일은 팔을 보았다. 톱처럼 삐죽삐죽해진 칼날이 팔에 파고들고 있었다.

"으아아아악!!"

『질문이야. 네가 디오스 씨를 죽였어?』

"아악!"

아래에서부터 안면을 차여 거구가 날아갔다.

"으으으윽, 누, 누구 없나……! 치료를—!"

바일은 정령 무기를 놓고 격통에 몸부림쳤다.

『다음은 발목으로 할까. 부디 죽기 전에 대답해 줬으면 좋겠어.』

바일이 얼굴을 들자 그곳에는 무(無)가 있었다.

아무런 감정도 떠올라 있지 않았다. 무기질적인 것, 사람인지 아닌지조차 의심스러운 무언가가 있었다.

전선에 있던 병사가 정신 이상을 일으켜 똑같은 말을 수없이 반복하던 것이 떠올랐다.

그들이 한결같이 중얼거렸던 것은—『끝없는 절망(데스퍼레이션)』.

"그, 그만둬…… 투항할 테니까…… 내가 졌어."

마음이 꺾인 바일은 머리를 땅에 박았다.

『왜?』

"양국 간 협정으로 맺어진 포로에 대한 규정이야. 항복한 자에게 과도한 학대 및 살상은—."

흑발 소년은 설명하는 바일의 말을 도중에 막았다.

『몰라. 나는 제국의 군인이 아니니까. 관계없는 일이야.』

"……뭐?"

『그보다 질문에 답하지 않았어. 시간이 없어. 발이라도 잘라 내면 말해 주려나?』

소년이 담담히 말하면서 다가왔다.

"아, 윽?!"

소년은 바일의 발목에 칼날을 박아 넣으며 얼어붙을 것만 같은 숨을 토해 냈다.

『—네가 디오스 씨를 죽였어?』

히로가 막사 밖으로 나오자 동쪽 하늘이 희미하게 밝아 오고 있었다.

보통은 시선을 집중해야 발밑이 보일까 말까 한 시간이었다.

그러나 지금은 그럴 필요가 없을 만큼 황야 일부에서 압도적인 빛을 내뿜는 곳이 있었다.

리히타인 공국군의 진지였다.

지금은 그 형태를 이루지 못하고 무참하게 파괴된 데다가 불길에 휩싸였다.

수많은 병사가 숨이 끊어진 채로 불타서 코를 찌르는 내음이 공기를 오염시키고 있었다. 기수가 없는 말이 주변을 뛰어다녔고, 지옥의 양상인 중앙에는 흑발 소년— 히로가 뻐대만

남은 막사를 바라보고 있었다.

그때 말 한 마리가 달려와 히로의 옆에서 급정지했고, 올라타 있던 소녀가 붉은 머리를 휘날리며 뛰어내렸다.

"히로!"

조바심을 띤 얼굴로 달려온 소녀— 리즈는 이곳저곳을 만지며 히로의 몸을 살폈다.

"다치진 않았어? 아픈 데는 없고?"

치덕치덕, 얼굴까지 만지기 시작하여 히로는 뺨을 붉히고 쓰게 웃었다.

"괜찮아. 보다시피 아무렇지도 않아."

양팔을 들어 올리고 그 자리에서 좌우로 몸을 비틀어 무사함을 증명했다.

리즈의 표정이 누그러지더니 안심했는지 숨을 내쉬었다.

"다행이다— 하지만 왜 혼자서 가 버린 거야!!"

눈에도 잡히지 않는 속도로 손이 휙 날아왔다.

"무극!"

한 손으로 양쪽 볼을 잡혔다.

"그치망, 시강도 어으셔스니까."

"무슨 말을 하는지 전혀 모르겠어! 나는 사죄를 요구합니다!"

가느다란 손가락으로 보내오는 힘 때문에 턱이 비명을 지르기 시작했다.

애초에 이래서는 설명할 수도 없고 제대로 사과할 수도 없었다.

"앞으로는 적진에 돌격할 때 말해. 나도 같이 싸울 수 있으니까."

"니에."

순순히 열심히 고개를 끄덕이는 히로를 보고 리즈는 겨우 손을 놔 주었다.

욱신거리는 뺨을 문지르고 있으니 무언가가 떠올랐는지 리즈가 「아!」 하고 외쳤다.

"그러고 보니…… 히로는 검을 쓸 줄 알았구나."

히로의 벨트에는 『천제(엑스칼리버)』가 매여 있었다.

리즈는 웅크려 앉아 평가하는 시선을 보냈다.

"우와~ 자세히 보니까 예쁜 검이네. 내 『염제(레바테인)』도 귀엽지만, 이쪽은 미인이야."

리즈는 염제를 뽑아 들더니 감정하듯 비교하기 시작했다. 히로의 이마에 진땀이 맺혔다. 어떻게 설명하면 좋을지 알 수 없었다.

아니— 설명할 수 있을 리가 없었다. 지금은 잃어버린 검이라며 엄청난 물건이 됐는데, 1000년 전 영웅의 검이야, 그렇게 말할 수 있을 리가 없다.

에라, 될 대로 되라— 하고 마음속으로 외치고서 히로는 거짓말하기로 했다.

"리즈랑 헤어지고 나서 말이지, 길가에 떨어져 있더라고."

"엇…… 이게 떨어져 있었어?"

"으, 응. 예쁘길래 주웠어."

"우와~ 이런 게 떨어져 있다니, 바움 소국 근처라서 그런가?"

"그, 그렇지 않을까!"

누가 들어도 거짓말임을 알 수 있을 텐데, 순수한 건지 맹한 건지 모르겠지만 그녀는 믿어 준 모양이었다.

게다가 「강한 정령의 힘이 느껴져……. 여기엔 특별한 뭔가가…… 아니, 정령왕의 영향이 강한 탓일지도……. 그러니까—」라면서 진지하게 고민하기 시작했다.

히로로서는 갑옷 틈으로 리즈의 가슴 부근이 훤히 보이는 것이 고민이 되고 있었다.

산 넘어 산이라는 것은 이런 게 아닐까…….

몸을 움직이면서 『천제』를 보고 있으니, 아무리 작은 가슴이라고는 해도 그 유연성을 알 수 있을 만큼 형태를 바꾸고 있었다. 희고 부드러운 피부를 타고 흘러내리는 땀이 정욕을 불러일으켰고, 반듯한 외모를 보고 있으니 걷잡을 수 없는 욕망을 토해 내고 싶어졌다.

이 이상은 안 되겠다 싶어 시야에서 리즈를 지우고 그 뒤에 있는 큰 그림자를 보았다.

"애, 애송이…… 아주 전망이 좋겠구나."

말에 탄 우람한 남자가 시야를 덮었다. 단숨에 열이 식는 것을 느꼈다.

그 손에는 번쩍이며 빛나는 검이 들려 있었다. 파들파들 떨리고 있는 것은 이성이 필사적으로 살의를 억제하고 있기 때문일지도 모른다.

"아, 아닙니다."

"뭐가 아니지? 공주님을 무릎 꿇리고 헤벌쭉거리고 있는 괘씸한 놈이!"

"무릎 꿇리지 않았습니다!"

"닥쳐라! 여행을 시작했을 때부터 네놈은 공주님의 정조를 노리고 있었겠지!"

"비약이 심해요! 잠시만요! 이야기를 들어 주세요!"

그때 리즈가 일어나 트리스를 돌아보았다.

"두 사람이 친하다는 건 알았으니까 진정해. 그보다 전황은 어때?"

"으, 으음…… 치, 친하다니? 공주님, 그건 아닙—."

"얼른 보고해. 여긴 적진이야."

"으윽! 그, 그러니까, 애송이 덕분에 보시다시피 이쪽의 승리는 확실합니다."

히로는 우선 도중에 버렸던 말을 회수하라고 지시했다.

역시 전부는 무리였기에 60마리 정도를 모아서 세 조로 나누고, 세 방향에서 돌격하도록 했다. 사람이 타고 있는 것은 선두의 몇 마리뿐이었다.

기수가 없기에 중간에 도망치는 말도 있었다. 대낮이라면 실소와 조소를 받았겠지만 그것이 암흑 속이라면 웃을 수 없는 일이었다. 어둠에 휩싸인 조용한 황야에 울리는 쩌렁쩌렁한 말발굽 소리는 흡사 엄청난 인원이 있는 듯한 착각을 일으키기 때문이다.

낮에 있었던 전투로 적병은 초췌해진 상태였다. 냉정한 판단을 할 수 없을 때 가한 기습이었다.

두개골을 분쇄하는 편자에 맞설 용기 있는 병사는 얼마 없을 것이다.

"그리고 자중지란으로 인해, 도망친 적은 셀 수 있을 정도밖에 안 됩니다."

히로는 보병 몇 명을 적병처럼 꾸미고 혼란을 틈타 적진에 잠입시켜서 공격을 지시했다. 지휘관이 회의에 나가 없었기에 말단 병사들은 허둥거렸다.

누구나 죽기를 원하지는 않는다. 무슨 짓을 해서든 살아남고 싶어 한다.

그렇기에 의심에 빠진 적군은 아군끼리 서로를 죽이게 되었다.

그 후에는 각 부대장들이 혼란을 수습하지 못하도록 히로가 지휘관의 막사를 습격했다.

"그래…… 수고했어. 경계는 게을리하지 마. 적병이 숨어 있을 가능성이 있으니까. 한번 주위를 살핀 뒤에 모두를 여기로 모아 줘."

"예!"

트리스는 가슴에 손을 얹어 대답하고 말을 돌려서 진지를 달려 나갔다.

그것을 지켜본 리즈가 히로를 돌아보았다.

"히로는 어땠어?"

"……."

히로는 말없이 숯으로 변한 막사를 엄지로 가리켰다.

"죽었어?"

"응."

"그렇구나……."

두 사람 사이에 침묵이 내려앉은 것도 잠시, 리즈가 난처한 얼굴로 입을 움직였다.

"나 말이지, 잘 모르겠어. 원수가 죽어서 기뻐하는 나도 있고, 그것을 허무하게 느끼는 나도 있어. 이 감정을 어쩌면 좋을지…… 모르겠어."

"언젠가…… 알게 될 때가 올 거야."

나처럼― 히로는 마음속으로 중얼거렸다.

그녀는 좋게도 나쁘게도 너무 순수했다. 그것은 때때로 잔혹한 결과를 낳고 만다.

만약 그 자리에 리즈가 있었다면 투항을 받아들였으리라.

제6황녀라는 무거운 굴레 때문에 자신의 마음을 억눌렀을 터였다.

하지만 그것은 히로의 생각이지 그녀의 마음을 직접 들은 것은 아니었다.

자기 좋을 대로 생각해서 판단한다― 사람들은 그것을 오만이라고 할지도 모른다.

그러나 스스로 판단하여 지휘관의 막사를 습격한 것이 틀렸다고는 생각하지 않았다.

'불행의 싹은 되도록 빨리 없애야 해.'

동쪽 하늘에서 눈부신 햇살이 내리쬐는 가운데— 서글픈 분위기를 찢는 커다란 소리가 짝! 하고 울려 퍼졌다. 히로는 눈이 휘둥그레져서 소리의 발생원— 뺨에 양손을 댄 소녀를 보았다.

"응! 이제 고민은 끝!"

눈을 감고 아픔을 참고 있던 리즈가 후련해진 얼굴로 입을 열었다.

"히로, 외숙부님을 만나러 가자!"

황야에 핀 한 송이 붉은 꽃. 그것은 어떤 보석보다도 고귀하며 아름다웠다.

'쓸데없는 걱정이었을까……. 역시 너의 자손이야.'

히로는 쓴웃음을 지었다.

"우선은 감사 인사!"

순간 리즈가 와락 안겨들자 히로는 당황했다.

"어? 엇?"

"히로, 네 덕분에 나는 살 수 있었어. 이 은혜는 평생 잊지 않을게!"

뺨에 부드러운 감촉이 느껴졌다. 무엇이 닿았는지 알아차렸을 때, 그녀의 몸은 떨어져 있었다.

"앞으로도 잘 부탁해!"

"하하……. 응, 잘 부탁해."

—역시 네게는 미소가 잘 어울린다.

# 제4장 군신소녀

제국력 1023년 5월 28일. 이름도 없는 황야의 전투로부터 이틀 후.

히로 일행은 변경 도시 링크스에서 8셀(24킬로미터) 떨어진 곳을 달리고 있었다.

처음 여행을 떠났을 때는 300명의 병사가 동행하고 있었지만 거듭되는 몬스터와의 조우, 리히타인 공국과의 전투를 거치며 수가 줄어서 지금은 열 명도 채 되지 않았다.

그래도 계속해서 앞으로 나아가는 리즈의 허리에 히로는 팔을 감고 있었다.

"베르크 요새에 도착하면 히로에게 승마를 가르쳐 줘야겠네."

"아니…… 못 타."

1000년 전에도 초대 황제 알티우스가 선생이 되어 밤낮으로 훈련에 힘썼으나, 올라탈 수는 있어도 걷기조차 불가능했고 그 이상은 향상되지 않았다.

전장에서는 늘 마차를 이용했기에 불편하게 여긴 적이 없었지만 지금은 긍정적으로 검토할 필요가 있을지도 모른다.

그런 생각에 이른 이유는 두 가지다.

하나는 트리스의 얼굴이 아주 무섭다는 것.

또 다른 하나는 말랑한 가슴이 가끔 닿는다는 것이었다.

후자가 특히나 히로를 괴롭히는 사안이었다.

1000년 전에는 초대 황제의 뒤에 탔으나 상대가 남자였기에 특별히 이상한 기분이 들지는 않았었다.

그러나 지금 눈앞에 있는 것은 여성이다. 가슴의 풍만함이 부족한 느낌은 들지만 장래에는 절세미인으로 세상에 이름을 떨칠 것이다.

'왜 이렇게 말랑한 거야……. 황녀라서?'

그렇게 바보 같은 생각을 하고 있는데 감시자 트리스가 말을 가까이 몰아 왔다.

물론 히로를 노려보는 것은 잊지 않았다. 약속된 일이었다.

"공주님. 조금만 더 이동하고 잠시 휴식하는 게 어떨는지요."

"그러네. 링크스가 어떤 상황인지 모르고, 서버러스도 힘들어 보이고…… 말도 좀 쉬게 하고 싶어."

나란히 달리고 있는 서버러스는 혀를 죽 내밀고 질주 중이었다.

"마을의 상황을 살피고 오도록 두 명 정도 보내겠습니다. 보고를 들은 다음에 마을에 들어 가도 늦지 않을 겁니다."

원래대로라면 지금쯤 베르크 요새에 도착했을 터였다.

그러나 예상 밖의 사건이 연이어 일어났다. 과하게 경계해도 손해는 없을 것이다.

"2셀(6킬로미터)쯤 더 가서 휴식하자. 히로도 괜찮겠어?"

"지금 당장 휴식해도 좋을 정도야."

딱히 지친 것은 아니었다. 단순히 엉덩이가 아플 뿐이었다.

히로에 비해 리즈는 힘들지도 않은지 멀쩡한 얼굴이었다.

부드러워 보이는 엉덩이인데…… 딱딱한지 부드러운지 확인할 뻔했지만, 어떤 광경이 시야 끝에 잡혀서 소리 높여 외쳤다.

"리즈! 멈춰 줘!"

곧장 반응해 주어서 말은 급정지했다.

트리스와 후속 병사들은 알아차리는 것이 늦어서 두 사람을 지난 뒤에야 멈췄다.

"왜 그래? 혀라도 깨물었어?"

"그런 게 아니야! 저기서 어린애가 습격 받고 있어!"

다급한 목소리에 리즈가 황급히 주변으로 고개를 돌렸다.

"그거 큰일이잖아! 어디?! 누구한테 습격받고 있는데?!"

"저쪽이야!"

히로의 손가락이 가리킨 곳을 본 리즈의 긴장이 단숨에 풀렸다.

"저건 어린아이가 아니야."

"뭐? 인간 같은데……."

잘못 본 건가? 하는 생각에 몇 번이고 눈을 비볐지만, 시야 앞쪽에서는 어린아이로 보이는 생물이 독수리의 두 배는 될 법한 조류에게 공격당하고 있었다.

"트리스! 조금 이르지만 휴식하자."

"예!"

리즈가 먼저 말에서 내려 히로를 향해 손을 내밀었다.

"저건 있지, 새 같이 생긴 건 게르뎀이라고 해. 어린아이 같은 건 고블린이야."

리즈의 손을 빌려 말에서 내린 히로는 고개를 갸우뚱하며 고블린을 보았다.

1000년 전에도 몬스터는 있었지만 저런 아담한 몬스터는 없었다.

머리에 난 작은 뿔, 살색 피부에 동글동글한 눈, 애교가 느껴지는 동안이었다.

상의와 치마가 일체화된 초록색 옷을 입었고, 손에는 작은 나뭇가지를 들고서 게르뎀을 향해 휘두르고 있었다.

"도와주지 않아도 돼? 가만히 있으면 안 될 것 같은데……."

멀리서 봐도 필사적이라는 것을 알 수 있었다. 저렇게 작으면 손도 닿지 않는 하늘에서 공격해 오는 적은 격퇴할 수 없을 것이다. 걱정스럽게 지켜보던 히로는 결심하고서 구하러 가려고 했지만 리즈에게 어깨를 붙잡히고 말았다.

"너무 가까이 가면 말려드니까, 신경 쓰지 않아도 돼."

"그야 도와주려는 거니까 말려들겠지."

"아니, 아니야. 잠시 보고 있으면 알 거야."

그렇게 말한 리즈는 땅에 무릎을 모아 앉았다.

트리스는 마을의 상황을 확인하고 오도록 병사에게 지시하고 있었다.

말 두 마리가 모래 먼지를 일으키며 풀이 듬성듬성한 황무지를 달려 나갔다.

히로는 조마조마한 마음으로 고블린을 보고 있었지만 이내 그 안색이 창백해졌다.

땅속에서 고블린들이 우르르 나온 것이다. 고블린 한 마리가 동료의 등에 오르고 그 위에 또 다른 고블린이 뛰어올랐다. 그렇게 기둥 하나가 만들어져 게르뎀을 나뭇가지로 쳐서 떨어뜨렸다.

"저게 뭐야……."

"고블린은 원래 흙의 정령이었어. 장난을 너무 많이 치는 바람에 정령왕의 분노를 사서 알레테이아의 흙요정이 되었다고 해. 소인족(드워프)과 친해서 대장장이 일을 돕는 걸 자주 볼 수 있어."

자기보다 훨씬 큰 상대에게 맞서는 모습은 감동적이었고, 반격할 틈을 주지 않는 재빠른 움직임으로 상대를 농락하고 있었다. 그러나 나뭇가지로 탁탁 때릴 뿐이었기에 그냥 성가신 정도인지 게르뎀은 귀찮다는 얼굴을 하고 있을 뿐, 아픔은 느끼지 않는 것 같았다.

아무튼— 고블린은 귀엽다고 히로는 생각했다.

"만약 도와주러 갔다면 게르뎀과 사이좋게 맞았을 거야."

"……안 가서 다행이다. 매우 짜증 날 것 같은 공격이니까."

"후후, 그러네. 하지만 고블린은 나뭇가지를 쓰지 않게 된 뒤가 무서워."

"구체적으로 말하면?"

"음~ 트리스는 죽을 뻔했어. 고블린의 일격을『죽음의 유성(데스 오브 미티어)』이라고 부르는 사람이 있을 정도야. 역시 원래 정령이었던 만큼 강하거든."

트리스의 목숨을 뺏을 뻔했던 일격이라니 무서운 이야기였다.

등골이 오싹해짐을 느꼈을 때, 고블린이 마침내 나뭇가지를 버리고 때리기 시작했다.

하지만 그것을 버티는 게르뎀의 모습이 더욱 무섭다고 느꼈다.

최종적으로 고블린의 공격을 견디지 못하게 된 게르뎀이 하늘 저편으로 도망치면서 싸움은 끝났다.

"참고로 고블린은 암컷밖에 없어."

신경 쓰이는 단어를 들었으나 때마침 마을 상황을 살피러 갔던 병사들이 돌아왔다.

말쑥한 차림의 장년 남성이 동행하고 있었다.

남자는 곧장 말에서 내리더니 가슴에 손을 얹고, 진흙이 묻는 것도 개의치 않고서 한쪽 무릎을 꿇었다.

"세리아 에스트레야 전하, 처음 뵙겠습니다. 제 이름은 쿠르트 폰 타미에. 현재 글린다 변경백의 대리로서 도시를 맡고 있습니다."

리즈가 일어나 가슴에 손을 얹고 마주 인사했다.

"세리아 에스트레야 엘리자베스 폰 그란츠다. 황제 폐하로부터는 소장 지위를 하사받았어."

제6황녀인 만큼 기품이 넘치는 늠름한 얼굴은 그럴듯했다.

"타미에 영주 대리, 외숙부님은 어디 가신 건가?"

"베르크 요새에 계십니다. 나흘 전에 리히타인 공국이 국경을 넘어 침공해 왔습니다. 보고에 의하면 수는 1만2천. 하지만 『군신소녀』 덕분에 현재까지 교착 상태가 이어지고 있습니다."

타미에는 봉투 한 장을 내밀었다.

"만약 조카가 링크스에 들른다면 이걸 전하라고 하셨습니다."

리즈는 그것을 받아 봉랍을 뜯고 종이를 훑어보았다.

몇 번이고 곱씹듯 고개를 끄덕인 뒤 트리스에게 눈길을 주었다.

"……트리스!"

"예!"

트리스 이하 중장보병 여섯 명이 그 자리에 무릎 꿇었다.

"베르크 요새로 가겠어. 하지만 그 전에 링크스에서 쉬도록 하자."

여러 전투를 거치고, 여기까지 잠도 안 자며 말을 달렸다.

아무리 잘 단련된 병사라고 하더라도— 그들의 얼굴에서는 일절 그런 기색을 찾아볼 수 없었지만, 피로는 확실히 축적되어 있을 것이다.

"히로도 읽을래?"

"그렇게 간단히 읽게 해도 되는 거야?"

히로가 살짝 놀라서 리즈를 보았다.

내용의 차이야 있겠으나, 이런 개인에게 보낸 편지는 누구에게도 보여 주지 않는 것이 일반적이지 않나?

적어도 히로는 그렇게 인식하고 있었다.

하지만 리즈는 가볍게 고개를 끄덕이고 히로에게 편지를 건넸다.

내용은 이러했다.

사랑하는 엘리자베스.

무사히 링크스에 도착한 것을 기쁘게 생각한다.

그러나 백 마디 말은 재회했을 때 나누자꾸나.

베르크 요새에서 기다리고 있으마.

루젠 키오르크 폰 글린다

"타미에 영주 대리. 베르크 요새에 있는 병력은 어느 정도지?"

"……『군신소녀』가 데려온 제3황군을 포함해 3천 정도입니다."

"차이가 크네."

1만2천의 대군을 상대로 3천이라니, 리즈가 침울한 표정을 짓는 것도 무리는 아니었다.

히로는 어쩌면 좋을지 궁리하다가 이내 탄식했다. 생각해 봤자 이 세계에서 히로는 아무런 지위도 없었다. 까딱 잘못하면 평민 이하였다. 리즈와 만나지 않았다면 길거리를 헤매는 신분이었을 것이다. 그런 자가 작전을 세워 봤자 채용될 리도 없었다.

게다가 「1000년 전의 영웅입니다」라고 말한들 아무도 믿지 않을 것이다.

'리즈는 믿어 줄지도 모르지만…….'

아무튼 상황이 파악될 때까지는 보류였다.

그때 가서 생각하면 된다. 무엇이 최선인지는 그때 판단해도 늦지 않는다.

히로가 고개를 들자 군청색 하늘이 사람 마음도 모르고 한없이 맑게 펼쳐져 있었다.

변경 도시 링크스는 사막과 초원이 공존하는 신기한 마을로, 북구와 남구로 나뉘어 있다.

도시 입구인 남구는 사막지대에 있는데, 평상시라면 가도가 노점상으로 북적였겠으나 전쟁의 조짐이 보이는 상황이라 아무도 가게를 열고 있지 않았다. 여기 사는 하급 시민들도 집에 틀어박혀 버렸다. 간신히 여관과 술집에 사람이 드문드문 있는 정도였다.

북구 초원 지대에는 귀족들이 이용하는 역마차가 놓여 있었다. 지금은 전쟁에 휘말리지 않도록 짐을 싼 귀족들로 붐벼서 살벌한 분위기를 풍겼다.

그대로 가도를 따라 나아가면 글린다 변경백이 사는 저택에 도착한다.

저택 1층 욕실(발네아)로 이어지는 통로 바로 근처에 도시의 역사, 제국의 역사가 가득 담긴 방이 있었다.

사각 형태의 방의 사방에는 책장이 놓여 있고 오래된 것부터 최신의 것까지 수많은 장서가 꽂혀 있었다. 책장에 들어가지 않는 책은 바닥에 놓여 있었다. 도서실이라고도 할 수 있는 곳 중앙에는 쓸데없는 장식이 배제된 투박하고 긴 책상이 방의 주인 같은 존재감을 내뿜었다.

그 밑에는 서버러스가 있었는데, 지금은 위엄 넘치는 흰 늑대가 아니라 빗물에 쫄딱 젖은 강아지처럼 몸을 떨며 숨어 있었다.

책상 위는 산더미를 이룬 책이 점령했고, 책상 옆에는 바닥에 앉아 독서하는 한 남자가 있었다. 한심하다고도, 온화하다고도 할 수 있는 얼굴의 흑발 흑안 소년— 히로였다.

"후우…… 이건 부끄러운데?"

히로는 읽고 있던 책을 책상에 내려놓고 손가락으로 미간을 폈다.

흡사 중학교 2학년 때 쓴 흑역사를 보고 있는 기분이었다.

어느 책이든 초대 황제에 관해 적혀 있었고, 그가 있다면 물론 슈바르츠라고 이름을 댔던 자신에 관해서도 기록되어 있었다.

히로에게는 3년 전, 이 세계에서는 1000년 전.

자신이 신격화까지 되어 있어서 생각만 해도 머리가 아팠다.

"하지만 이상하네……."

히로는 3년 전, 열세 살 때 알레테이아에서 원래 세계 「지구」로 귀환했을 터였다.

하지만 어느 전승이든 히로가 제2황제로서 천수를 다했다고 기록되어 있었다.

'대체 이 슈바르츠는 누굴까…….'

히로의 사고는 어떤 가능성에 이르렀지만 곧장 머리를 흔들어 자중했다.

—1000년이나 지난 이야기다. 이제 와 무슨 말을 하든 바뀌는 것은 없었다.

히로는 기분을 전환하고자 창밖으로 시선을 던졌다.

서쪽 하늘부터 펼쳐진 석양빛 구름이 장난치듯이 둥실 뜬 태양을 등지고 있었다.

창문으로 들어오는 그 빛을 의지하여 교복 안주머니에서 카드 한 장을 꺼냈다. 원래 세계로 돌아가기 전에 초대 황제 알티우스가 건넨 것이었다.

"정령 부적과도 닮았지만……."

책 속에는 비슷한 부적 그림이 나열되어 있으나 민무늬는 없었고 두껍지도 않았다.

대체 이건 무엇인지, 어떻게 쓰면 좋을지 알 수 없었다.

"『천제』처럼은 안 되고……."

정령왕의 가호, 그것은 인간의 지혜를 벗어난 곳에 존재하는 「외측」의 힘이다.

히로가 아무것도 없는 공간을 쳐다보자 쨍— 소리가 나며 금이 생겼다.

그곳에서 천천히 하얀 칼자루가 튀어나왔다.

허리로 시선을 내리자 『천제』의 칼자루가 깨끗하게 절단된 것처럼 사라져 있었다. 공간에 뜬 칼자루를 움켜쥐고 뽑자 『천제』는 허리에서 사라지고 히로의 손에 나타났다.

—너는 『천제』의 총애를 받았어.

알티우스에게 보여 줬을 때 그가 했던 말이 떠올랐다.

'……정령검에는 의지가 있어.'

그가 바라면 알레테이아와 정령계를 잇는 「문」을 통해 『천제』가 구현된다. 히로가 칼자루를 놓으니 『천제』가 바닥에 떨어지기 직전에 공기에 녹아들듯이 사라졌다. 방에 침묵이 내려앉자 파문처럼 정적이 퍼져 갔다.

그때, 살그머니 어둠이 다가온 방의 바깥에서 우당탕 요란한 소리를 내며 시끄러운 발소리가 접근해 왔다.

잠시 후 거칠게 문이 열리고 붉은 머리 소녀가 화난 모습으로 들어왔다.

"서버러스! 여기 있지?!"

"부훕!"

그쪽을 본 히로는 침이 튀어나올 만큼 경악했다.

서버러스는 뾰족한 귀를 축 내리고서 히로의 등 뒤에 숨었다.

"떽! 이리 와. 적어도 발만이라도 씻어야지."

리즈가 다가와 서버러스에게 손을 뻗었으나 늑대는 으르렁거리며 위협할 뿐이었다.

그 눈동자를 보니 숙적을 만난 듯이 타오르고 있었다. 한 발자국도 움직이지 않겠다는 의지를 확고히 다지고 있는 모습이었다.

"정말~! 왜 그렇게 목욕을 싫어하는 거야!"

"아…… 리즈, 바쁜 와중에 미안하지만 잠깐 괜찮을까?"

"왜?!"

"그게 있지…… 오, 옷을 왜 안 입고 있어?"

"서버러스를 욕실에 들이기 위해서야. 옷을 입은 채로는 젖어 버리잖아? 그러니까 벗었어. 그리고 확실하게 수건으로 가렸으니까 문제없어."

"아니, 저기…… 그건 좀 그렇잖아……."

확실히 중요한 부분은 수건으로 가리고 있었다. 판단은 지극히 어려웠으나, 히로는 가능한 한 보지 않도록 눈을 좁히고 그녀의 얼굴에만 시선을 집중시켰다.

그것은 그것대로 고문이었지만 이번만큼은 어쩔 수 없었다.

"서버러스, 날 위해서라도 목욕하러 가 주면 안 될까?"

트리스가 오기 전에 어떻게든 해야 했다. 역시 이 상황은 변명할 수 없었다.

히로는 솜씨 좋게 고개를 흔들어 거부하는 늑대의 몸통에 억지로 팔을 둘러 리즈에게 넘겼다.

"진짜~! 날뛰지 마!"

저항을 멈추지 않는 서버러스 때문에 리즈의 수건이 팔랑 떨어졌다.

그녀는 눈치채지 못했는지 그대로 등을 돌렸다.

"……."

히로는 아무 말도 할 수 없었다. 가늘게 좁히고 있던 눈이 크게 뜨였다.

정령검에서도 느껴본 적 없는 힘의 격류가 하반신으로 모이는 것을 알 수 있었다.

동시에 숨 쉬는 것도 잊어서 얼굴이 순식간에 빨갛게 물들어 갔다.

—산소.

그것은 인간에게 가장 중요한 것. 살기 위해서는 필수라고 해도 좋을 것이다.

"푸핫!"

히로는 겨우 호흡 방법을 떠올려 제정신으로 돌아올 수 있었다.

그리고 열린 문에서 그런 히로를 보고 있는 존재가 있었다.

—트리스였다.

그 얼굴에 떠올라 있는 것은 분노도 아니고 슬픔도 아닌 참으로 기묘한 표정이었다.

천천히 다가오는 트리스를 향해 히로는 즉각 넙죽 엎드렸다.

"부탁드립니다. 목숨만은 살려 주십시오."

"애송이, 묻고 싶은 게 있네."

"무엇이든…… 그러니 목숨만은……."

"목숨? 웬 목숨……? 아까부터 무슨 소리를 하는 겐가?"

"……어라?"

"내 말 듣고 있는가?"

히로는 고개를 갸웃했다. 그러다 이내 대화가 어긋나 있음을 깨달았다.

트리스는 리즈가 알몸이기 때문에 나타난 것이 아닌 모양이

었다.

도중에 알아차려서 다행이었다. 그대로 대화를 진행했다면 스스로 자백했을 것이 틀림없었다.

히로는 억지로 미소를 짓고서 얼굴을 들었다.

"무, 무슨 용건이신가요?"

히로의 이상한 모습에 트리스는 의아한 표정을 지었지만 이내 입을 우물거렸다. 꺼내기 어려운 말인 듯했다.

"그…… 뭐냐. 일전에는 여러 가지 일이 있어서 흐지부지 넘어갔으니 말이지."

역시 리즈에 관해서는 아닌 것 같았다. 내심 안도의 한숨을 쉬고 트리스의 말에 귀를 기울였다.

"단도직입적으로 묻겠네. 애송이— 자네의 정체는 대체 뭔가?"

"뭐냐니……."

희미한 햇빛이 반사되어 반짝— 하고 빛나더니 히로의 목에 차가운 칼날이 바싹 대졌다.

"대답에 따라서는 목을 벨 수도 있네."

"……."

트리스의 눈을 보자 진심이라는 것이 엿보였다.

"나는 애송이를 믿고 있어. 그 시취(屍臭)가 진동하던 전장에서 살아난 은혜도 있고. 하지만 그와 같은 힘을 보고서 못 본 척 넘어갈 수도 없네."

"그건 확실히 그러네요."

"공주님께 해가 된다면 나는 은인이라도 이 손으로 죽일 것이네. 그러니 속이지 말게."

히로는 꿀꺽 침을 삼켰다.

「제2대 황제입니다」라고 말한다면 아마도 이 목은 바닥을 구를 것이다.

그렇다고 「지구에서 왔습니다」라고 말해 봤자 역시 목은 떨어진다.

어떻게 대답해야 할까…… 그렇게 히로가 망설이고 있는데, 서버러스가 굉장한 기세로 방에 뛰어 들어왔다.

리즈에게 끌려갔을 때와 똑같은 모습이었다. 요컨대 도망친 것이다.

"이제 됐어! 옷도 갈아입었고! 더는 방에 들이지 않을 테니까—!"

불만스럽게 투덜거리면서 리즈도 방 안으로 들어와—.

"트리스! 뭐 하는 거야!"

히로에게 칼을 겨누고 있는 트리스를 알아차리고 달려왔다.

그대로 히로의 목을 끌어안으며 넘어뜨린 뒤, 얼굴을 들어 트리스를 날카롭게 쏘아보았다.

"무슨 일이 있었는지는 모르겠지만 그래도 이건 너무 과했어!"

"공주님……."

"조용히 해. 그리고 검을 집어넣어."

반론을 허락지 않는 어조에 검을 칼집에 넣은 트리스가 한쪽 무릎을 꿇었다.

은은하게 달콤한 향기를 남기고서 리즈의 몸이 떨어졌다.

"트리스. 무슨 일이 있었는지 제대로 설명해."

"리즈. 마침 잘 됐으니 너도 들어 줬으면 좋겠어."

히로도 몸을 일으켜 두 사람 사이에 끼는 형태로 일어섰다.

"뭘?"

"내 정체. 너도 신경 쓰였을 거야."

"……말하고 싶지 않다면 딱히 상관없어. 나는 신경 쓰지 않는걸."

그녀의 눈동자가 흔들린 것을 보고 히로는 조금 망설이다가 머리를 쓰다듬었다.

부모를 잃어버린 미아 같은 불안한 표정을 짓는 리즈를 향해 쓰게 웃었다.

"괜찮아. 내가 말하고 싶어졌으니까."

"……알겠어. 히로가 말하고 싶다면 들을게."

"그렇게 복잡한 얘기는 아니지만—."

히로는 한 박자 쉬고 중얼거렸다.

"나는 제2대 황제의 후손이야."

"……뭐?"

"……음?"

모든 것을 솔직히 말하려면 1000년 전의 이야기까지 해야 했다.

내일은 이곳을 출발해야 하고, 한나절 만에 설명할 수 있을 리도 없었다.

그래서 단순하게 거짓말하기로 했다.

"증거라면 이 머리색과 눈동자려나? 격세유전이거든."

"……."

"……."

입을 다무는 두 사람의 반응을 이상하게 여기면서도 히로는 이야기를 계속했다.

"참고로 안팡 삼림에 들어갈 수 있었던 건 제2대 황제의 혈통이라서 그럴 거야."

"……히로. 그게 무슨 의미인지 알아?"

심각한 얼굴로 묻는 리즈를 보고 히로는 고개를 갸우뚱했다.

"어? 무슨 말이야?"

"그게 진짜라면 히로는 황위 계승자가 돼."

"그렇진 않아. 나는 단순한 후손이야."

"그 『군신』의 후손이잖아?"

"……응. 그렇긴 하지만."

"그럼 황족의 말석(末席)이 되는 거야. 아마도."

"어, 어째서?"

"초대 황제의 유언이 있으니까."

"유언?"

"응. 이상한 유언이었지?"

리즈가 잠자코 있는 트리스에게 시선을 보냈다.

"슈바르츠의 자손이라 하는 자가 나타나면 정령왕묘에서 확인하라. 만약 그것이 사실이라면 그에 상응하는 지위를 주어라. 이 유언을 어기는 자는 정령왕의 저주에 걸리리라."

—알티우스…… 너 무슨 짓을 한 거야…….

그는 머리가 좋은 남자였다. 어떤 예감이 들었을지도 모른다.

히로가 어느 시대에 돌아와도 지장이 생기지 않도록 해준 것일지도 모른다.

그러나 후손을 자칭할 것을 예측했다니 무서운 남자였다.

"그러니까 황족이 될 수 있을지도 몰라. 기쁘지?"

팔짱을 껴 오는 리즈의 입가에 미소가 떠올랐다.

히로가 둔감하지 않았다면 그녀의 연심을 알아차렸을지도 모른다.

신분 차이가 나는 사랑이 아니라고— 깨달았을 것이다.

그러나 히로는 예상 밖의 전개에 굳은 미소를 지은 채, 뭐든 좋으니 조언이 필요하다고 서버러스에게 도움을 구했다.

늑대는 아까 일에 앙심을 품고 있는지 얼굴을 홱 돌려 무시했다.

"……흠, 지금은 그걸로 됐나."

납득할 수 없다는 표정을 지으면서도 트리스가 마지못해 일어섰다.

태생은 대답했어도 힘의 수수께끼를 설명하지 않았으니 당연하지만, 리즈 앞이기도 하니 참을 수밖에 없을 것이다.

"그건 그렇고 히로가 제2대 황제의 후손이라니…… 정령이 아니란 건 살짝 아쉬우려나?"

아직도 그 소리냐고 태클을 걸고 싶기도 했으나 그보다도 중요한 일이 있었다.

"저기, 내가 제2대 황제의 후손이란 건 다른 사람한테 비밀로 해 주면 안 될까?"

"알고 있어. 지금은 그럴 상황이 아니고, 신경 쓰이는 것도 있으니까……."

"응…… 부탁해."

자업자득이겠지만 거짓말을 했더니 더욱 복잡해져 버렸다.

제 꾀에 제가 넘어간다는 건 이런 것일지도 모른다.

이세계 인생, 마음대로 안 된다며 탄식했다.

히로는 앞으로의 일을 생각하며 필사적으로 머리를 굴렸다.

*

베르크 요새는 황야에 둘러싸여 있다.

가장 가까운 마을은 도보로 하루 거리이며, 변경 도시 링크스까지는 말로 이틀 거리였다.

남쪽 최전선이라고도 불리지만, 리히타인 공국과 그 노예 제도를 이용하는 그란츠 대제국, 두 양국은 오랜 세월 작은 충돌조차 없었기에 그 관계는 양호하다고 해도 좋았다. 그래서 베르크 요새는 관리가 되고 있다고는 하지만 장기적인 전투를 한다면 미덥지 못했고 견고하다고는 할 수 없었다.

그런 베르크 요새에서 떨어진 높직한 언덕에 리히타인군이

진을 치고 있었다.

전시라고는 생각할 수 없을 만큼 편안한 분위기가 감돌았다.

보초병이 서 있기는 하지만 병사 대부분이 땅에 앉아 담소를 나누고 있었다.

상대는 겨우 3천이었고, 그란츠군이 틀어박혀 있는 곳은 때리면 부서질 취약한 성채였다. 그들이 이겼다고 생각하는 것도 당연했다.

그렇게 술이라도 마시기 시작할 것 같은 병사들 사이를 말 한 마리가 달려 나갔다.

말에 탄 인물은 전령의 증표인 붉은 천을 팔에 감고 있었다.

전령은 리히타인군의 지휘관용 막사 앞에서 멈춘 뒤, 막사 입구로 달려갔다.

"당장 들여보내 줘! 긴급한 용건이야!"

"안 돼. 아는 얼굴이기는 하지만 일단 신체검사를 해야 해."

두 병사가 전령 앞을 막아섰다.

그러자 전령이 초조함을 다분히 포함한 음성으로 말했다.

"얘기하고 있을 시간은 없어. 큰일이 벌어졌다고!"

전령의 말에 보초병 두 사람이 난처한 얼굴로 서로를 마주보았다.

"알겠어. 그 대신 신체검사 안 받았다는 얘기는 하지 마."

보초병이 어깨를 으쓱이고 몸을 옆으로 돌렸다. 전령은 곧장 막사 안으로 뛰어들었다.

안에 있던 남자 여러 명이 모두 의아한 시선을 전령에게 보냈다.

평소였다면 뒷걸음질 쳤겠지만 다급하기 때문인지 전령은 움츠러들지 않고 입을 열었다.

"별동대 3천 괴멸! 바일 님은 분투하였으나 전사하셨습니다!"

전령이 가져온 정보로 막사 안은 소란스러워졌다.

"입 다물어라."

일갈— 그것만으로 소란은 가라앉았다. 그 음성에 예사롭지 않은 노기가 섞여 있었기 때문일지도 모른다.

레이힐 르메르 리히타인. 리히타인 공작가의 적자이며 차기 공작이었다.

"못난 동생이 가지고 있던 정령 무기는?"

그는 동생의 목숨보다도 귀중한 정령 무기가 어떻게 됐는지가 신경 쓰였다.

리히타인 공국에는 정령이 없다. 그렇기에 정령석을 얻을 수 없었다. 큰돈을 들인다면 살 수야 있지만 그 대신 나라가 기울었다.

"제6황녀에게 넘어갔으리라고 사료됩니다."

"이…… 이게 무슨 일인가. 그 멍청이가……."

몸만 단련해서 머리가 모자란 녀석이기는 했으나 설마 3천이나 이끌고서 질 줄은 몰랐다. 정보에 의하면 제6황녀는 수백 명의 부하밖에 데리고 가지 못했을 터였다. 설마…… 거짓 정보였나?

레이힐은 정보 제공자인 후드 쓴 남자를 노려보았다.

"뭐지? 나한테 뭔가 할 말이라도 있나?"

"그대는 이렇게 말했지. 3천이나 있으면 붙잡을 수 있을 거라고! 제6황녀에게는 100명도 채 안 되는 호위밖에 없다고 말이야!"

"설마 내가 거짓 정보를 가져왔다고 말하고 싶은 건가?"

후드 쓴 남자에게서 살기가 뿜어져 나왔다. 레이힐은 그 살기에 압도되어 뒤로 물러났다.

"아, 아니……. 그렇게는 말하지 않았어. 뭔가 착오가 있지 않았나 싶어서……."

"정령검을 얕보지 말라고도 했을 텐데. 제6황녀는 아직 완벽하게 다루지 못하지만, 본래 염제라면 적 수천은 도륙할 수 있다."

"그럼…… 자유자재로 구사할 수 있게 된 게 아닌가?"

레이힐의 물음에 후드 쓴 남자는 고개를 좌우로 흔들었다.

"그건 아니야. 그러나 신경 쓰이기는 하는군."

그는 그대로 생각에 잠겼고, 레이힐은 의자에 털썩 앉았다.

원래 예정이라면 제6황녀를 붙잡아서 이 남자에게 넘기기만 하면 됐다.

그 후에는 글린다 변경백령에서 노예를 확보하여 본국으로 돌아가면 끝이었다.

'거래를 받아들이면 안 됐던 건가.'

이 후드 쓴 남자와는 옛날부터 몇 번인가 편지를 주고받은 사이였다.

그런데 며칠 전 일이다. 제6황녀를 붙잡아 준다면 성공 보수로 그란츠 금화 100개와 정령 무기 두 자루를 주겠다는 내용의 서신이 도착했다. 물론 신용할 수 없다며 거절했다.

그러나 거듭된 요청과 함께 선금으로 정령 무기 한 자루를 보내와서 레이힐은 내키지 않아 하는 아버지를 즉각 설득하여 병사를 모았다.

'무엇보다 제4황군은 움직이지 않는다는 게 매력적이었지.'

글린다 변경백령에서 아무리 날뛰어도 그란츠 대제국이 리히타인 공국에 보복하는 일은 없을 거라는 취지도 적혀 있었다.

'이제 와 철수해 봤자…… 아무런 이득도 없다.'

레이힐은 결단하고 후드 쓴 남자에게 눈을 돌렸다.

"정말로 제6황녀는 『염제』의 힘을 끌어내지 못한 상태인가?"

"그래. 단언하지."

후드 쓴 남자가 고개를 끄덕였다. 레이힐은 다시 한 번 확인했다.

"제4황군도 움직이지 않을 거고?"

"그렇게 내 말을 믿을 수 없는 건가?"

후드 쓴 남자가 목을 떨며 웃었다. 레이힐은 짜증이 나 언성을 높였다.

"당연하지! 병사 3천을 잃었을 뿐만 아니라 정령 무기까지 잃었어!"

"그럼 이렇게 하지."

어깨를 으쓱인 남자가 망토 안쪽에서 무기 하나를 꺼내 책상 위에 놓았다.

그것은 금은으로 장식된 정령 무기였다.

"제6황녀를 붙잡아 준다면 이 한 자루를 더 주겠다. 금화도 200개로 해 둘까."

너무나도 파격적인 보수에 레이힐은 경직됐다. 그때 후드 쓴 남자가 손을 뻗어 왔다.

"그리고 이것도 넘기지."

후드 쓴 남자의 손에는 나무 열매 같은 둥근 구슬이 있었다.

"그건 뭐지?"

"뭐, 일단 먹어 봐. 정령 무기의 힘을 끌어내는 묘약이야."

그런 게 있다는 말은 들어본 적도 없었다. 레이힐은 둥근 구슬을 받고 고개를 기울였다.

"독은 아니겠지?"

의심의 눈길을 보내자 후드 쓴 남자는 코웃음 쳤다.

"약이란 건 그런 거잖아. 신용할 수 없다면 버리도록 해."

레이힐은 책상 위에 있는 정령 무기를 보고 입꼬리를 올렸다.

"신용하고 있고말고."

그리고 구슬을 입에 넣고 삼켰다. 그는 자신의 몸을 내려다보았다.

"정말로…… 효과가 있는 건가?"

"효과가 나타나기까지 사흘이 걸려."

"흠. 그런가…… 그럼 사흘 후에 베르크 요새에 쳐들어가는 편이 좋은가?"

"그래, 그렇게 해 주면 좋겠어."

후드 쓴 남자는 그렇게 말하고 일어섰다.

"그럼 나는 이만 실례하지."

막사를 나가기 전에 후드 쓴 남자는 딱 한 번 돌아보았다.

"내 기대를 배반하는 일이 생긴다면— 알고 있겠지?"

레이힐이 퍼뜩 놀라 입구로 시선을 주자 남자의 모습은 이미 없었다.

*

제국력 1023년 6월 1일, 제6황녀 일행이 베르크 요새에 도착했다.

적에게 포위된 모습은 없었고, 리히타인 공국군은 거리를 두고 진지만 구축한 채로 눈싸움을 벌이고 있는 상황이었다.

트리스가 경비병에게 신호를 보내자 철문이 열렸다.

안으로 들어가니 중앙 광장이 눈에 들어왔다. 주로 병사들의 훈련장으로 쓰이는 곳이었다. 동쪽으로 고개를 돌리자 사관용 숙소, 서쪽을 보니 병사들이 거주하는 긴 건물이 늘어서 있었다.

북쪽에는 작전사령실, 대욕탕, 식당 등이 있는 중앙탑이 오만하게 서 있었다.

병사의 안내로 히로 일행은 중앙탑에 발을 들였다.

나선형 계단을 올라가 조금 걷자 작전사령실에 도착했다.

방의 서쪽 벽에는 중앙 대륙의 지도, 그 옆에는 세계 지도가 붙어 있었다. 방 중앙에는 의자 열 개가 긴 책상을 둘러앉는 형태로 놓여 있었다.

중앙 광장을 내려다볼 수 있는 창가에는 흰 바탕에 황금 사자가 들어간 문장기와 갈색 바탕에 장미가 들어간 문장기가 세워져 있었다.

히로 일행이 나타나자 안에 있던 세 남녀가 의자에서 일어나 예의를 갖췄다.

먼저 다가온 사람은 수염을 기른 기품 넘치는 신사였다.

잘 손질된 갑옷을 걸치고 잘그락잘그락 소리를 내면서 리즈를 끌어안았다.

"무사히 잘 도착했구나. 한동안 못 본 사이에 많이 컸어."

"글린다 외숙부님, 오랜만이에요!"

재회를 기뻐하는 두 사람. 히로가 그들을 흐뭇하게 바라보고 있으니 휘감기는 시선이 느껴졌다. 얼굴을 돌리자 가련한 소녀가 서 있었다.

가늘고 찰랑찰랑한 은발이 창문으로 들어오는 햇빛을 받아 빛났다.

자그마한 얼굴과 동글동글한 눈은 작은 동물을 연상시켜서 보호 본능을 자극했다.

눈썹을 가릴 만큼 길게 내린 앞머리를 가지런히 자른 것이

앳된 느낌을 더욱 강조했다.

눈동자가 납빛인 탓인지, 아니면 무표정인 탓인지, 차가운 인상을 받았다.

키가 작다고 자각하고 있는 히로보다도 훨씬 작았다. 검정을 기조로 한 군복을 입고 있으나 소매가 매우 길어서 손이 보이지 않았다. 헐렁헐렁하다는 말이 어울릴 만큼 큰 군복이었다.

'병사일까? 그렇다고 하기엔 너무 젊은 것 같은데…….'

그런 그녀의 왼손에는 낯익은 책이 들려 있었다.

무슨 책인지 생각날 것 같았지만, 그런 히로를 기다리다 지쳤는지 소녀가 다가왔기에 사고는 중단되었다.

"……당신은 누구?"

소녀가 무표정으로 멍하니 물었다.

히로를 보고 있는 듯하면서도 보고 있지 않은 이상한 분위기를 지닌 소녀였다.

"마, 맙소사……."

그렇게 신음하는 목소리가 들렸다.

소녀가 원래 있던 곳의 옆자리에 있던 갈색 머리 미남이 놀란 얼굴로 이쪽을 보고 있었다.

'뭐야……?'

히로가 고개를 갸우뚱하며 이상하게 여기고 있으니 교복 소매가 잡아당겨져서 시선은 다시 소녀에게 돌아가게 되었다.

"……당신은 누구?"

"이름은 히로인데…… 평민입니다."

"히로…… 히로…… 히로? 히로, 히로, 히로, 히로."

중얼중얼 이름을 연호하기 시작한 소녀를 보고 히로는 쓰게 웃었다. 남의 이름을 동물의 울음소리처럼 말하는 건 그만둬 줬으면 한다.

"……그렇구나."

끄덕끄덕 고개를 움직인 소녀는 긴 소매를 부스럭거리더니 하얀 손을 내밀었다.

그 위에는 종이에 싸인 무언가가 올려져 있었다.

"줄게. 제2대 황제 만주."

"……고, 고마워."

이 세계에도 만주가 있던 건가 놀라면서도 받았다.

사람의 온기로 데워진 그것은 살짝 먹기 힘들었다. 하지만 다른 인간에게는 이것이 포상일지도 모른다……. 실제로 갈색 머리 미남이 피눈물을 흘릴 기세로 히로를 노려보고 있었다. 악수를 청하면 칼이 날아올 것 같았다.

당황하는 히로의 눈앞에서 소녀는 긴 소매를 늘어뜨리며 가슴에 손을 얹었다.

"트레아 르단디 아우라 폰 브나다라. 계급은 준장. 아우라라고 불러 줘."

"이거 참 정중하게도……."

야무진 아이라고 감탄하며 머리를 숙인 히로는 「응?」 하는 생각에 얼굴을 들어 소녀를 빤히 보았다.

"……왜?"

"저기, 질문해도 될까요?"

"상관없어. 뭔데?"

소녀는 어리둥절한 얼굴로 작게 고개를 갸웃했다. 무표정이지만 사랑스러운 동작이었다.

"소문의 『군신소녀』 씨인가요?"

"응."

소녀는 망설이지 않고 즉답했다. 게다가 『군신소녀』라고 불리자 정말로 사소한 변화였지만 표정이 조금 부드러워지며 자랑스러워하는 것 같았다.

일찍이 『군신』이라 불렸던 자신의 이명을 단 소녀.

최연소로 제3황자의 참모에 발탁되어 약관 열일곱에 참모장을 맡은 기린아.

그런데 이렇게 작을 줄이야……. 애초에 히로보다 연상이라는 것이 놀라웠다.

'이 아가씨가 군신소녀였나.'

뜻밖의 사실에 히로가 당황하고 있으니—.

"오홉?!"

아저씨 같은 소리를 내며 아우라가 시야에서 사라졌다.

황급히 눈으로 좇자 리즈가 아우라를 넘어뜨리고 볼을 비비적대는 모습이 보였다.

"아~ 귀여워! 이거 뭐야?! 엄청 부드러워!"

"……."

“이게 『군신소녀』구나. 굉장해! 이 압도적인 귀여움 앞에 나는 졌을지도 몰라!”

“…….”

아우라는 짜증스러운 얼굴로 리즈에게 몸을 맡기고 있었다.

짜증이 나도 황녀이기에 저항하지 않는 것인지, 귀찮으니까 저항하지 않는 것인지는 모르겠지만 아무튼 아우라가 싫어했기에 히로는 말리기로 했다.

“리즈. 싫어하는 것 같으니까 그만해.”

“그치만 부드러운걸!”

아아, 그렇다면 어쩔 수 없네. 중얼거리고 히로는 뒤로 물러났다.

딱히 핏발 선 눈이 무서웠기 때문은 아니다.

—미안. 그러니까 그런 얼굴로 보지 말아 줘.

원망스럽다는 얼굴로 이쪽을 바라보는 아우라에게 속으로 사과한 뒤, 리즈가 질릴 때까지 방치하기로 했다. 그러자 신사적인 외숙부가 히로의 곁으로 다가왔다.

“반갑네, 리즈에게 들었겠지만 내 소개를 하지.”

히로는 리즈 외숙부가 내민 손을 맞잡았다.

겉보기에는 가느다란 손이었지만 잡아 보니 거칠었다. 매일같이 단련하고 있음을 알 수 있었다.

“루젠 키오르크 폰 글린다. 글린다 변경백령의 영주를 맡고 있다. 편하게 키오르크 아저씨라고 불러 줘.”

“히로입니다. 키오르크 씨라고 부르도록 하겠습니다.”

이렇게 댄디한 사람을 아저씨라고 부를 수 있을 리가 없었다.

키오르크는 「아직 빠른 모양이네」 하고 작게 중얼거렸지만 히로에게는 들리지 않았다.

"실례하마."

그리고 히로에게 양해를 구한 뒤, 키오르크는 서버러스와 트리스 곁으로 발걸음을 옮겼다.

교대하듯 갈색 머리 미남이 히로의 눈앞에 나타났다.

"……너희 때문에 긴장감이 다 날아갔어. 뭐, 상대는 1만2천이나 있으니 괜히 기 쓰는 것보다 나을지도 모르지만, 여러 가지로 엉망이야."

갈색 머리 미남이 흥 하고 코웃음 치고서 손을 내밀었다.

히로는 츤데레처럼 반응하는 갈색 머리 미남의 손을 잡았다.

"로렌스 알프레드 폰 슈피츠다. 자작이자 2급 무사관(武士官)이고, 지금은 아우라 님의 보좌관을 맡고 있지. 슈피츠 님이라고 불러라."

그란츠 대제국의 무관은 주로 군사 방면 관직이며, 그 밖에 문관도 있는데 이쪽은 행정 방면의 관직이었다. 1급, 2급, 3급이 상급 사관이고 4급, 5급, 6급이 하급 사관이다. 참고로 트리스는 3급 무사관이었다.

"……슈피츠라고 부를게."

"뭐, 그래도 상관없어."

"아아…… 괜찮구나."

이름을 막 부르면 필사적으로 달려드는 타입인 줄 알았는데 아닌 모양이었다.

살짝 어른스럽지 못했으려나, 생각했지만—.

"귀족인 내가 평민 따위에게 화낼 리가 없잖아."

밉살스러운 말을 듣고 생각을 철회하게 되었다.

"그런가……. 그런 보좌관에게 하고 싶은 말이 있는데."

"뭐지?"

"아우라를 도와주지 않아도 돼?"

"나는 그란츠 대제국의 귀족이야. 평민이라면 모를까— 전하께 명령할 수 있을 리가 없잖아."

거만하게 팔짱을 끼고 한심한 말씀을 하셨다.

"그리고 봐, 아름다운 두 소녀가 뒤엉켜 있는 저 모습을! 나는 그것만으로도 만족이야."

이 녀석이야말로 긴장감이라고는 찾아볼 수가 없네— 히로는 생각했다.

아무튼 아우라에게서 리즈를 떼어내는 데 성공하고, 긴 책상을 따라 늘어선 의자에 각각 앉았다.

맨 처음 입을 연 사람은 리즈였다.

"어째서 제3황군의 『군신소녀』가 여기 있는 거야?"

리즈가 작게 고개를 기울이며 물으니 기묘하게도 슈피츠가 몸을 굳히고서 무른 분위기를 풍기는 눈을 이리저리 움직였다. 거동이 수상해진 슈피츠를 보고 히로는 눈을 가늘게 좁히며 그의 일거수일투족을 놓치지 않도록 주시했다.

"그, 그건 제가 설명을—."

슈피츠가 벌떡 일어났으나 긴 소매가 얼굴을 푹 덮었다.

소매를 축 늘어뜨린 아우라의 짓이었다.

"내가 말할게. 슈피츠 경은 앉아."

"예……."

반론을 허락지 않는 위압에 슈피츠는 무릎에서 힘이 빠져나가 의자에 주저앉았다.

그 옆에 있던 아우라가 일어나 작게 숨을 들이마시더니 리즈에게 눈을 돌렸다.

"전하를 잡으러 왔어."

쨍— 공기가 갈라지는 소리를 들은 자가 있을까.

정적이 충만한 방에서 난 이상한 소리.

그것은 깊이 울렸을 테지만 단순한 잡음으로 처리됐을지도 모른다.

하지만 눈치챈 자가 딱 한 명 있었다.

심연을 띤 히로였다.

그의 손 근처 공간은 금이 가고, 작은 빛을 내는 칼자루 끝이 튀어나와 있었다.

상대가 어떻게 나오느냐에 따라『천제』를 뽑겠다.

히로의 표정은 그렇게 말하고 있었으나 그 기회가 찾아오는 일은 없었다.

"하지만 그럴 생각은 없어. 안심해."

단숨에 그 자리에서 긴장감이 사라졌다.

이어서 말을 꺼낸 사람은 리즈의 외숙부, 키오르크였다.

"……여러 가지 일이 있었으나 휴전하게 됐거든. 이유는 알다시피 리히타인 공국이 쳐들어왔기 때문이지만. 한심하게도 그 사실을 안 건 브나다라 백작이 통지해 주었기 때문이야."

키오르크는 일단 말을 끊었다가 이야기를 계속했다.

"깜짝 놀랐어. 싸우지 않겠다는 증명으로 백기를 흔들었지. 내가 의심하자 곧장 사자가 찾아오더군. 그리고 리히타인 공국군이 수상한 움직임을 보이고 있다고 가르쳐 줬어."

"당연해. 제국민끼리 싸우고 있을 때가 아니야."

아우라가 끼어들었다.

"그렇고말고…… 설령 티격태격하더라도, 그란츠 대제국은 외적에겐 늘 굳건해야 해. 이에 해당하지 않는 자도 있지만 말이지."

그리고 「나는 『군신소녀』를 패배시켰어」라고 키오르크가 자랑스럽게 덧붙였다.

아우라가 언짢게 눈썹을 모으며 말했다.

"싸우지 않았어. 그러니까 지지 않았어."

그리고 볼을 부풀렸다. 뭐라 말할 수 없는 사랑스러운 동작이었다.

히로는 쓰게 웃었다. 옆에 앉아 있는 리즈 역시 뭔가 생각하는 바가 있는지 뜨거운 눈길을 아우라에게 보냈지만, 잠시 후 손을 턱에 대고 고개를 갸웃했다.

"어라? 그러고 보니 외숙부님, 제4황군은 어떻게 됐죠?"

"……몇 번이나 서신을 보냈지만 여전히 답장이 없어."

리즈의 말에 반응한 키오르크가 방을 둘러보고서 불쑥 중얼거렸다.

"그러고 보니 디오스 경이 안 보인다만."

그렇게 말한 순간 공기가 바뀌었다. 그 변화를 눈치채지 못했는지 키오르크는 말을 이었다.

"리즈를 맞이하러 알트 성채로 갔을 텐데⋯⋯ 혹시 못 만났나?"

침통한 리즈의 얼굴을 보고 키오르크는 자신의 실언을 깨달은 모양이었다.

그러나 뱉은 말을 취소할 수는 없었다.

불편한 분위기를 매듭짓기 위해 트리스가 팔자 눈썹을 하고 입을 열었다.

"바움 소국 근처에서 리히타인 공국군이 기다리고 있었습니다. 그때⋯⋯."

"⋯⋯그런가."

의자에 등을 기댄 키오르크는 어깨를 떨어뜨렸다.

리히타인 공국군 3천의 별동대가 알트 성채 쪽으로 향했다는 것은 키오르크도 알고 있었을 테지만, 리즈의 무사한 모습을 보고 디오스 또한 무사하리라고 생각했던 것일지도 모른다.

"재회를 맹세했는데 말이지⋯⋯."

히로가 아우라의 얼굴을 보니 그녀도 깜짝 놀랐는지 눈이 휘둥그레져 있었다.

"그 『도깨비(오거)』가……."

아우라가 작게 중얼거렸다. 키오르크도 후회하는 얼굴이었다.

"우리가 적의 별동대를 놓치지 않았다면……."

그 말에 아우라의 부관 슈피츠가 반응했다.

"지금은 『만약 그랬다면』이라는 가정을 얘기하고 있을 때가 아닙니다. 확실히 상대를 그냥 보내고 말았지만, 1만2천의 군세에 등을 보이고 별동대 3천을 쫓는 것은 자살 행위라고밖에 할 수 없습니다."

이 말에는 누구나 동의할 수밖에 없었다.

이 요새를 버리고 적을 쫓는다면 배후를 잡힐 뿐만 아니라 협공당할 위험이 있었다.

우선은 1만2천을 격파한 뒤에 쫓아야 하지만 그리 간단히 손댈 수 있는 수는 아니었다.

"하지만 그 별동대 3천은 전하가 처리했어."

아우라가 말을 이었다.

"지금쯤 상대에게도 전해졌을 거야. 경계하고 있는 건 확실해. 공격해 오지 않는 게 그 증거."

히로는 고개를 끄덕였다. 리즈가 베르크 요새에 들어왔다는 사실은 상대에게도 알려졌을 것이다.

움직이지 않는 이유는 3천이라는 숫자가 수백의 병사에게 격파되었다는 사실에 동요하고 있던가, 아니면 뭔가 다른 요인 때문에 움직일 수 없다고 생각하는 게 좋을 것이다.

"남은 시간은 별로 없지만, 여러 가지로 준비할 수 있을 것 같네."

몇 가지 방안이 머릿속에 떠올라서…… 히로는 이것을 어떻게 전할까 망설였다.

그러나 고민은 곧장 해소되었다.

아우라가 조용한 투지를 휘감고서 단언했기 때문이다.

"……다음은 이쪽 차례."

아우라의 납빛 눈동자에는 작은 불길이 일고 있었다. 키오르크가 자세를 바로 하고 그녀에게 물었다.

"뭔가 좋은 안이라도 있는가?"

"베르크 요새에서 치고 나가겠어."

"이쪽은 3천밖에 없다. 정면으로 싸워도 이길 수 없을 거야."

"만약에 대비해 글린다 변경백은 전하와 함께 요새에 남아 줘."

그렇게 되면 2천의 병사만으로 1만2천의 대군을 상대해야 했다.

히로는 잘못 들었다고 생각했지만, 시야 끄트머리에서 그녀의 부관 슈피츠가 자랑스럽게 고개를 끄덕이는 모습을 보니 그렇지 않은 모양이었다.

키오르크가 깊이 탄식했다.

"무모해. 함께 싸우는 편이 좋아."

"괜찮아. 맡겨 줘."

아우라는 수긍하지 않았다.

그 후 몇 번이고 아우라를 설득하려 했으나 그녀는 고집스럽게 계속 거부했다.

히로는 막연하게나마 아우라의 생각을 알 것 같았다.

우선 첫째로, 글린다 변경백의 병사와 연계가 되지 않았다.

숙련도 차이도 있고, 무엇보다 그녀가 데려온 것은 기마대였다.

그에 반해 글린다 변경백의 병사는 주로 보병으로 구성되어 있었다.

서로의 장점을 해치지 않고 단점을 메우는 것이 중요하지만, 공동 훈련도 해본 적이 없으니 무리한 요구였다.

다음으로 생각할 수 있는 것이 그녀 나름의 사죄일지도 모른다는 점이었다.

글린다 변경백령에 괜한 혼란을 초래한 것에 죄책감을 느끼고 있을지도 모른다.

그런 연유로 설득을 포기하고, 내일 다시 한 번 이야기하자며 회의는 해산하게 되었다.

*

'뭐, 그녀를 설득하는 건 무리겠지만.'

아우라는 완고하기도 하지만 의로운 성격이기도 할 것이다.

히로는 쓰게 웃고 교복을 벗어 바구니 안에 던져 넣었다.

'그건 그렇고 욕실이 있다니 놀랍네.'

베르크 요새 중앙탑 지하에는 욕탕이 존재했다. 주로 사관급이 쓰는 모양이었다.

게다가 놀랍게도 지하에서 샘솟는 온천이라고 했다.

몸을 씻고 뜨거운 물속으로 가라앉으며 히로가 감탄의 한숨을 내쉬는데—.

"우와~ 수증기가 굉장하네."

"뜨거울 것 같아."

익숙한 여성들의 목소리가 들려왔다.

히로는 어깨를 움찔하고 뒤돌아보았다.

실오라기 하나 걸치지 않은 모습의 리즈뿐만 아니라 아우라도 그곳에 있었다.

"물 온도는 어때? 뜨겁지 않아?"

리즈가 기뻐하며 다가왔다.

"……."

아우라는 히로를 알아차렸는지 뺨을 굳히며 수치심에 얼굴을 붉히고 있었다.

"응, 딱 좋네. 우선은 뜨거운 물로 몸을 적셔야지~."

몸을 굽혀 탕 안으로 손을 넣은 리즈가 즐겁게 물을 끼얹기 시작했다.

"왜 여기에……?"

"목욕하러 왔는데?"

"아니, 그런 걸 묻고 싶은 게 아니야! 지금은 내가 목욕하고 있잖아."

"응. 그러니까 같이 목욕하자고 생각한 거야."

자신을 남자로 여기지 않는 게 아닐까, 히로는 의심하고 싶어졌지만 그러고 있을 때가 아니었다.

아우라에게 시선을 주자 리즈와 달리 얼굴이 빨개진 채 필사적으로 몸을 가리려 하고 있었다.

"아, 아우라도 목욕하러……?"

말을 걸어 봤지만 대답은 없었다. 시야 끝자락에서는 리즈가 탕에 몸을 담그고 있었다.

"응~ 기분 좋다~."

그리고 히로의 옆까지 오더니 「에잇, 에잇!」 하고 물을 튀겼다.

아무리 수증기가 있다고는 해도 보이는 것은 보였다.

"아우라도 들어와. 기분 좋아."

아우라는 믿을 수 없다는 얼굴로 리즈를 보고 있었지만, 결심했는지 도움닫기를 하여 탕에 뛰어들었다.

"얘! 먼저 몸을 적시고 들어와야지!"

리즈가 엉뚱한 주의를 날렸다.

'리즈가 고양이라면 아우라는 강아지일까…….'

히로는 물보라를 맞으면서 그렇게 생각했다.

*

다음 날. 역시라고 해야 할까…… 아우라는 설득할 수 없었고, 히로 일행은 단념하고 베르크 요새 중앙탑 옥상에 올랐다.

전장을 한눈에 볼 수 있는 곳이지만 뜨거운 햇볕이 난점이었다. 바라든 바라지 않든 땀이 났다. 마음을 다른 곳으로 돌리기 위해 옥상에서 중앙 광장으로 시선을 떨어뜨리니 정문 근처에 기마 300, 보병 700이 정연하게 늘어서 있는 것이 눈에 들어왔다.

만약 무슨 일이 생기면 당장 지원을 갈 수 있도록 대기하고 있는 것이었다.

철문 너머— 아우라가 이끄는 2천의 군세가 기묘한 진형을 갖춘 채 대기하고 있었다.

"괜찮을까……?"

걱정스러워하는 음성이 히로의 옆에서 들렸다.

히로가 고개를 돌리자 리즈가 불안한 얼굴로 지상을 내려다보고 있었다.

"역시 농성하는 게 가장 좋을 것 같은데……."

"아니, 그건 좋지 않은 방법이야. 이 요새는 겉보기에도 견고하다고 하기는 어려워. 오랫동안 적의 공격에 노출되면 쉽게 함락되고 말 거야."

"제4황군이 올 때까지 못 버틸까?"

"어렵겠지. 애초에 제4황군이 진짜 올지 안 올지도 알 수 없어. 너무 기대해선 안 돼."

"그런가……."

리즈는 낙담하여 고개를 숙였지만 이내 얼굴을 들었다.

"그럼 아우라랑 같이 싸울 수 없을까? 조금이라도 승률을 올리는 편이 좋잖아."

“글린다 변경백의 병사와 아우라의 병사는 숙련도가 다르니까, 함께 싸우면 거치적거릴 가능성이 있어. 그렇다고 따로따로 싸우면 각개 격파될 뿐이야.”

“어렵구나.”

“상대와 똑같은 수가 갖춰진다면 그렇지도 않겠지만, 이번에는 역시 힘들겠지.”

2천으로 1만2천을 격파하는 것은 지극히 어려운 일이었다.

지휘관이 무능하다면 즉각 전멸일 것이다.

하지만 히로는 눈 아래 펼쳐진 아우라의 기묘한 진형을 보고 입꼬리를 올려 미소를 지었다. 병사 2천은 모두 중장기마로 구성되어 있었다. 100명을 한 조로 묶어 좌우 일렬로 다섯 조를 세우고, 그 뒤에는 500을 한 조로 묶어 본대를 포함한 세 조가 늘어서 있었다.

이대로 돌격하는 것은 더없이 어리석은 짓이지만—.

‘그렇군…… 『삼지창(트라이던트)』을 쓰는 건가.’

반가운 진형을 본 히로는 정말로 알레테이아에 돌아왔다는 실감이 들었다.

선봉이 행동을 개시하며 전장은 움직이기 시작했다.

*

검은 기마군 2천이 북쪽에서 남쪽으로 천천히 전진했다.

제3황군 중에서도 정예병들이라 칭송받는, 아우라가 이끄는 『황흑기사단』이었다.

갑옷을 두른 말이 모래 먼지를 일으켰다. 단단한 쇠로 머리까지 모두 감싸고 있었다.

그 위에 올라탄 중장 갑옷을 걸친 기사들은 곰 같은 거구를 지닌 자들뿐이었다.

바람이 불자 보라색 바탕에 검과 방패가 들어간 문장기가 휘날렸다.

적군의 진지에서 긴장 어린 함성이 들려왔다. 무리도 아니었다. 약관 열일곱에 제3황군의 참모장을 맡았으며, 『군신소녀』의 이명을 지닌 아우라였다. 중앙 대륙에서 그녀의 존재를 모르는 자는 없었다.

적군은 궁병을 전선에 두고 황흑기사단이 다가오길 기다렸다.

그 얼굴에는 조소가 떠올라 있었다. 당연했다. 이쪽은 기마만으로 구성되어 있었다.

게다가 기동력 없는 중장기마였다.

적군의 활에서 화살이 대량으로 쏘아져 순식간에 시야를 뒤덮었다.

상대측의 뇌리에는 무슨 광경이 떠올랐을까. 적이 죽어 가는 모습인가, 아니면 갑옷이나 방패에 막혀 무참히 부러지는 화살인가, 알 수 없었다.

그 순간 아우라는 미소 지었다. 왼손을 번쩍 들자 북소리가 나며 전군이 정지했다.

선봉 병사의 눈앞에 화살이 쏟아졌다. 하지만 놀랍게도 하나도 맞지 않았다.

“호기는 지금— 선봉, 앞으로.”

오른손을 하늘로 올렸다가 아래로 휘둘렀다.

북이 세 번 울리고, 선봉은 강철 방패를 들고서 말을 이끌고 황야를 달려 나갔다.

다섯 부대가 세로로 뻗으며 다섯 개의 선이 되었다. 적군이 활을 쏘았으나 목표가 일정하지 않아 대부분 땅에 꽂혔고, 맞더라도 방패에 막히고 말았다.

말을 쏘려고 해도 말 역시 갑옷으로 몸이 덮여 있었다.

그렇다면 눈을 노리거나 발을 노리는 방법밖에 없지만, 적의 부대장은 당황했는지 적군의 공격은 정밀하지 못했다.

“아우라 님. 각 부대장에게 지시를 전달했습니다.”

요란히 울리는 말발굽 소리에 귀를 기울이는 아우라의 옆으로 슈피츠가 말을 몰고 왔다.

“그럼 적에게 들키지 않도록 전진.”

“예!”

슈피츠가 손가락 두 개를 세워서 팔을 옆으로 휘둘렀다.

각 부대장이 그것을 확인했고, 후군은 전진을 개시했다.

마갑을 입고 중장을 갖춰도 화살을 전혀 안 맞을 수는 없었다.

계속 쏘다 보면 맞게 된다. 선봉 몇 마리가 땅에 쓰러져 적의 과녁이 되어 있었다. 그것을 본 아우라가 언짢아하며 콧김을 불었다.

"다음 수를 쓰겠어. 북을 준비해."

"예!"

슈피츠가 오른팔을 들자 후방의 기마병이 북을 칠 준비를 했다.

"상대가 침착함을 되찾기 전에 주도권을 잡겠어."

아우라는 오른팔을 옆으로 펼쳤다. 북이 두 번 울리고 깃발 두 개가 들렸다.

그러자 선봉 두 부대가 합류하여 적의 좌익 끝으로 원을 그리며 달리기 시작했다.

적병의 주의를 우익으로 돌려서 교란하고—.

"다음."

이번에는 왼팔을 옆으로 펼쳤다. 북이 두 번 울리고 깃발 네 개가 들렸다.

이번에도 두 부대가 합류하더니 그것은 적의 우익으로 향했다.

"끝."

아우라가 두 손을 맞대자 길게 늘어진 소맷부리가 바람을 타고 나부꼈다.

북이 다섯 번 울리고, 깃발 다섯 개가 들렸다.

"받아라."

마지막 한 부대가 적의 중앙으로 돌격을 감행하고, 동시에 좌우 측면에서도 공격이 시작됐다.

적군은 궁병을 물리려고 했지만 이미 늦어서 중장기마대의 창에 희생되어 갔다.

혼란에 빠진 적진에서 아우라는 기회를 포착했다.

"전군 돌격."

허리의 검을 힘차게 뽑아 하늘 높이 들어 올렸다. 정령 무기가 햇빛을 반사했다.

그것은 무척 아름답게 빛나고 있었다. 그런 여신의 모습을 본 슈피츠가 검을 뽑아 들었다.

"전군 돌격하라! 우리의 『군신소녀』에게 승리를!"

『오오!!』

캉! 방패에 창 손잡이를 부딪치며 중장기마병이 대답했다.

그 소리를 들은 슈피츠가 선두로 달려 나갔고 그 뒤를 기마 500이 압도적인 위압감을 내뿜으며 따라갔다.

후군의 좌우 날개는 선봉과 똑같이 협공하기 위해 원을 그리며 본대와 거리를 두었다.

선봉은 적진 안에서 합류하여 한 자루의 창처럼 적의 본진을 향해 돌진했다.

기마 1500이 다가오고 있었다. 전선의 적병들은 이 상황을 알아차렸겠지만 1만2천이라는 대군이기에 정보 전달이 늦어지고 말았다.

—충돌.

많은 적병들이 등을 보이고 있었다. 그것을 본대 500이 물어뜯었다.

적병들이 짓밟히고 피를 내뿜으며 절명했다. 마치 탁류가 나무들을 휩쓰는 것처럼 선봉은 사람으로 만들어진 벽을 간단히 파괴해 갔다.

선봉이 만든 길을 돌진하며, 좌우 날개도 본대와 합류하고자 적을 쳐 내고 있었다.

"이대로 적 본진까지 돌진하라— 읏?!"

그렇게 외치던 슈피츠가 놀란 얼굴로 옆을 보았다.

"슈피츠 경. 빈틈투성이. 죽고 싶어?"

본진에 있어야 할 아우라가 태연히 말에 걸터앉아 있었기 때문이다.

아우라는 정령 무기를 가볍게 휘둘러 적병을 물리치면서 계속해서 앞으로 나아갔다.

"뭐 하시는 겁니까?! 이곳은 위험합니다!"

"정령 무기가 있어. 지금 나는 슈피츠 경보다도 강해."

"그건 그렇습니다만! 무슨 일이 벌어질지 모릅니다! 지금 당장 되돌아—."

슈피츠는 그렇게 말하며 뒤를 돌아보다가 깨달았다. 이미 적병으로 막혀서 도저히 아우라 혼자 돌파할 수 있는 숫자가 아니었다.

이미 좌익과 우익도 합류했고, 남은 것은 선봉과 합류하여 적 본진을 유린하는 일뿐이었다.

"절대로 제게서 떨어지지 말아 주십시오!"

여기까지 온 이상 돌파할 수밖에 없었다. 적게나마 아군의 사기가 올랐다.

『군신소녀』가 함께 있다, 질 리가 없다— 병사들에게서 흥분이 전해졌다.

그때, 아우라의 뺨에 무언가가 툭 하고 떨어졌다. 그녀는 눈썹을 모으고 하늘을 올려다보았다.

"……위험해."

하늘이 검게 물들고 있었다. 그토록 빛나던 태양도 침식되기 시작했다.

미지근한 바람이 전하는 것은 적이 내뿜는 죽음의 향기와 비의 조짐이었다.

***** ***** *****

한편 베르크 요새의 중앙탑 옥상에 있는 자들도 하늘의 이변을 느끼고 있었다.

강해진 바람에 붉은 머리카락이 춤췄다. 리즈는 한 손으로 머리카락을 누르고 히로에게 얼굴을 돌렸다.

"아우라, 굉장하네……. 적의 본진에 도착할 것 같잖아."

리즈가 가리킨 것은 적의 본진에 파고드는「삼지창」이었다.

히로가 고개를 끄덕여 동의했다.

"그러네. 본래 방법과는 다르지만 잘했다고 생각해."

"그래?"

"원래는 적의 방진(方陣) 중앙을 보병으로 비집어 연 뒤에 쓰는 거거든. 하지만 아우라는 기마로 열었어. 좀처럼 생각해

낼 수 없는 방법이야. 자칫 잘못하면 전멸이니까."

이쪽의 수가 압도적으로 적기에 일단 선택할 일은 없는 전법이었다.

이것은 그녀를 칭찬하기보다도 잘 훈련된 병사를 칭찬해야 할 것이다.

흐트러지는 일 없이 합류하고 망설임 없이 돌진, 그로 인해 생겨나는 폭발력.

그 후 선봉에 정신을 빼앗긴 적이 등을 돌렸을 때 후군의 추격타, 아우라의 지휘는 훌륭하다고 할 수 있었다. 반해 버릴 만한 광경이었다.

이것은 아군이기에 할 수 있는 말이지, 적에게는 견딜 수 없는 일이었다.

"이길 수 있을까?"

"이대로 순조롭게 간다면 이길 수 있겠지."

불안함을 입에 담지는 않았다. 적어도 지금은 순조로웠다.

이대로 적의 본진에 뛰어들어 적장을 죽이고 그대로 이탈한다.

그 후에는 공포에 빠진 병사들을 치면 되지만, 히로는 걱정되는 점이 있었다.

'적장의 무력에 따라서는…….'

일찍이 자신이 이 전법을 사용했을 때는 『흑천오장(黑天五將)』이라고 불리던 강자들이 있었다.

그들이 선두에 서서 싸워 주었기에 이 전법으로 성공할 수 있었다.

과연 그 정도의 강자가 아우라의 진영에 있을지—.

'그리고…….'

하늘을 올려다보자 더욱 불안감이 몰려들었다.

머지않아 하늘이 울음을 터뜨리고 땅을 적실 것이다.

안 그래도 기동력이 떨어지는 중장기마였다. 비에 젖은 지면에서는 그 파괴력이 반감되고 만다. 히로가 전장을 내려다보니 적진은 아우라가 이끄는 『황흑기사단』에 의해 중앙이 갈라져 있었다. 그것은 승천하는 흑룡을 방불케 하여 보는 자를 매료했다.

"리즈. 일단 키오르크 씨에게 준비는 해 두라고 말해 주지 않을래?"

무슨 일이 생기면 곧장 구하러 달려갈 수 있게 대비해 둬야 했다.

사람이라는 생물은 어떤 상황에서든지 꼭 빈틈이 생기고 만다.

예상 밖의 일이 벌어지면 그것은 현저하게 나타날 것이다.

궁지에 몰린 적이 그것을 놓칠 리가 없었다. 죽기를 원하는 자는 없다.

"알겠어."

리즈는 아무 말도 하지 않고 흔쾌히 허락해 주었다. 지금 자신의 입장에서는 이렇게 할 수밖에 없었다.

"고마워. 부탁할게."

감사의 말을 중얼거리고, 키오르크 곁으로 가는 그녀의 등을 배웅했다.
머리 위를 우러러보니 음울한 그림자가 넓게 펼쳐지고 구름이 낮게 드리워져 있었다.

*

전장은 지극히 혼미했다. 아직 오전 중인데도 불구하고 높이 뜬 태양은 구름에 덮여 보이지 않았다. 그 아래에서는 방진을 짠 군대가 훨씬 열세인 검은 기마군에게 밀리고 있었다.
대지를 때리는 말발굽 소리가 적의 비명을 짓밟아 갔다. 한 줄기 검은 선이 적의 본진까지 다가가고 있었다. 그러나 흐린 하늘에서 작은 물방울이 쏟아지면서 속도가 점점 떨어졌다.
얼마 지나지 않아 굵어진 비는 점차 거세지며 땅에 침투했고, 『황흑기사단』의 기세를 완전히 꺾어 버렸다.
갈색 머리 부관, 슈피츠가 나란히 달리는 상관을 향해 입을 열었다.
"아우라 님! 어떻게 하시겠습니까?!"
"적장은 목전, 목을 베고 그대로 이탈. 베르크 요새까지 도망치겠어."
"그 수밖에 없을까요……."
"집착은 안 해. 무리일 것 같으면 즉각 이탈."
"예!"

아우라는 적장의 위치를 찾고자 적의 본진을 응시했다.
비가 방해해서 시야는 양호하다고 할 수 없었지만 그녀는 승리를 위해 필사적으로 시선을 집중했다.
마갑이 적을 튕겨 내는 것에는 눈길도 주지 않고 그저 적의 본진에만 초점을 맞추었다.
허둥대며 이쪽을 가리키는 병사. 공포심에 얼굴이 굳은 병사. 짐승 같은 표정을 짓고 기다리는 병사. 전부 목적하는 자가 아니었다.
모두 시야에서 제외하고—.
광명이 비치듯이 그녀의 눈동자는 그것을 붙잡는 데 성공했다.
"찾았어. 따라와!"
드물게도 아우라가 목소리를 높였다.
그뿐만이 아니었다. 씩씩하게 정령 무기를 들고서 말의 배를 찼다.
그런 아우라의 모습에 한순간 슈피츠는 숨을 삼킨 채 멍해졌다.
그러나 곧장 정신을 차리고 전력으로 아우라의 뒤를 쫓아갔다.
검에서 창으로 바꿔 잡은 후, 있는 힘껏 소리쳤다.
"황흑기사단! 아우라 님을 따르라!"
기사들은 목소리를 내지 않고 기백이 담긴 공격으로 대답했다.

주위의 적 보병을 도륙하고 그 다음 적의 피를 하늘 높이 튀기며 처리해 갔다.

아우라는 기합이 등으로 전해지는 것을 느꼈다.

비 때문에 차게 식은 손에 열기가 깃들어 가는 것을 알 수 있었다.

정령 무기의 가호를 받은 아우라는 총대장을 지키는 적병들을 베어 갔다.

말발굽에 짓밟히지 않도록 적병들이 거리를 두기 시작했다.

결국은 징병됐을 뿐인 병사였다. 노예를 찾아 타국에 쳐들어오는 야만인.

대의도 없으며 대망도 없다. 그런 자들이 대제국의 영토를 망치는 것은 용납할 수 없었다.

"이 승리를 슈바르츠 폐하께 바치겠어."

아우라의 정령 무기가 번뜩였다. 적 총대장의 얼굴에는 경악과 절망이 떠올라 있었다.

그 목에 아우라의 정령 무기가 파고들었다. 섬뜩한 감촉이 손에 전해짐과 동시에 기마의 기세를 이용하여 끝까지 휘둘렀다. 적장의 목이 진흙 속을 굴러갔다.

그저 크기만 할 뿐인 덩치가 쓰러졌다. 그것을 지켜본 아우라는 정령 무기를 하늘 높이 치켜들었다.

"적장, 해치웠다."

등 뒤의 아군에게서 환성이 들끓었고 주위 적들은 동요했다.

아우라는 흥분을 억누르고 풀어지려는 얼굴을 다잡았다.

"슈피츠 경! 당장 목을 회수해!"

이 싸움을 끝내려면 적장을 죽이는 것만으로는 의미가 없었다.

이 죽음이 은닉되면 이어서 1만에 가까운 적을 상대할 수밖에 없게 된다.

서둘러 적장의 목을 회수하고 전장 전체에 알려야 했다.

"아니—?!"

뒤를 돌아본 아우라의 눈이 경악으로 크게 뜨였다.

목을 잃은 적장이 태연하게 일어나 자신의 목을 줍는 모습이 눈에 날아들었기 때문이다. 아우라의 전신에 오한이 일었다. 목을 잃고서 움직이다니 이미 인간이 아니었다.

아우라의 결단은 빨랐다. 곧장 뇌리에 떠오른 것은 이탈이라는 두 글자.

목을 경련하며 작은 입에서 비명 같은 목소리가 튀어나왔다.

"슈피츠 자작! 이탈— 읏?!"

마지막까지 외칠 수 없었다.

목을 연결한 적장이 무기를 들고 아우라에게 달려들었기 때문이다.

순간적으로 앞으로 내민 정령 무기는 날카로운 소리를 내며 튕겨 날아갔고, 아우라의 몸은 공중에 둥실 떠올랐다. 그리고 진흙에 처박혀 땅을 굴렀다.

말은 철갑째로 목을 잃었고, 절단된 곳에서 피를 뿜어내며 옆으로 쓰러졌다.

꿈쩍도 하지 않게 된 아우라를 노려보는 적장의 시선은 초점을 잡지 못하고 허공을 바라보며 입을 열었다.

『계집이 까불지 마라.』

적장은 보석으로 장식된 화려한 검을 어깨에 얹고 성큼성큼 아우라에게 다가왔다.

"아우라 님!"

슈피츠가 달려와 말 위에서 창을 찔렀으나, 창은 그대로 적장의 겨드랑이 사이에 끼였다.

"무슨—?!"

그대로 들어 올려진 슈피츠는 땅에 내동댕이쳐졌다.

동시에 물보라가 요란하게 튀었지만 억수같이 쏟아지는 빗속에서는 사소한 변화였다.

"윽—?!"

적장은 숨을 쉬지 못해 괴로워하는 슈피츠를 뒤꿈치로 내리찍었다.

몇 번이고 내리찍자 슈피츠의 입에서 대량의 선혈이 튀어나왔다.

죽어 가는 부관을 구하기 위해 중장기마병이 기합을 넣어 돌격을 감행했다.

"으아아아아— 윽?!"

『잔챙이가!』

적장은 아주 간단하게 병사의 얼굴에 검을 찔렀다.

숨이 끊어진 병사가 말 등에서 굴러 떨어졌다.

한 용감한 병사의 죽음으로 슈피츠는 살았지만 의식이 없는지 그저 누워서 비를 맞고만 있었고, 그 탓에 피가 얼굴 전체로 퍼져 갔다.

그때 아우라가 겨우 비틀비틀 일어났다.

오른손으로 누른 왼팔은 아래로 처졌고, 소맷부리에서는 진흙이 툭툭 떨어졌다.

부러진 것이다. 고통에 지배된 표정이 무엇보다 확실한 증거였다.

"……정령 무기?"

아우라는 초점이 맞지 않는 눈으로 적장이 든 검을 보았다.

'그렇다고 해도…… 이 남자의 변모는 대체…….'

목이 날아간 인간의 상처를 치유하는 가호는 정령 무기에 없다.

만약 그런 기적이 있다면 그것은 정령이 깃든 정령검이거나—.

'혹은 5대 보검…… 하지만 저건 어떻게 봐도 정령 무기. 그 정도의 힘은 없어.'

그렇게 생각하는 동안에도 적병들이 아우라를 포위하고 있었다.

그들을 『황흑기사단』이 원을 그리며 견제했다.

그러나 오래 버티지는 못할 것이다. 아무리 기마가 위협적이더라도 빗속에서는 너무 느렸다.

게다가 수가 압도적으로 불리했다. 한군데에 모인 적만큼 사냥하기 쉬운 것은 없었다. 조금 전까지 차지하고 있던 우위는 완전히 잃어버린 상태였다.

적장이 두 눈을 따로따로 움직여 주위를 둘러보았다.

기분 나쁜 동작에 아우라는 구역질이 났다.

『병사들이 버리지 않는 걸 보니 네년이 『군신소녀』인가.』

적장의 보라색 입술이 초승달 형태로 갈라지며 이를 내보였다.

『흐음…… 내 취향은 아니라는 게 아쉽군. 하지만 붙잡도록 하겠어. 걱정하지 마, 나도 악마는 아니니까. 몸값을 듬뿍 받으면 해방해 주고말고.』

적장이 정령 무기를 휘두르자 칼날이 공간을 가르며 빗방울을 튕겼다.

"으윽?!"

아우라를 지키기 위해 적장에게 과감히 맞선 병사가 죽었다.

『병사의 노리개가 된 뒤에 말이야!』

주인을 구출하고자 『황흑기사단』 1개 소대가 이쪽으로 향했다.

아우라에게 손끝 하나 못 대게 하겠다. 그런 기백과 함께 노도 같은 기세로 적장에게 달려들었다.

"각하! 잠시만 기다려 주십시오! 저희가 어떻게든 길을 만들겠습니다!"

『후하하! 그 정성이 갸륵하구나. 죽고 싶은 녀석부터 덤벼라. 정령 무기를 손에 넣은 나는 강하다고!』

아우라는 적장의 말을 듣고 귀를 의심했다.

정령 무기는 확실히 다대한 가호를 주지만, 남자가 느끼고 있는 힘은 결코 정령 무기에서 나오는 것이 아니기 때문이다.

그러나 아우라의 눈앞에서 믿을 수 없는 광경이 펼쳐졌다.

손목이 잘리고 가슴이 꿰뚫리고 발을 잃어도, 적장은 주춤하지 않고 『황흑기사단』을 해치워 갔다.

『자! 다음! 더 오라고! 누구한테도 질 것 같지가 않아!』

"물러서지 마! 반드시 각하를 구해 낸다!"

아우라의 부하들은 동료가 무참히 도륙되어도 결코 기죽지 않고 소리를 높이며 계속 싸웠다.

『하앗!』

"으악—!"

이윽고 마지막 한 사람이 가슴을 찔려 말에서 떨어졌다.

『후우— 하아…… 하아…… 역시 피곤하군.』

적장은 고개를 들고 어깨를 크게 들썩이며 숨을 들이마시기 시작했다.

주변에는 시체로 만들어진 산이 생겨나 『황흑기사단』 1개 소대가 모두 죽었음을 증명했다.

적장의 온몸에 생긴 상처는 어느 것이나 **치명상**이었으나 그 상처는 순식간에 아물어 갔다.

아우라는 정령 무기를 적장에게 겨누고 의문을 입에 담았다.

"……그 정체 모를 힘은 어떻게 된 거지?"

『정령 무기 말인가?』

리히타인 공국에서 정령석이 발견된 적은 없다.

주변 일대가 사막이라는 것이 이유 중 하나였다.

그러나 아름다운 오아시스도 있어서 정령이 자리 잡을 만한 곳은 많이 있었다.

하지만 그곳에는 사람들이 모여 살았다.

조용한 곳을 좋아하는 정령에게는 고통밖에 안 되었다.

무엇보다 노예 국가에 흐르는 살벌한 분위기를 정령이 좋아할 리가 없었다.

타국에서 사들였을 가능성도 있지만 리히타인 공국에 그만한 예산은 없을 터.

정령석 하나를 사려면 평민이 **평생** 놀고먹을 수 있을 만한 재물을 잃어야하기 때문이다.

정령이 깃든 「정령검」과는 달리 정령 무기는 언젠가 망가지는 소모품이다.

단 몇 합 부딪치고 부러지는 경우도 있었다. 잘못 벼리면 그 자리에서 단순한 돌이 되고 말았다.

정령석의 힘은 매력적이기는 하지만, 그런 물건에 국가 예산을 쓸 바에야 차라리 병사의 장비를 충실하게 하는 편이 나았다. 그래서 강대한 그란츠 대제국이라고 해도 정령 무기를 소지하고 있는 것은 황족, 혹은 그와 관련된 자뿐이었다.

"정령 무기의 입수 경로도 궁금하지만 그 이상으로 당신의 **그 힘**이 신경 쓰여."

『뜻 모를 소리 지껄이지 마라. 그렇게 시간을 벌어 봤자 뭐가 달라지지?』

"정말로 당신은 자신의 상태를 모르고 있어. 아니, 눈치챘더라도 그것이 이상한 일이라고 생각하지 않는 거야."

『네년이랑은 제대로 된 대화를 할 수가 없군. 이 이상은 떠들지 마라, 죽이고 싶어지니까. 그리고 주위를 봐라. 네년의 소중한 병사들이 붙잡히기 시작했어!』

주변은 혼돈의 장으로 변해 있었다. 『황흑기사단』이 말에서 끌어 내려지고 있었다.

즉각 일어나 분투를 보여 주었지만 무리였다. 포위되어 한 사람, 또 한 사람, 수가 줄어들었다. 쓰러진 중장기병의 상처에서 흘러나온 피가 진흙에 섞여 변색되어 갔다.

『이제 곧 쾌감에 허덕일 시간이 올 거다. 그때까지 놀아 주지!』

부웅— 적장은 검을 털듯이 휘둘렀다.

아우라는 정령 무기로 그 공격을 막았지만 작은 몸은 가볍게 날아갔다.

그대로 어깨부터 땅에 떨어졌다. 적장의 발차기가 옆구리에 꽂혔다.

신음하기 전에 진흙으로 입이 막히며 한 번, 두 번, 세 번— 계속해서 지면을 굴렀다.

겨우 멈췄을 때는 그녀에게서 생기가 거의 사라져 있었다.

"아, 윽……."

부하들이 싸우고 있다. 지휘관이 간단히 포기할 수는 없다.

그것이 그녀를 분기시켰다.

그러나 땅에 손을 짚고 몸을 일으키려고 해도 곧바로 팔꿈치에서 힘이 빠져나가 버렸다.

물웅덩이에 얼굴을 담근 아우라는 눈에서 흘러나오는 무언가를 알아차렸다.

울고 있는 건가? 그렇게 생각했지만 가차 없이 쏟아지는 비 때문에 알 수 없었다.

적장이 다가왔다. 아우라의 머리카락을 난폭하게 잡아채 얼굴을 들게 했다.

『뭐야, 의식이 날아갈 것 같나? 그편이 행복할 수도 있겠네. 앞으로 셀 수 없이 많은 남자들을 상대할 테니까.』

"……."

『걱정할 거 없어, 정중하게 다루고말고. 몸값을 받기 위해 말이야. 그러니 죽지 않을 정도로 상대해 줘야겠어.』

"……."

아우라는 아무 말도 하지 않았다. 그저 납빛 눈동자로 바라볼 뿐이었다.

적장이 손을 놓자 아우라의 머리는 진흙에 내동댕이쳐졌다.

적장은 흥미를 잃었는지 시선을 돌려 근처에 떨어져 있는 아우라의 정령 무기를 집어 들었다.

『군신소녀를 붙잡고 정령 무기가 두 자루나 손에 들어왔다. 못난 동생이 한 자루 날렸지만 그래도 충분한 이득이야.』

그때 그는 알아차리지 못했다. 아니— 알아차릴 수 있을 리가 없었다.

『그분에게 감사해야겠군.』

적장은 기쁨을 나타내며 팔을 벌렸다.

그와 동시에 적장의 손목째로 아우라의 정령 무기가 땅에 떨어졌다.

『응? 뭐지?』

손목을 잃은 곳에서 대량의 혈액이 뿜어져 나왔다. 그러나 그는 개의치 않았다.

눈앞에 나타난 정령 무기 한 자루에 시선을 빼앗긴 상태였다.

『이건 동생한테 줬던…… 정령 무기? 왜 여기 있지?』

멍하니 바라보고 있는 적장의 배후에서 이변이 일어나고 있었다.

대군으로 뒤덮인 전장을 흰 빛이 구불구불 나아갔다.

**그것**은 하늘을 달리듯 적장에게 다가오고 있었다.

질풍신뢰(疾風迅雷)라는 이름이 어울렸다. 그것 외의 다른 말은 찾을 수 없었다.

어둡게 가라앉은 절망을 가르는 칼날의 반짝임—.

—『백뢰(百雷)』가 지상을 내달렸다.

## 제5장 깨어난 군신

시간은 조금 전으로 거슬러 올라간다—.

강풍이 휘몰아치고 굵은 빗방울이 피부를 때렸다.

베르크 요새, 중앙탑 옥상— 그곳에 남녀 몇 명이 말없이 서 있었다.

무거운 공기가 사방에서 압력을 가해 오는 듯한, 그런 숨 막히는 답답함이 공간을 짓눌렀다.

히로 옆에서 전장을 바라보던 붉은 머리 소녀는 예쁜 눈썹을 걱정스럽게 찡그렸다.

"히로, 이거 위험하지 않아……?"

"아니, 아직 기세는 이쪽에 있어……."

적의 방진은 흐트러져 있었다. 적장을 죽인다면 완전히 와해될 것이다.

아우라가 이끄는 『황흑기사단』은 갑작스러운 비 때문에 움직임이 둔해지기는 했지만 기세를 잃은 것은 아니었다.

'남은 적은 8천쯤인가…….'

지금 상황은 추격타를 날릴 좋은 기회이기도 했다.

이쪽은 1천밖에 없지만 적은 완전히 『황흑기사단』에게 시선을 빼앗긴 상태였다.

호우에 섞이면 적병이 이쪽을 알아차리는 것을 늦출 수 있을 터였다.

만약 눈치채더라도, 저렇게나 흐트러져 있다면 지휘 계통은 혼란에 빠져 있을 터— 치고 나가야 한다.

그렇게 판단하여 리즈를 보았지만 그녀는 옆에 없었다.

이미 키오르크에게 달려갔기 때문이다.

필사적으로 무언가를 말하는 것을 보니 히로와 똑같은 기분일지도 몰랐다.

키오르크가 고개를 끄덕이고 병사에게 지시를 내리는 것을 본 히로는 다시 전장으로 눈을 돌렸다.

"해치웠나!"

전장에서 전해지는 승리의 기운을 『천정안』이 잡아냈다.

하지만 거대한 벽에 부딪힌 것처럼 둘로 갈라진 검은 용은 적의 본진에서 원을 그리기 시작했다.

"……왜 이탈하지 않는 거지?"

히로는 난간 벽에 손을 짚고 몸을 내밀어 시선을 집중했다.

이변이 일어난 것은 알 수 있었다. 하지만 다양한 정보가 뒤섞여서 정확한 정보를 인식할 수 없었다.

'갈 수밖에 없나…….'

망설이고 있을 시간은 없었다. 난간 위로 올라간 히로는 가장자리에 섰다.

아득한 밑에서 병사들이 분주하게 움직이는 것이 보였다.

편히 죽을 수 있는 높이였다.

"후우……."

히로는 한번 호흡한 뒤에 결의를 다지고 아무것도 없는 공간에 발을 내디뎌— 그대로 떨어졌다.

"히로?!"

탑 꼭대기에서 떨어지는 히로를 보고 리즈가 놀라 소리쳤다.

하지만 그것은 곧 빗소리에 지워졌기에 히로는 알아차리지 못했다.

'……일일이 계단으로 내려가면 늦어.'

중력에 끌려 지상으로 떨어져 갔다. 내장이 위로 쏠리는 감각이 엄습했다.

히로는 도중에 『천제』를 불렀다. 발밑에 칼자루가 나타남과 동시에 그것을 발판 삼아 도약했다. 또다시 발밑에 불러내고 뛰어오르며 하늘을 달렸다.

지상에서는 병사들이 차례차례 문을 뛰쳐나가 전장으로 향하고 있었다.

지금쯤 리즈도 계단을 이용해 지상으로 내려오고 있을 것이다.

히로는 한발 먼저 문을 뛰어넘어 지면에 착지했다.

문을 나온 아군 병사들에게서 술렁임이 일었다.

설명하고 있을 시간은 없었고 그럴 필요도 없었다.

히로는 백은빛 검을 한 손에 들고 땅을 찼다. 마치 맑게 갠 초원을 달리는 것처럼 진흙에 발이 빠지는 일도 없이 빠르게 달려 나갔다.

적으로 뒤덮인 전장에 도착하자 주위를 둘러보며 틈을 찾았다.

그것은『황흑기사단』이 전력으로 비집어 연 길이었다. 커다란 틈을 발견한 히로는 그곳을 돌파했다.

"핫—!"

진로를 막는 적의 등으로 섬광이 달려들었다. 피가 치솟기 전에 다음 적병의 목숨을 베어 길을 열었다. 그들이 알아차리는 일은 없었다. 섬광이 지나갔을 때, 적병의 목은 이미 날고 있었다.

빛나는 검, 그것을 인식하기 전에 적병들이 죽어 갔다.

『네놈은 뭐냐아아아아!』

적의 부대장이 이쪽을 눈치채고 검을 내리쳤다.

"흣!"

그것을 피한 뒤 검을 횡으로 그었다.

적 부대장의 검이 두 동강 나더니 칼날이 땅에 떨어졌다.

그와 거의 동시에 부대장은 시체가 되어 진흙에 파묻혔다. 주위가 시끄러워졌다.

길을 서두르는 히로는 또다시 달리며 적의 동요를 내버려둔 채 앞으로 나아갔다.

일반인은 낼 수 없는 속도, 그것은『천제』의 가호 덕분이었다.

빈틈을 누비며 달려 나가자 마침내 아우라의 모습이 눈에 들어왔다. 상처 입고 진흙투성이가 되어 쓰러진 소녀를 보고 히로는 조용한 분노를 눈동자에 담았다.

히로가 마음속으로 바라니 그에 응하여 눈앞의 공간에 금이 갔다.

균열에서 나타난 정령 무기는 보석으로 장식되어 있었다. 그 칼자루를 주저 없이 잡아 투척— 예리한 칼날이 공기를 가르며 적장의 손목을 떨어뜨렸다.

히로는 동요하는 적장과 순식간에 거리를 좁혔다.

그가 알아차리기 전에 『천제』를 횡으로 휘둘렀다.

『으윽—?!』

살을 가른 감촉이 손에 남았다. 확실하게 적장을 죽였을 터—.

"그런데…… 왜 살아 있는 거야?"

멈춰 선 히로가 적장을 돌아보며 물었다.

『네놈…… 누구냐?』

갑작스러운 침입자였다. 의아한 표정을 보내는 것도 당연했다.

히로는 그 말을 무시하고 적의 목을 보았다. 이어져 있는 것을 확인했다.

"……다시 한 번 베면 알 수 있으려나."

히로는 『천제』의 칼끝을 적장에게 겨눴다.

『이름을 밝힐 생각은 없는 건가. 하지만 나는 밝히도록 하지. 자신을 죽인 자의 이름 정도는 알아 두고 싶을 테니 말이야.』

적장이 사납게 미소 지었다.

『레이힐 르메르 리히타인. 리히타인 공국의 차기 공작이다!』

소개를 끝낸 레이힐이 정령 무기인 검을 세로로 휘둘렀다.

히로는 『천제』로 막고 튕겨 냈다. 화려한 불꽃이 두 사람 사이에 흩어졌다.

『내가…… 밀렸어?』

힘에 밀려 뒤로 물러난 레이힐이 고개를 기울이며 물음표를 띄웠다.

그리고 자신의 손을 바라본 후 히로를 쳐다보았다.

『……그 검은 뭐지? 정령 무기인가?』

"대답할 의무는 없어."

히로는 내심 놀라고 있었다. 상대의 힘이 상상 이상이었기 때문이다.

밀어내기는 했지만 히로는 원래 장소에서 두 걸음쯤 물러나 있었다.

『크큭, 하하하! 좋아, 아무 말도 안 해도 돼! 네놈을 죽이고 차분히 조사하도록 하지!』

레이힐이 아무렇게나 검을 휘두르면서 히로를 향해 다가왔다.

히로는 땅을 차고 그 기세 그대로 몸을 비틀어 회전을 가하며 레이힐의 품으로 뛰어들었다. 『천제』를 호쾌하게 횡으로 벴다. 하지만 간단히 막히고 손이 저릿해지는 감촉이 돌아왔다.

레이힐의 얼굴에 희열이 퍼졌다.

『확실히 만만치 않아. 하지만 빠를 뿐이군.』

레이힐은 입꼬리를 히죽 올리더니 힘껏 검을 휘둘렀다.

『천제』로 그것을 밀어내려고 했던 히로의 몸이 가볍게 떠올랐다.

'아까보다도 힘이 더 세졌어?!'

이 싸움을 보는 자가 있었다면 소년은 날아가리라고 생각했을 것이 틀림없다.

그러나 히로는 칼날을 옆으로 비껴서 힘을 흘리고 후방으로 뛰어 거리를 벌렸다.

다시 공격하고자 시선을 전방으로 돌리니—.

"—윽!"

레이힐이 눈앞까지 다가와 있었다.

『그라라아아아!』

"큿?!"

허리를 굽히자 폭풍이 머리 위를 통과했다.

공격을 피한 히로는 『천제』를 내질렀지만 레이힐이 칼날을 차올려서 칼끝이 하늘로 향했다.

팔을 올리는 형태가 된 히로에게 커다란 빈틈이 생겼다.

『애송이! 끝이다!』

천둥처럼 공기를 비트는 검날이 히로의 머리를 노리고 아래로 떨어졌다.

그러나 공간을 찢으며 나타난 검 두 자루가 그것을 막았다.

『이, 게 무슨—?!』

그 정령 무기 두 자루는 1000년 전에 『천제』를 경유하여 「정령계」에 보존해 두었던 것이었다.

역할을 다한 정령 무기는 이 세계에서 사라졌고, 히로와 레이힐 사이를 막는 것은 없어졌다.

『그건 뭐냐?!』

무슨 일이 벌어졌는지 이해하지 못했는지 레이힐이 당혹스러운 표정을 지었다.

"핫!"

대답해 줄 의무도 없어서 히로는 『천제』의 칼끝을 내질렀다.

『얕보지 마라!』

하지만 레이힐의 옆구리를 얕게 벴을 뿐인 결과로 끝났다.

'반응 속도도 올라갔어.'

조금 전의 레이힐이었다면 피할 수 없었다…… 무언가가 어긋나 있는 감각이었다.

'게다가 이 비정상적인 회복력은 뭐지…….'

잘라 낸 손목은 재생해 있었고, 방금 생긴 옆구리 상처도 순식간에 아물었다.

'정령 무기에 이런 가호는 없을 터…….'

이 시대의 정령 무기가 진화했을 가능성도 생각할 수 있지만, 적어도 히로의 기억에 이러한 가호를 주는 정령 무기는 존재하지 않았다.

'혹시…….'

히로는 어떤 사실을 떠올렸으나 레이힐이 사고를 방해했다.

『신기해? 확실히 죽인 줄 알았어? 이 멍청이가—!』

검을 어깨에 얹은 레이힐은 히로가 든 『천제』를 가리켰다.

『그 검이 뭔지는 모른다. 하지만 「정령 무기」 혹은 「5대 보검」 종류인 건 확실하군. 어쨌든 그것들의 가호는 신체 능력을 어마어마하게 끌어올리지. 그러나 결국은 개인의 역량에 따라 그 강함은 바뀐다. 그러니까—.』

레이힐은 거기까지 말하고 잠시 쉬었다가 이어서 말했다.

『졸개들을 베고서 으스대지 마라, 애송이! 나 같은 강자가 나타났을 때, 네놈 같은 약자는 실력이 탄로 나는 거야! 네놈의 원래 역량이 낮다면 그건 그냥 썩히는 거나 다름없어!』

말을 마친 레이힐의 몸이 변모해 갔다. 등이 부풀고 팔은 더욱 두꺼워졌다.

히로는 마침내 적장의 강함― 그 **원인**에 생각이 미쳤다.

"그런 건가……."

『뭐?』

히로는 『천제』를 내리쳐 적장의 어깨를 잘라 냈다.

『후하하! 소용없다!』

아픔이 안 느껴지는지 레이힐은 유쾌하게 일그러진 얼굴로 검을 휘둘렀다.

백은빛 칼날로 막아 낸 히로는 맞부딪친 자세 그대로 레이힐을 노려보았다.

"당신이 아까 한 말은 옳아. 하지만 지금 당신의 힘은―."

『으라아아아아!』

"윽?!"

순간 레이힐의 발차기가 명치에 박혀 히로의 몸이 날아갔다.

히로는 온몸이 찢어지는 듯한 격통이 엄습하여 숨도 쉬지 못하고 땅을 굴렀다.

난전이 된 전장, 그곳에서 날뛰는 적병과 충돌하여 히로는 겨우 멈췄다.

천천히 일어난 히로의 얼굴에는 조금 전까지의 무기질적인 표정이 아니라, 나이에 걸맞은 소년다운 인간미 넘치는 표정이 떠올라 있었다.

"……당신이 『마(魔)』를 삼킨 이유를 알고 싶지는 않아."

히로의 존재를 알아차린 적병들의 창끝이 주위에 여러 개 떠오르며 위협했다.

그것을 남의 일처럼 둘러보고서 히로는 이어 말했다.

"하지만 힘의 사용법을 안다면 그런 걸 의지하지 않아도 돼."

히로가 왼손을 옆으로 휘두름과 동시에 그를 에워싼 **모든** 적병들의 가슴에 검이 꽂혔다. 어느 적병이나 얼굴에 의문이 나타나 있었지만 이유를 알지도 못한 채 핏덩어리를 토하며 털썩털썩 죽어 갔다.

*

전장은 혼돈 그 자체였다. 전선에서는 글린다 변경백이 이끄는 글린다병이 분투하고 있었다.

적 본진의 중앙에서는 히로가 적장과 격전을 벌이는 중이었다.

아니— 일방적으로 히로가 공격하고 있다고 해도 좋았다.

공간을 찢으며 나타난 정령 무기 한 자루. 그 칼자루를 잡아 레이힐을 베고서 순식간에 사각지대로 이동했다. 그러자 손 근처 공간이 갈라지며 새로운 정령 무기가 나타났다.

그것으로 또다시 적장을 벤 뒤, 정령 무기 두 자루를 아무렇게나 힘껏 찔러 넣었다.

그대로 대지를 박차 레이힐의 머리 위를 넘어 배후에 착지한 후, 새로운 정령 무기를 꺼내 레이힐의 등을 꿰뚫었다.

—모든 것이 눈 깜짝할 사이에 벌어진 일이었다.

제3자의 눈에는 백은색 잔광이 마치 거미줄처럼 종횡무진 움직이는 것이 보일 뿐이었다. 히로의 공격은 멈출 줄을 몰랐고, 정령 무기가 노도 같은 기세로 레이힐의 거구에 꽂히며 대지에 피를 흩뿌렸다.

레이힐은 소리를 지르면서 고통에 몸부림쳤다.

『오오오— 오오오오오!』

팔, 다리, 가슴, 보이는 모든 상처가 치명상이었다.

그런데도 레이힐은 살아 있었다.

불길한 검은색 오라가 레이힐을 휘감아 삽시간에 상처를 수복해 갔다.

거구에 꽂혀 있던 정령 무기들이 땅에 떨어지더니 그대로 사라졌다.

처음부터 위화감은 들었다. 히로는 그것을 본 적이 있었다.

"……『타천(墮天)』한 건가."

그것은 정령의 힘을 삼키려 한 『어리석은 자』를 칭하는 『불길한 이름』이었다.

1000년도 더 된 옛날, 어느 나라의 왕이 흥미 삼아 정령석을 부숴서 특수한 제조법으로 『정마환(精魔丸)』이라는 것을 만들어 냈다.

그것을 한 병사에게 먹였지만― 그때는 아무 일도 일어나지 않았고 왕은 낙담했다고 한다.

그러나 모두가 잠든 고요한 밤중에 남자는 괴로워하기 시작했다. 모습이 변모한 남자는 이성을 잃고 괴물로 전락했다. 이변을 알아차린 순찰병이 첫 희생자가 되었고, 이어서 왕을 먹어 치운 괴물은 성내에 있는 남녀노소를 무차별적으로 몰살했다.

그 나라는 혼란을 틈타 쳐들어온 타국에 흡수되었는데, 히로는 그 전투에 참가했었다.

"바보 같은 짓을…… 정령의 『마』에 침식되면 다시는 원래대로 돌아올 수 없는데……."

확실히 정령의 가호는 매력적이다.

그렇다고 그것을 체내에 들이면 과도한 효과를 내는 정도로 끝나지 않았다.

인간의 그릇에 담을 수 있는 힘이 아니었다. 이내 사람이 아니게 되어 버린다.

그러나 그래도 『타천』하는 자는 끊이질 않았다. 히로는 그렇게 기억하고 있다.

멸망을 목전에 둔 나라의 왕들이 다른 나라에게 보복하고 싶다는 마음에 『마』를 삼켰다.

그것을 이용하여 『마살(魔殺)』하는 자까지 나타났던 암흑시

대였다.

하지만 모두가 이성을 잃은 것은 아니었다. 극히 드물게 견디는 자도 있었다.

이성을 유지하면서 인간을 아득히 능가하는 신체 능력을 얻은 자.

『마』를 견딘 인간을 사람들은 이렇게 불렀다.

마인(魔人)— 이라고.

안 그래도 히로보다 훨씬 컸던 레이힐의 몸이 순식간에 부풀어 원래보다 여섯 배는 될 법한 높이가 되었다.

이래서야 인간이라고 할 수 없었다. 오거나 기가스, 그에 가까운 **괴물**(몬스터)이었다.

'하지만 이건 실패야.'

히로가 『천제』를 겨눔과 동시에 괴물은 움직이기 시작했다.

그러나 이쪽으로 오지 않고 그대로 리히타인 공국군을 공격했다.

『히이이익— 악!!』

팔을 한번 휘두르자 주먹이 일으킨 풍압이 리히타인 공국병 다섯을 날렸고, 짓밟힌 자는 그대로 목숨을 잃었다.

『이 녀석은 뭐야?!』

『공격해! 몬스터가 나타났다!』

『으악?!』

『각하는 어디 가셨어?!』

리히타인 공국병은 혼란에 빠지면서도 공격을 개시했다.

쿵쿵거리며 날뛰는 괴물은 리히타인 공국병을 모조리 없애 갔다.

게다가 리히타인 공국병은 괴물이 레이힐이라는 사실을 알아차리지 못했다.

레이힐이었던 때의 모습을 일절 찾아볼 수 없으니 어쩔 수 없을지도 모른다.

활을 쥐고 화살을 쏘는 자, 용감무쌍하게 맞서는 자, 울먹이며 등을 돌리는 자.

모두가 괴물의 손에 매장되었다.

마치 개미를 짓밟는 것처럼 쉽사리 사람이 죽어 갔다. 거기에 리히타인 공국병을 더욱 좌절시키는 사태가 벌어졌다. 본진 후방에서 불길이 솟아난 것이다.

『마, 말도 안 돼.』

『어이, 진짜냐…… 저쪽엔—.』

『병참이 있어…….』

『이렇게 비가 내리는데 불탔다는 거야?!』

적군들이 비명을 질렀다.

히로는 활활 타오르는 불길을 보고 리즈의 짓임을 곧장 깨달았다.

이런 큰비 속에서 그런 일이 가능한 것은 『염제』뿐이었다.

이미 승패는 결정됐다고 봐도 좋았다. 지휘관을 잃고 병참을 잃었으니 남은 것은 철수, 혹은 항복이었다.

그러나 얌전히 항복할 수 있는 상황도 아니었다. 무기를 버리면 괴물에게 살해당하기 때문이다. 만약 지휘관급이 있었다면 아직 만회할 수 있었을지도 모른다. 하지만 대부분 히로가 처리해 버렸다.

그들에게 남은 길은 무기를 버리고 냅다 도망치는 것뿐이었다.

『철수다! 도망쳐! 나는 더 이상 못 해 먹겠어!』

『나, 나도 도망칠래!』

『젠장, 기다려! 나도 간다!』

누구도 죽기를 원하지는 않았다. 무모한 싸움을 하고 싶은 사람은 없었다.

즉각 자신들의 나라를 향해 달리기 시작했다.

하늘에서 내려다보자면 그들은 눈사태처럼 힘차게 리히타인 공국으로 이동해 갔다.

히로는 그 등을 뒤쫓지 않았다. 그 밖에 상대해야 하는 **생물**이 있었기 때문이다.

히로는 눈을 감고 숨을 가다듬었다.

『천제』의 칼자루를 양손으로 움켜잡고 들어 올린 모습은 제2대 황제의 동상을 연상시켰다.

괴물이 포효하자 앞머리가 흔들렸다. 히로는 조용히 괴물을 응시하고 도약했다.

알레테이아에서 「괴물」은 드물지 않았다. 넘쳐 난다고 말할 수 있을지도 모른다. 그 강함은 다양한데, 대형 괴물쯤 되면 집단으로 토벌할 대상이었다. 만약 혼자서 도전하는 자가 있다면 사람들은 분명 무모하다고 비웃을 것이다. 여러 훈련을 받은 군인이라면 더더욱.

그러나 소년을 비웃는 자는 아무도 없었다.

과감하게 괴물에 맞서는 「영웅」을 바보 취급할 자는 없었다.

공방을 펼치는 소년의 이름은 오구로 히로.

다른 이름으로는 헬트 레이 슈바르츠 폰 그란츠.

1000년 전 알레테이아에서 『군신(마르스)』이라고 칭송받았던 「영웅(헬트)」 본인이었다.

지금은 「신화」가 된 『전설의 영웅』.

주변 나라들을 정복한 후 원래 세계로 귀환했으나 또다시 「이세계」로 돌아왔다.

신화에서 튀어나온 소년의 손에는 백은빛 검이 쥐어져 있었다.

그것은 전승에도 기록되어 있지 않은 잃어버린 검이었다.

정령검 5제 중 한 자루—『천제』.

칼코등이와 칼자루는 새하얀 눈이 덮인 것처럼 아름다웠고, 도신은 반짝이는 별이 무수히 뿌려진 듯 빛나고 있었다.

"큿!"

거대한 주먹이 히로의 코앞을 통과했다.

풍압으로 앞머리 몇 가닥이 허공에 흩날렸다. 히로는 몸을 비틀어 『천제』를 대수롭지 않게 휘둘렀다.

괴물의 팔에서 피가 솟구쳤다. 그러나 쫙 갈라진 상처는 순식간에 아물었다.

아무리 베도 죽지 않는 생물이 있다고 하자. 그때 사람은 어떻게 행동할까.

대부분은 틀림없이 도망치려고 할 것이다. 그러나 극히 드물게 맞서는 자도 있을 것이다.

히로는 후자의 인간이라고 할 수 있었다. 그의 머릿속에 도망친다는 선택지는 없었다.

그 얼굴에는 공포심도, 초조함도 없었으나 짜증이 나타나 있었다.

'아직 느려! 아직 부족해!'

갈망했다. 예전 모습과는 거리가 멀었다. 괴물의 숨통을 끊으려면 이것 가지고는 부족했다.

"하앗!"

짜증을 담아 『천제』를 휘둘렀다. 거대한 팔이 허공으로 날아올랐다.

사람이었다면 치명상이 되었을 것이다.

그러나 상대는 불완전하긴 해도 정령의 『마』를 삼킨 괴물이었다.

피가 튀어 히로의 얼굴이 붉게 물들었지만 그래도 멈추지 않고 더욱 속도를 올렸다.

"젠장!"

원래 세계로 귀환하고 3년의 공백이 있었다.

평화를 구가하던 히로는 확실히 약해졌다고 해도 좋았다.
그렇다고 해서 그것을 변명으로 삼고 싶지는 않았다.
왜냐하면 지금까지 쌓은 경험, 소중한 것은 아직 남아 있었다.
'헛되게 하고 싶지는 않아.'
몸 마디마디가 비명을 질렀다. 히로는 이를 악물고 버텼다.
여러 전투를 거치며 소년의 몸은 한계를 맞이한 상태였다.
그래도 히로는 계속해서 벴다.
백은빛 섬광이 괴물에게 빨려 들어가듯 사라져 갔다.
그때마다 괴물의 피가 대지를 물들였고 아픔을 머금은 포효가 공간을 뒤흔들었다.
'네가 있었어. 모두가 있었어. 그래서 나는 계속 이길 수 있었어.'
히로는 땅에 무릎을 꿇고 대지에 손을 내리쳤다.
'이제…… 모두 없어져 버렸지만.'
괴물 주위에 셀 수 없이 많은 정령 무기가 나타났다.
동요하는 괴물을 무시한 채 『천제』를 괴물의 머리 위, 하늘 높이 내던졌다.

—너희가 남긴 『역사(긍지)』를 위해서라도, 나는 반드시 승리를 거머쥐겠어!

히로는 눈을 감고 호흡을 가다듬기 시작했다.
빈틈투성이가 된 히로를 본 괴물이 좋은 기회라고 생각했는지 공격해 왔다.

맞는다면 즉사할 일격 필살— 그것이 소년의 머리 위에서 몇 번이나 내려왔다.

그러나 놀랍게도 하나도 맞지 않았다.

"자— 시작할까."

히로의 눈이 뜨였을 때, 나타난 눈동자에 심연은 없었다. 순수한 빛만이 자리했다.

빗방울이 치유를 베푸는 것처럼 피를 씻어 주었다.

공기에 섞인 입자가 축복하듯이 반짝임을 더해 갔다.

세계의 숨결을 본 소년은 입가에 미소를 만들었다.

'알티우스…… 이 세계에 너는 없지만—.'

등 뒤에서 붉은 머리 소녀가 걱정스럽게 지켜봐 주고 있었다.

'네 의지는 남아 있어. 과거와 미래는 이어져 있어.'

시작은 돌연적이고 끝은 필연적이다.

떨어져 있어도, 다시는 만날 수 없게 되더라도, 이어져 있다.

네가 없는 세계. 내가 없는 세계.

너는 어떤 나날을 보내고 있을까.

즐거운 나날을 보내고 있을까.

슬픈 나날을 보내고 있을까.

가능하다면 웃음이 끊이지 않는 충실한 나날을 보냈으면 좋겠다.

너도 똑같이 생각하고 있다면—.

—나는 이렇게 전하겠어.

'안심해.'

괴물을 응시했다.

'걱정하지 마.'

정령의 힘이 몸 구석구석까지 가득 차올라 갔다.

'즐겁게 지내고 있어.'

땅을 박찬 소년은—.

—세계의 소리를 놔두고 갔다.

괴물 주위에 떠 있던 정령 무기가 한 자루, 세 자루, 여덟 자루, 열네 자루, 무서운 속도로 사라져 갔다. 비가 퍼붓는 전장에 공기를 가르는 소리만이 전파되었다.

괴물의 살이 도려내지고, 비명을 지르는 괴물을 흰 섬광이 뒤덮어 신음조차 지워 버렸다.

세찬 공격은 멈추기는커녕 더욱 가속하여 백의 반짝임과

천의 번쩍임을 기리면서 지상에 수만의 별들을 만들어 냈다.

그것은 『천제』를 가진 자에게만 허락된 특권.

망설임이 없어진 소년에게 『천제』의 가호 「신속(神速)」이 진가를 발휘했다.

—신광뇌화(리지그라차르트)(神光雷火).

초고속으로 쏟아지는 격렬한 공격.

모든 정령 무기가 사라졌을 때, 하늘에서 아름다운 검 한 자루가 내려왔다.

히로는 대지를 박차고 도약하여 『천제』의 칼자루를 움켜잡았다.

"하아아아아아아아아앗!"

괴물의 머리를 가르며 그대로 끝까지 휘두르자 칼끝이 땅에 박혔다.

굉음이 공간을 뒤흔들었다. 동시에 지면을 부수며 땅울림이 일어났다.

괴물의 몸은 폭발한 것처럼 갈가리 찢겼고, 살점이 사방으로 흩어져 진흙 속에 가라앉아 갔다. 그 중앙에서 히로는 거칠게 호흡하며 머리 위를 올려다보고는 산소를 들이마셨다.

비가 개며, 기분 나쁘게 꿈틀거리는 회색 구름 사이로 영웅(히로)의 귀환을 축복하듯 태양이 나타나 따뜻하게 그를 비추어 주었다.

"히로!"

붉은 머리 소녀— 리즈가 히로에게 달려와 안겨들었다.

모든 힘을 쏟은 히로는 그녀를 제대로 받아 내지 못하고 엉덩방아를 찧었다.

뭔가 말해 주고 싶었지만 산소가 우선이라는 것처럼 입이 생각대로 움직이지 않았다.

"여러 가지로 하고 싶은 말은 많지만…… 무사해서 다행이야."

리즈는 히로의 얼굴을 양손으로 만지작거리며 안도의 한숨을 흘렸다.

여전히 히로는 아무 말도 할 수 없었기에 그냥 얼굴을 내주었다.

그런 히로 곁으로 서버러스가 다가와 어깨에 머리를 문질렀다.

히로의 시야 한구석에서는 병사에게 부축받은 아우라가 이쪽을 응시하고 있었다.

슈피츠는 아직도 의식이 돌아오지 않아 의무병에게 치료받는 중이었다.

트리스와 글린다 변경백이 흥분이 가시지 않은 얼굴로 다가왔다.

"괴, 굉장하군. 그런 괴물을 혼자서 퇴치해 버릴 줄이야……."

글린다 변경백은 꿈이라도 꾼 건가 싶어서 자신의 볼을 꼬집었다.

그 옆에서 트리스가 중얼중얼 혼잣말했다.

"으음…… 애송이의 정체는 대체……."

그것을 발단으로 배후에서 환희가 폭발했다.

"굉장해…… 그 공격…… 너, 보였어?!"

"어? 그, 그래, 당연히 보였지!"

"거짓말하지 마! 그게 보였다면 이등병으로 있을 리가 없잖아!"

"어, 어이…… 저거—."

"왜 그래— 읏?!"

술렁이는 병사들의 흥분은 곧장 수습되었다.

땅울림과도 닮은 쩌렁쩌렁한 말발굽 소리가 공간을 뒤흔들며 고막을 유린했다.

거리가 좁혀질 때마다 심장이 죄어드는 압박감이 느껴졌다. 아군이 아니었다면 도망쳤을지도 모른다. 그 정도의 위압감을 내뿜으면서 대군이 모습을 나타냈다.

"제4황군……?!"

*

히로가 싸우는 전장에서 서쪽으로 3셀(9킬로미터) 떨어진 곳.

거대한 절벽이 군데군데 있고, 2만의 군세가 그 큰 그늘에 숨어 황야를 가득 메우고 있었다. 중앙 대륙에서 패권을 장악한 그란츠 대제국의 제4황군이었다.

그 선두에서 하얀 갈기를 지닌 말을 타고 천천히 나아가는 남자가 사령관이었다.

이름은 트라이 흘린 폰 로잉. 계급은 대장.

역전의 맹장이며 그란츠 대제국의 5대 장군 중 한 사람이었다.

로잉 장군은 후방으로 힐끔 시선을 보냈다.

그곳에는 호사스러운 마차가 울퉁불퉁한 지면 때문에 흔들리며 달리고 있었다.

사령관에게도, 그란츠 대제국에도 중요한 인물이 타고 있었다.

로잉 장군은 다시 앞을 보았다. 말 한 마리가 전방에서 달려왔다.

척후병이었다.

"장군! 보고합니다! 국경 부근에서 글린다 변경백이 전투를 벌이고 있으며 전황은 좋지 않습니다."

"그야 그렇겠지. 리히타인 공국군은 1만5천은 될 테니. 글린다 변경백이 어느 정도 실력을 지녔는지는 모르지만 이길 수 있을 리가 없어. 아니, 오히려 지금까지 잘도 버텼다고 칭찬해야 하나."

오랜 세월 작은 분쟁조차 일어나지 않은 지역이었다. 그 수완을 알 수는 없었다.

하지만 아무리 실력이 있더라도 글란다 변경백령의 상비병은 3천. 치안 유지를 위해 움직일 수 없는 부대도 존재했다. 모아 봤자 1천 전후라고 로잉 장군은 짐작하고 있었다. 그 숫

자만으로 1만5천을 상대하며 지금껏 버틴 것이 이상했지만—.

"그 자리에 『군신소녀』가 있는 것 같습니다."

척후의 보고로 겨우 납득했다.

"호오, 서쪽에서 이 먼 남쪽 끝자락까지 일부러 찾아왔나."

"하지만 죽었는지 살았는지는 확인할 수 없었습니다. 적장에게 당한 것 같습니다."

"그 계집이 전선에 나선 건가. 정말이지, 얌전히 뒤에 있으면 될 것을."

머리 좋은 계집인 줄 알았는데 아니었던 모양이다. 만용을 용기로 착각한다는 게 이런 것이었다.

그런 자에게 『군신』의 이름은 버거웠다.

그 칭호를 준 브루탈 제3황자의 변덕도 참 곤란했다.

『군신』의 이름이 어울리는 사람은 바로 저분이라고 생각하며, 로잉 장군은 다시 마차로 눈을 돌렸다.

그러자 마차 안에서 위압적인 목소리가 날아왔다.

"로잉."

이름을 불린 로잉 장군은 말의 속도를 늦추고 마차 창문으로 얼굴을 가까이 가져갔다.

내부는 어둑했고, 보이는 것은 나신을 드러낸 여자들에게 둘러싸인 남자의 모습이었다. 황제의 친정에 따라갔던 슈트벨 제1황자였다.

2년 전 아우라에게 패배할 때까지 대국으로서 여러 나라에 다대한 영향을 끼쳤던 페르젠을, 슈트벨 제1황자는 황제와 함께 엊그제 멸망시켰다.

슈트벨 제1황자는 그대로 대제도에 개선하지 않고 친위대와 함께 승전의 부산물인 페르젠 왕녀들까지 데리고 온 것이었다.

자신의 장래를 비관해서인지, 아니면 지옥을 본 탓인지, 망측한 모습이 된 그녀들의 눈동자는 시체처럼 빛을 잃어버린 상태였다.

제1황자가 질리게 되면 그녀들은 즉각 노예로 팔릴 것이다.

로잉 장군은 그녀들의 머지않은 미래를 동정하며 대답했다.

"무슨 일이십니까?"

"척후를 이쪽으로 불러라. 묻고 싶은 게 있다."

"예!"

로잉 장군은 보고하러 온 척후병에게 곧장 눈짓했다.

척후병은 마차로 말을 몰아 다가왔다.

창가로 얼굴을 가까이 대라고, 로잉 장군이 턱을 움직여 지시했다.

척후병은 긴장한 표정으로 창문으로 얼굴을 가져갔다.

"……레이힐은 어땠지?"

슈트벨의 물음에 척후병은 어리둥절한 얼굴을 했다.

로잉은 즉시 말뜻을 깨닫고 「레이힐의 모습을 보고 오라고 명령받지 않았나」 하고 척후병에게 귀띔했다.

퍼뜩 정신을 차린 척후병이 황급히 입을 열었다.

"……이상한 소년이 전장에 난입하여 놀라기는 했습니다. 하지만 정령 무기를 가진 적장을 상대할 수 있을 정도는—."

"이상한 소년이라고?"

"예, 눈으로 좇을 수도 없는 속도로 적 본진에 나타나— 으아악!"

그렇게 말하자마자 창문이 요란하게 깨지며 파편이 척후병의 얼굴에 박혔다.

갑작스러운 격통에 괴로워하던 척후병의 비명은 오래 가지 않았다.

창문이 있던 곳에서 두꺼운 팔이 나오더니, 커다란 손이 척후병의 얼굴을 덮었기 때문이다.

"으억! 윽, 윽—!"

호흡할 수 없게 된 척후병을 두고 말이 도망쳤다.

척후병의 발은 공중에 뜬 채 버둥버둥 허공을 휘젓고 있었다.

로잉은 그 모습에 탄식하고서 척후병의 허리를 잡은 뒤 슈트벨에게 말했다.

"슈트벨 황자님…… 장난은 그만둬 주십시오. 손을 놓고—."

로잉이 말을 끝내기 전에 우둑 소리가 나며 척후병의 몸에서 힘이 빠져나갔다.

그 소리가 들렸는지 마차 안에 있던 페르젠 왕녀들이 비명을 질렀다.

감정을 잃어버린 줄 알았는데…… 무언가를 떠올린 탓에 목소리가 나온 것일지도 모른다.

목이 부러진 병사의 허리를 놓자 땅에 떨어진 시체는 그대로 후방으로 사라졌다.

“……뭔가 마음에 드시지 않는 일이라도 있었습니까?”

“그 녀석의 보고는 요령이 없어. 따라서 처형했다. 불만 있나?”

짜증을 머금은 목소리는 누구나 한기를 느낄 만큼 살의가 넘쳤다.

그러나 로잉은 어깨를 으쓱일 뿐이었다. 상당한 담력이었다.

“말해 봤자 황자님께서 들으실 것 같지는 않군요.”

“그럼 묻지 마. 그건 그렇고, 눈으로 좇을 수도 없는 속도라는 게 신경 쓰이는군. 게다가 소년이라고 했지.”

“잘못 본 게 아니라면『5대 보검』중 하나를 소지하고 있을 가능성도 있겠습니다. 만약 그렇다면 정령 무기를 줬다고는 해도 레이힐에겐 짐이 무겁겠군요.”

“꼭 그렇지만도 않아. **그걸** 녀석한테 먹였으니까.”

“흠…… 그럼 결과는 알 수 없겠군요.”

일찍이 슈트벨의 야망을 들었을 때, 로잉은 벌어진 입을 다물 수가 없었다. 동시에 이 남자가 다다르는 곳을 보고 싶다고 생각했다.

지금도 그때를 떠올리면 나잇값도 못 하고 가슴이 뜨거워졌다. 로잉은 자조적으로 웃었다.

“언젠가 정령왕의 저주가 내릴지도 모르겠습니다.”

“……지금의 정령왕이 뭘 할 수 있겠어.”

실망한 목소리로 말한 슈트벨에게 로잉은 아무 말도 할 수 없었다.

"나는 반드시 —이 되겠어."

슈트벨이 중얼거린 말은 세차게 내리는 비를 맞고 떨어져 로잉의 귀에는 닿지 않았다. 혹여 닿았더라도 로잉은 틀림없이 아무 말도 할 수 없었을 것이다…….

로잉이 전장에 도착하니 싸움은 끝난 상태였다.

그의 눈앞에는 제6황녀를 포함한 남녀 네 사람이 있었다.

다들 경계를 드러내며 이쪽을 보고 있었다.

이해 못 하는 바도 아니었다. 이 타이밍에 왜 나타났느냐고 힐문하고 싶을 것이다.

무슨 책망이 날아오든 이리저리 피하면 될 뿐이었다.

로잉은 시원스럽게 말에서 내려 가슴에 손을 얹은 후, 제6황녀 앞에 무릎 꿇었다.

"세리아 에스트레야 전하, 늦게 도착하여 진심으로 면목 없습니다. 조금 전까지 내렸던 비 때문에 행군 속도가 떨어져서 때맞춰 오지 못한 것 같습니다."

로잉은 얼굴을 들고 제6황녀에게 안겨 있는 소년을 보았다.

아무리 실패작이라고는 해도 『마인』을 쓰러뜨리다니…….

만약 쓰러뜨리는 자가 있다면 『염제』를 소지한 제6황녀 정도일 거라고 생각했었다. 그것도 집단으로 싸울 때나 가능한 이야기였는데, 설마 홀로 해치우는 자가 있을 줄이야…….

제6황녀와 그리 나이 차이가 나지 않는 소년이 이루어 낸

일에 로잉 장군은 경탄했다.

'이건…… 재밌군.'

소년의 싸움을 못 본 것이 유감스러웠다.

그러나 결과만으로도 대장군의 본능에 불이 붙었다. 시험해 보고 싶다는 생각이 들었다. 얼마나 강한지 이 손으로 확인해 보고 싶었다.

하지만 로잉은 피가 배어날 정도로 손을 꽉 움켜쥐며 버텼다. 약해진 상대를 쓰러뜨려 봤자 전혀 재미있지 않았다. 지금의 소년이라면 간단히 처리할 수 있었다.

'즐거움은 남겨 두자. 지금 목적은 그게 아니니…….'

그리고 그제야 깨달았다. 옆에서 뿜어져 나오는 살기를—.

"위험하군."

낮은 목소리로 중얼거린 이는 슈트벨 제1황자였다.

말에 올라탄 그 모습은 패왕 같은 압도적인 존재감을 내뿜었다.

금발은 위로 세워서 왕관처럼도 보였다.

날카로운 안광은 살기를 숨기지 않고 소년을 꿰뚫고 있었다.

'이런…….'

로잉은 얼굴을 굳혔다.

"방해될지도 모르겠어."

"기다려 주십시오. 지금 이 상황에서—."

슈트벨의 손에서 전격이 쏘아져 나갔다. 그것을 눈으로 좇는 것은 불가능했다.

그러나 땅을 기듯이 돌진한 전격은 소년의 바로 앞에서 튕겨 날아갔다.

"하?"

로잉의 입에서 무심코 얼빠진 목소리가 나왔다.

'말도 안 돼……. 정령검 5제 『뇌제(묠니르)』의 전격을— 그걸 어떻게 막은 거지?!'

무슨 일이 벌어졌는지 전혀 알 수 없었다. 소년이 무언가 한 것은 틀림없었다.

하지만 어떻게 슈트벨의 공격을 막았는지 짐작도 가지 않았다.

"……무슨 생각이야?"

온화한 외모에서 나왔다고는 상상도 못 할 만큼— 살기 넘치는 목소리였다.

천천히 일어선 소년의 패기가 크게 팽창하여 로잉은 저도 모르게 뒤로 물러났다.

그리고 아연실색했다.

'압도됐다…… 이렇게 어린 소년에게?!'

소년은 완전히 약해져 있었다. 그런데도 그가 내뿜은 패기에 겁을 집어먹었다.

수많은 전장을 돌고, 숱한 아수라장을 거치며, 공포 따위 오랫동안 느낀 적이 없었다. 그렇기에 미숙했다. 그저 자신의 미숙함이 부끄러웠다.

대장군이라고 불리면서 정점에 섰다고 생각했던 걸까.

그러나 지금은 그런 것보다도 주인에게 간언해야 했다.

슈트벨을 곁눈질로 보니— 불길하게 비틀린 입에서 유열(愉悅)을 흘리고 있었다.

“크큭, 재밌군. 네놈은 뭐지? 어떻게 막았지?”

“슈트벨 제1황자님. 기다려 주십시오. 이 이상의 행패는 폐하의 귀에 들어갑니다.”

로잉이 귀엣말로 속삭였으나 슈트벨은 무시하고 소년— 이 아니라 제6황녀에게 손을 내밀었다.

“피해 봐라.”

하늘이 울고 공기가 으르렁대며 번개를 흩뿌렸다. 절망의 전광이 소녀 주위에서 난사되었다.

—소년이 춤추었다.

상상을 초월한 속도로 벼락을 맞받아쳐서 소녀를 지킨 것이다.

그러나 약해진 소년으로서는 모든 공격을 막을 수 없었고, 로잉이 눈치챘을 때는 종잇조각처럼 날아오르는 소년이 보였을 뿐이었다.

“히로……!!”

제일 처음 소리친 사람은 리즈였다.

그녀는 땅에 내동댕이쳐진 소년에게 달려갔다.

“정신 차려! 싫어— 어째서!”

말에서 뛰어내린 슈트벨이 성큼성큼 다가갔다.

그 손에는 커다란 전투 도끼— 정령검 5제 『뇌제』가 쥐어져 있었다.

"엘리자베스. 비켜라."

"웃기지 마! 왜 이런 짓을 한 거야?!"

눈꼬리에 눈물이 맺힌 리즈가 외쳤다.

그 분노에 호응하여 『염제』의 칼날에서 불길이 솟아올랐다.

호적수에 반응한 『뇌제』에서 전격이 휘몰아쳤다.

"……설마 내게 검을 겨눌 줄이야. 이길 수 있으리라고 생각하는 건 아니겠지?"

"이기지 못해도 좋아. 히로에게 손대도록 두지는 않을 거야!"

일촉즉발이란 바로 이런 것, 언제 서로를 죽이려고 해도 이상하지 않았다.

아니— 일방적으로 리즈가 농락당하며 죽을 것이다.

그만큼 두 사람의 실력에는 차이가 있었다.

"귀여운 동생에게 들러붙은 해충을 없애려는 것뿐이잖아."

"히로가 해충이라고?"

로잉은 위험하다고 생각하면서도 멈출 방법을 떠올릴 수 없었다.

이 자리에서 리즈를 죽인다면 황제에게 들키지 않고 넘어가는 것은 불가능했다.

목격자가 너무 많았다.

여기서 『염제』의 소지자를 죽여 버리면 확실하게 옥좌가 멀어지고 만다.

알고 있을 터였다. 알고 있을 텐데—.

'그 정도로 위협적이라고 느꼈다는 건가!'

슈트벨이 성가시다는 얼굴로 입을 열었다.

"그렇게나 그 남자가 소중한가……. 아니면 필사적으로 지켜야 할 이유라도 있나?"

"그래, 있어. 히로를 죽인다면 아바마마는 당신을 용서하지 않으실 거야."

"뭐라고?"

그것은 고뇌 끝에 내린 결단이었을지도 모른다.

누워 있는 소년을 힐끗 본 리즈의 얼굴은 깊은 슬픔으로 물들어 있었다.

"그는— 제2대 황제의 후손이야."

그 말을 마지막으로 세계에서 소리가 사라졌다.

모두가 말을 잃었고 모두가 눈을 부릅떴다. 정신을 잃은 소년에게 시선이 집중되었다.

—주사위는 던져졌다.

—세계는 소년을 중심으로 움직이기 시작했다.

***** ***** *****

슈트벨의 전격을 맞고 정신을 잃은 히로는 신기한 장소에서 눈을 떴다.

새하얀 공간, 색채를 잃어버린 세계.

히로는 무슨 일이 일어났는지 전혀 알 수 없었다. 그 얼굴에는 당황이 여실히 나타나 있었다.

그런 히로의 등 뒤에서 누군가가 말을 걸어왔다.

"여기 왔다는 건…… 알레테이아로 돌아온 건가."

히로가 깜짝 놀라 돌아보니 그곳에는 금발 금안의 청년이 있었다.

"오랜만이네— 라고 말할 수 없을지도 모르겠군. 『히로(헬트)』가 「지구」라는 곳으로 돌아간 뒤로 얼마나 세월이 흘렀는지 알 수 없어."

경악하여 눈이 휘둥그레진 히로는 아무 말도 할 수 없었다.

보석으로 장식된 금옥좌. 악취미라고도 할 수 있는 그곳에 한 청년이 앉아 있었다.

그림에서 튀어나온 것처럼 반듯한 외모는 여성이 봤다면 새된 비명을 질렀을 것이다. 남자라도 무심코 눈을 크게 뜰 만큼 아름다운 청년이었다.

늘씬하게 뻗은 긴 다리를 꼬고 앉은 기품 넘치는 모습 덕분에 괴악한 옥좌도 신기하게 잘 어울렸다.

겨우 정신을 차린 히로는 위엄 있는 인상을 풍기는 금안의 청년에게 말을 걸었다.

"알티우스…… 맞지?"

그러자 청년은 짓궂게 히죽 웃었다.

때려눕히고 싶어졌으나 참았다. 자신은 그렇게 다혈질이 아니라고 타일렀다.

짜증을 삭이고자 주위를 둘러보았다. 역시 하얀 공간이 끝없이 이어져 있을 뿐이었다.

사라졌을까 싶어서 시선을 되돌렸지만 알티우스는 변함없이 즐겁게 미소 짓고 있었다.

"응. 꿈이구나."

히로는 단언했다. 애초에 자신은 전장에 있었을 터였다.

무엇보다 알티우스는 1000년 전의 인물이며 지금 알레테이아에서는 고인이 되어 있었다.

어쩌면 자신은 죽었고, 이곳이 저세상일 가능성도 있기는 했다. 그렇다면 알티우스가 있는 이유도 납득이 갔다.

그렇게 고민하기 시작한 히로를 보고 알티우스가 쓰게 웃었다.

"『히로』. 네가 당황하는 것도 모르는 바는 아니야. 꿈이라고 여기고 싶어 하는 것도 이해해. 하지만—."

알티우스는 말을 끊고 히로의 가슴을 가리켰다.

그를 따라 시선을 내리자 가슴 부근에서 희미한 빛이 새어 나오고 있었다.

"이건……."

교복 단추를 풀어 안주머니를 뒤적이니 카드 한 장이 나왔다.

1000년 전에 알티우스가 줬던 하얀 민무늬 카드였다.

"……꿈속의 너한테 묻는 것도 이상하지만, 이거 역시 정령 부적이야?"

"그래, 정령 부적이야."

“하지만 여러 문헌을 조사했는데 이런 정령 부적은 없었어.”

“짐이 정령왕에게 어떤 정령을 받아서 만든 거니까. 네가 모르는 것도 무리는 아니야.”

“내가 이런 이상한 꿈을 꾸고 있는 건…… 이거랑 관계있는 거야?”

“짐은 그 정령 부적에 잔류 사념도 넣어 두었다. 그렇기에 짐에게는 당시 기억, 『히로』가 「지구」로 돌아갈 때까지의 기억밖에 없어. 네가 여기에 왔다는 건 그 정령 부적의 발동 조건을 충족시켰다는 것. 무언가 문제가 생겼겠지. 그리고 짐은 거기에 없다는 말이군.”

알티우스가 슬픈 표정을 지은 것은 한순간이었고, 곧 즐거워하며 들뜬 목소리로 말했다.

“어떤 시대로 소환됐지? 여러 가지로 놀랄 일도 있었겠지?”

“1000년 후 시대로 되돌아왔어. 깜짝 놀란 정도가 아니야.”

“하하하! 굉장하군! 정신이 아득해지는 세월이야!”

“그렇게 간단한 문제가 아니라고! 여전히 믿을 수가 없는데…….”

“그런가…… 그 시대에 『전환기』가 찾아오는 건가.”

“응? 『전환기』?”

히로가 되물었으나 알티우스는 무시했다.

“재밌어질 것 같은 시대야. 짐도 함께 가고 싶지만 『혼』이 속박되어 있지 않은 『히로(헬트)』처럼은 안 되니까.”

“무시하지 말아 줘……. 그리고 이해가 안 돼. 무슨 말이야?"

"……신경 쓰지 마. 언젠가 알게 될 거다."

"너는 항상 그 소리네."

"그런 성격이니까. 하여간 짐이 할 수 있는 말은— 마음대로 살라는 것뿐이다!"

옥좌에서 일어선 알티우스는 흰 공간을 올려다보고 팔을 벌렸다.

"세계는 넓다! 그렇기에 가능성은 무한히 존재하지! 좋아하는 인생을 걸어라! 자신의 세계를 좁히지 마! 자유롭게 살아라. 탐욕스럽게 모든 것을 원하도록 해!"

알티우스는 히로에게 다가오더니 주먹으로 가슴을 꾹 눌렀다.

"짐의 의제(義弟)는 작은 그릇이 아니다. 자신을 과소평가하지 마라. 그건 너의 나쁜 버릇이야. 그 어떤 왕보다도 강자로 있어라. 그 어떤 왕보다도 오만해져라. 그 어떤 왕보다도 강해져라. 그걸 위해 짐은 가능성을, 많은 선택지를 준비해 두겠다."

알티우스는 즐겁게 말하고 양어깨를 두드렸다.

"짐은 지켜보마. 의제의 앞날을, 의제가 걸을 미래를."

마음껏 말하고 만족했는지 알티우스는 다시 거만하게 옥좌에 앉았다.

그리고 천천히 오른팔을 뻗어 손바닥을 히로에게 보였다.

"자, 깨어날 시간이다."

"……갑작스럽네. 하고 싶은 말만 하고서 헤어지는 건가."

"조금은 짐의 기분을 이해했나?"

소리 없이 웃는 알티우스를 보고 히로는 어깨를 으쓱였다.
아픈 곳을 찔리고 말았다. 반론 따위 할 수 있을 리도 없었다.
1000년 전, 히로는 느닷없이 「지구」로 돌아가겠다고 결의했다.
필사적으로 붙잡는 알티우스를 뿌리치고 히로는 이유도 말하지 않고서 귀환했다.
그런 히로가 그를 타박할 수 있을 리 없었다.
신경 쓰이는 점은 많았으나 앙갚음을 당하는 상황이니, 물어보더라도 분명 얼버무리고 넘어갈 것이다. 그래서 무난하게 지금 가장 궁금한 것을 질문하기로 했다.
"이걸로 진짜 이별이야?"
"애초에 재회라고 할 수 있는지도 미심쩍어. 여기 있는 짐은 잔류 사념이니까."
"……그런가."
"그래. 이제 우리가 만나는 일은 없겠지. 하지만—."
말을 끊은 알티우스가 아쉬워하는 얼굴로 탄식했다.
"더는 시간이 없는 모양이야."
그가 위쪽을 가리켰기에 히로는 머리 위를 올려다보았다.
흰 공간에 검은 어둠이 나타나 있었다.
그것은 점차 속도를 높여 아무것도 없는 세계를 검게 물들여 갔다.
알티우스는 미소 짓고서 히로에게 고했다.
"진실을— 너는—. —잘못 —의지—, 분명—."
그 말은 중간중간 끊겨서 잘 알아들을 수 없었다.

히로의 시야가 급속도로 어둠에 휩싸였다. 알티우스의 모습이 희미하게 사라져 갔다.

'안녕……. 형.'

—다시 눈을 뜨니 낯선 천장이 날아들었다.

약품 냄새가 코를 찔러서 의식이 각성했다.

부드러운 감촉이 몸을 덮고 있었다. 그것을 아쉽게 여기면서도 히로는 상반신을 일으켰다.

주위를 둘러보자 세계에 색채가 돌아와 있었고, 창문으로 들어온 달빛이 선반의 약품을 비추고 있었다.

의무실인가 보다고 이해한 뒤에, 침대 옆에서 리즈가 괴로운 얼굴로 잠들어 있음을 깨달았다. 히로는 쓰게 웃고서 몸 위의 모포를 그녀의 어깨에 걸쳤다.

꿈에서 깼구나. 그렇게 남의 일처럼 생각하며 침대에서 내려가려고 했다.

그러나 바닥에 발을 디뎠을 때였다. 세계가 기우뚱 흔들렸다.

눈이 돌아간 것처럼 시야가 비틀렸다. 히로는 요란한 소리를 내며 바닥에 등을 세게 부딪쳤다.

"아윽?!"

숨이 멈춰서 신음했으나, 속에서 올라오는 것을 감지하고 입을 막았다.

"욱…… 읍?!"

하지만 결국 막지 못하고 토사물을 게워 냈다.

호흡이 흐트러지기 시작한 히로의 얼굴에서 핏기가 가셨다.

'눈이 이상해……? 이건 뭐야…….'

방대한 정보의 격류가 왼쪽 눈을 통해 뇌로 전달되었다.

차단할 수가 없었다. 의지와 관계없이 전부 받아들여져서 뇌를 압박해 갔다.

눈을 감아도 **보이는** 감각— 이런 적은 처음이었다.

자신의 몸인데도 무슨 일이 벌어지고 있는지 전혀 알 수 없었다.

"히로?!"

리즈가 이변을 알아차리고 깬 모양이었다. 그러나 히로에게 대답할 여유는 없었다.

괴로워하는 히로에게 달려온 리즈가 히로의 등을 쓸어내렸다.

"정신 차려! 누가 좀 와 줘!"

"무슨 일입니까?!"

밖에서 대기하고 있던 트리스가 들어왔다.

리즈를 보고 히로를 보았다. 곧장 이상을 깨닫고 밖으로 다시 나갔다.

"당장 의사를 불러오겠습니다!"

"부탁해! 빨리 데려와 줘!"

히로의 머리를 끌어안은 리즈의 상반신에 토사물이 뿌려졌다.

그러나 리즈는 개의치 않고 히로의 머리를 무릎에 올렸다.

그리고 천을 꺼내 히로의 입가를 다정하게 닦기 시작했다.

"괜찮아. 진정하고 숨을 들이마셔……."

히로는 토하려 했지만 아무것도 나오지 않았다. 위에 있던 음식물은 전부 게웠을지도 모른다.

"히로, 내 얘기를 들어 줄래?"

히로의 기분을 다른 데로 돌리고 싶었는지 리즈가 입을 열었다.

실제로, 인자한 어머니처럼 맑은 목소리에 히로는 반응했다.

핏발 선 눈이 리즈에게 향했다. 왼쪽 동공이 비정상적으로 크게 뜨여 충혈되어 있었다.

"읏?!"

리즈는 무심코 비명을 지를 뻔하여 입을 막았다.

마음을 엿보이고 있는 듯한 감각에 등골이 오싹했다.

하지만 기죽어 있을 수는 없었다. 조금이라도 히로의 고통을 없애 주고 싶었다.

리즈는 애써 밝게 말했다.

"나 있지, 처음 히로랑 만났을 때, 정말 깜짝 놀랐어."

처음 안팡 삼림에서 만났을 때.

목욕하고 돌아왔더니 한 소년이 서버러스에게 위협받고 있었다.

흑안 흑발의 소년. 그것은 마치—.

"내가 상상했던 제2대 황제와 똑같았는걸."

역대 황제 중에서 유일하게 초상화가 존재하지 않는 제2대 황제.

그 모습을 알 방도는 없다. 전승으로 기록된 내용을 가지고 상상할 수밖에 없었다.

제2대 황제의 동상도 전승을 토대로 제작된 창조물이었다.

"슈바르츠 폐하는 나의 우상이야."

옛날부터 남자 못지않았던 그녀는 인형보다도 검에 흥미를 나타냈다.

자기 전에는 엄마에게 졸라서 동화가 아니라 그란츠 열두 대신의 이야기를 들으며 잠들었다.

군사 국가 그란츠 대제국에서 제2대 황제의 인기는 옛날부터 대단하였기에, 군인을 목표하던 그녀가 제2대 황제에게 관심을 가진 것은 자연의 섭리라고도 할 수 있었다.

"주위에서 뭐라고 하든 열심히 훈련했어. 내가 여자라서 인정받지는 못했지만."

처음에는 병사가 되는 것이 꿈이었다. 이어서 꿈은 장군을 거쳐 대장군이 되었다.

성장할 때마다 꿈은 커졌다.

모두가 비웃으며 리즈를 상대하지 않았지만 사태는 일변한다.

―『염제』의 총애를 받았기 때문이다.

제일 처음 다가온 것은 그란츠 5대 귀족 중 하나인 켈하이트 가문의 가주였다.

동쪽 지방에서 영향력을 지닌 그가 지지를 표명하자 중소 귀족들이 전부 리즈를 지지한다고 밝혔다. 다른 황위 계승자들이 무시하지 못할 만한 세력이 되었으나, 켈하이트 가문의 가주가 누군가에게 암살되며 순식간에 와해되었다. 정신이 드니 트리스와 디오스만이 리즈 곁에 남아 있을 뿐이었다.

"그래서…… 좌천 이야기가 나오고, 기분을 전환하고 싶어서, 안팡 삼림에 목욕하러 갔던 거야."

그곳에서 소년과 만났다. 동경하던 제2대 황제를 쏙 빼닮은 소년.

리즈는 히로의 뺨에 손을 대고 미소 지었다. 아직 괴로운 호흡을 반복하고 있지만 조금 진정됐을지도 모른다. 히로는 살짝 누그러진 눈으로 리즈를 올려다보고 있었다.

"난 말이지, 꿈이 있어."

그때 우당탕거리며 떠들썩한 발소리가 밖에서 들려왔다.

"빨리 오지 못하겠는가! 애송이가 죽어 버리겠어!"

"늙은이를 뛰게 하지 말게!"

"그럼 업어 주겠네!"

"히이이익?!"

리즈는 쓰게 웃으며 히로가 못 듣는 일이 없도록 귓가에 입을 가까이 댔다.

중얼거린 말…… 히로는 예상하고 있었는지 그 얼굴에 놀람은 없었다.

그것은 터무니없는 꿈이었다. 결코 편한 여정이 되지는 않을 것이다.

히로에게서 떨어진 그녀의 얼굴을 달빛이 비추자, 그 미모는 더욱 빛나고 있었다.

# 에필로그

제국력 1023년 7월 11일.

리히타인 공국군과의 전투로부터 열흘 뒤.

베르크 요새, 중앙탑. 히로는 배정받은 방에 있었다.

침대가 창가를 차지하고 우측에 전신 거울이 놓여 있을 뿐인 살풍경한 방이었다.

당연하지만 개인적인 물건 따위 있을 리가 없었다.

지구에서 가져온 것이라고는 교복 정도였다.

"후후, 괜찮은데?"

히로는 전신 거울 앞에 서서 자신의 모습을 바라보고 있었다.

정확히는 얼굴 일부분을 만지고 있었다. 거울에 비친 히로의 얼굴은 왼쪽 절반이 안대에 덮여 있었다. 정령 부적으로 정화된 특수한 안대였다.

아직 위화감에 익숙해지지는 않았지만, 이것 덕분에 세계의 어그러짐을 느끼는 일은 없어져서 평소처럼 지낼 수 있게 되었다. 안대를 벗으면 지난번 같이 세계가 회전한다. 뇌가 터질 듯한 정보를 인식하고 만다.

"뭐…… 익숙해지면 되는 일이지."

그렇다. 『천정안』을 자유자재로 구사할 수 있게 되면 아무 문제 없었다.

자신의 눈이니 머지않아 완벽히 다룰 수 있게 될 것이다.

그리고 나쁘지 않았다. 안대를 한 자신에게서는 뭐라 말할 수 없는 어른스러움이 느껴졌다.

히로는 무심코 팔짱을 끼고 턱을 들어 폼을 잡아 보았다.

『천제』도 불러내 볼까— 그렇게 신나서 까불기 시작하니—.

"히로~! 들어갈게."

노크도 하지 않고 붉은 머리 소녀가 들어왔다.

사생활 침해라든가 여러모로 하고 싶은 말이 있었지만 상황이 안 좋았다.

"뭐 해?"

리즈가 눈을 동그랗게 뜨고 문 앞에서 멈춰 섰다.

히로의 얼굴이 순식간에 빨갛게 달아올랐다. 이런 모습을 보인 것이 매우 부끄러웠다.

심장 고동이 가속했다. 목 위가 뜨거워졌음을 알 수 있었다.

히로는 허둥지둥 팔을 앞으로 내밀고 손을 흔들었다.

"아, 아니야! 이건 그런 게 아니야!"

"뭐가 아니야?"

리즈는 고개를 갸웃하며 붉은 머리를 찰랑였다. 사랑스러운 동작이었으나 히로에게 그것을 감상하고 있을 만한 여유는 없었다. 가능하다면 지금 당장 이 자리에서 도망치고 싶었다. 하지만 입구는 리즈가 막고 있었다.

"아니…… 뭐라고 하면 좋을까……."

몸이 중2병에 지배당한 상태였다고 말할 수 있다면 얼마나 편할까.

침묵이 내려앉고 매우 어색한 분위기가 흘렀다.

히로가 어쩔까 하고 고민하고 있으니 리즈가 먼저 움직였다.

"정말~! 무슨 말을 하고 싶은 거야?! 아무튼 같이 가자!"

리즈는 동요하는 히로 따위 알 바 아니라는 느낌으로 팔을 붙잡았다.

괴력에 이끌려 방을 뛰쳐나오자 아래층으로 이어지는 나선형 계단이 보였다.

"어디 가는 거야—?!"

이래 봬도 며칠 전까지 환자였는데, 라는 말은 할 수 없었다.

전속력으로 계단을 내려가기 시작했기 때문이다. 이런 상황에서 떠들면 혀를 깨물고 만다.

말 그대로 날듯이 뛰어 내려갔다. 중앙탑을 나오니 중앙 광장이 맞이해 주었다.

눈부신 태양이 지상을 이글이글 비추고 있었다. 땀이 났다.

"아우라가 서쪽으로 돌아간대. 그러니 배웅해야지."

"아, 아직 시간은 있어! 이렇게 서두르지 않아도 돼!"

아우라는 일전의 전투에서 전사한 병사들을 매장하기 위해 베르크 요새에서 치료를 받으며 체재하고 있었다. 안타깝지만 발견되지 않은 병사도 많았다. 손상도 심했고, 진흙투성이가 된 시체를 적인지 아군인지 분간하는 것은 어려웠다. 아우라는 자신도 부상자이면서도 해가 질 때까지 부하의 시체를 찾아다녔다.

리히타인 공국군의 시체는 전부 한데 모아서 태웠다.

역병 발생이 무섭기도 했기에 제4황군의 손을 빌려서 되도록 빨리 처리하게 된 것이다. 그 후, 제4황군은 글린다 변경백령 각지로 흩어졌다.

리히타인군의 잔당이 글린다 변경백령에 머물며 치안을 악화시킬지도 몰랐기 때문이다. 그들과 함께 있던 슈트벨 제1황자는 친위대를 데리고 대제도로 귀환했다고 한다.

'언젠가…… 빚을 갚아 줘야겠지.'

그날, 알티우스가 말한 것처럼 마음대로 살 생각이었다.

아무튼 언젠가 슈트벨 제1황자에게 설욕하기로 하고, 지금은 그 분노를 토해 내지 말아야 했다.

왜냐하면 웃으며 배웅해야 할 자가 있기 때문이다.

"배웅? 굳이 안 그래도 되는데."

왼팔에 부목을 댄 후, 붕대를 이용해 목에 건 소녀— 여전히 뚱한 얼굴의 아우라가 군마에 올라타고 입을 열었다.

그 옆에는 온몸을 붕대로 감은 슈피츠도 있었다.

애처로운 모습이지만, 어딘가 우스꽝스럽게 여겨지는 그 자태를 보니 웃어 버릴 것 같았다.

"전하, 그리고…… 후손님. 배웅해 주셔서 감사합니다."

후손님이라고 말했을 때 슈피츠의 목소리는 진심으로 싫어하는 기색이었다.

붕대 때문에 표정은 엿볼 수 없었으나 어떤 표정을 짓고 있을지는 상상이 갔다.

리즈가 허리에 손을 얹고 말했다.

"그래. 여러 일이 있었지만, 서로 살아 있어서 다행이야."

"응. 결과는 최악. 하지만 여러 가지로 수확이 있었어."

아우라는 그렇게 말하고 히로를 빤히 쳐다보았다.

"눈은 좀 어때?"

무언가를 탐색하는 듯한 납빛 눈동자를 보고 히로는 아하하 웃어 보였다.

"응. 나으려면 시간이 좀 걸릴 것 같아."

눈의 이상을 알고 있는 것은 리즈, 트리스, 의사 세 사람뿐이었다.

다른 사람들에게는 전장에서 상처를 입었다고 전해 두었다.

그래서 아우라가 진실을 알 리는 없지만, 관찰하는 눈길로 지그시 바라보면 들킨 기분이 드는 것은 왜일까.

"그래…… 실명하지 않아서 다행이야. 하지만 커다란 안대."

"아, 그, 그건……."

정령 부적이 보이지 않게 하려면 큰 안대를 할 수밖에 없었다.

그렇게 설명할 수 있을 리도 없었다.

히로가 어떻게 변명할까 생각하고 있으니 리즈가 도움의 손길을 내밀어 주었다.

"커다란 상처가 생겼거든! 뭐랄까…… 굉장한 상처가 말이야!"

"……흉 질 것 같아?"

아우라가 걱정스러운 눈길을 보냈다.

히로는 죄책감에서 도망치고자 애써 밝게 입을 열었다.

“아, 아니, 괜찮을 거야. 아프진 않고, 상처가 나으면 안대도 벗을 거니까.”

“그래…… 그럼 다행이고.”

그 말과는 반대로, 믿고 있지 않은지 청회색 눈동자는 히로의 안대를 지그시 바라보고 있었다.

아무리 기다려도 그녀의 시선은 히로를 꿰뚫은 채였다.

끝이 안 나겠다고 생각했는지 리즈가 히로 앞에 서며 눈길을 차단했다.

“다음에 편지라도 보낼게.”

“나도 안정이 되면 서신을 보낼게.”

“아우라 님. 출발할 시간입니다.”

슈피츠가 대화에 끼어들었다.

그 뒤에는 수는 대폭 줄었지만 『황흑기사단』이 늘어서 있었다.

덥기 때문인지 중갑이 아니라 경갑을 걸쳤고, 군마도 마갑을 벗은 상태였다.

무거운 군장은 식량이나 물 등과 함께 짐수레에 실려 있었다.

“그럼 출발하자. 두 사람 다 건강하길.”

아우라는 군복 소매를 나부끼면서 말을 돌려 정문으로 향했다.

그렇게 조금 나아가다가, 아우라가 뒤를 돌아보았다. 그 시선은 히로를 보고 있었다.

“『히로(헬트)』, 또 봐.”

그 말을 마지막으로 그녀는 두 번 다시 돌아보지 않았다.

그녀를 선두로 군마 무리가 천천히 문밖으로 나갔다.
이렇게나 더운데 심장이 얼어붙고 한기가 엄습했다.
그때 경직된 히로의 등을 리즈가 두드렸다.
"히로, 갑작스럽지만 승마 연습을 하자."
그것은 그것대로 히로를 다시 얼어붙게 하는 발언이었다.
이글거리는 땡볕 아래서 히로는 찰과상을 늘리게 되었다.

—그로부터 이틀 후.

현 황제가 내린 칙명이 히로에게 도착했다.

## ■작가 후기

「신화 전설이 된 영웅의 이세계담 1권」을 구매해 주셔서 감사합니다.

갑작스럽지만 제가 이 작품을 쓴 계기가 된 이야기를 하도록 하겠습니다.

저는 어릴 때부터 망상력만큼은 남달랐습니다. 만화가가 되자고 생각한 적도 있었습니다. 하지만 인내력이 없어서요. 전혀 없어요, 정말로 없어요. 싫증을 잘 낸다고 할까요…… 그런 제가 만화가가 될 수 있을 리도 없어서 빈둥빈둥 세월만이 부질없이 흘러갈 뿐이었습니다.

그러던 어느 날, 어떤 책방에서 극적인 만남이 있었습니다. 중고생을 대상으로 한 라이트 노벨이라는 소설과의 만남이었습니다. 오오…… 이 방법이 있었나. 그럼 바라는 세계를 글로 써 주겠어. 그렇게 우쭐해졌죠. 하지만 제게 문장력이라는 것은 갖춰져 있지 않았고, 100자를 쓰는 것도 무리였습니다. 타이핑 속도도 오르면서 문장력도 기를 수 있는…… 그런 꿈같은 이야기는 없을까 모색하다가, 투고 사이트 「소설가가 되자」를 만나게 되었습니다.

졸렬한 문장임에도 불구하고 많은 독자님께서 응원해 주셨습니다. 덕분에 담당 편집자 S씨에게 연락을 받아 출판까지 하게 되었는데…… 솔직히 너무 일이 잘 풀려서 무섭습니다.

어디선가 반동이 있지는 않을까 매일 흠칫거리고 있습니다. 없었으면 좋겠다고 바라며 이 후기를 쓰고 있습니다만…….

없죠? 부탁해요, 신 님!

맞다, 맞다. 신 님이라고 하면 신화죠. 전 세계에 허다히 흩어져 있는 것이 신화이지만, 이 작품에도 많은 영향을 주었습니다. 오히려 제 나름의 신화를 쓰고 싶다고 생각한 끝에 탄생한 게 이 작품입니다. 중2 감성을 활짝 펼치고서 브레이크를 밟지 않고 마음껏 썼습니다만 여러분의 중2 감성과 공명할 수 있었을까요? 중2병은 해마다 증가 경향을 보이는 것 같으니 분명 공명하지 않았을까 합니다.

그럼 마지막으로 감사 인사를.

이 책을 내게 되면서 진력해 주신 담당 편집자 S님. 제 빈약한 센스의 집약체인 외모와 복장 설정을 가지고 아름다운 표지, 멋진 삽화를 그려 주신 미유키 루리아 님. 「소설가가 되자」에서부터 읽어 주신 독자님. 이 책을 골라 주신 독자님. 편집부 여러분, 교정자분, 디자이너분.

억지를 들어준 동료들, 여기까지 지지해 준 가족, 그리고 할머니께.

여러분 덕분에 작품을 세상에 내놓을 수 있었습니다. 정말 고맙습니다.

계속해서 액셀을 힘껏 밟아 중2병을 뿌려 갈 테니 앞으로도 잘 부탁드립니다.

타테마츠리

# 신화 전설이 된 영웅의 이세계담 1

1판 1쇄 발행 2017년 2월 10일
1판 6쇄 발행 2018년 5월 15일

**지은이**_ TATEMATSURI
**일러스트**_ Ruria Miyuki
**옮긴이**_ 송재희

**발행인**_ 신현호
**편집국장**_ 김은주
**편집진행**_ 최은진 · 김기준 · 김승신 · 원현선 · 김솔함 · 권세라
**편집디자인**_ 양우연
**국제업무**_ 정아라
**관리 · 영업**_ 김민원 · 이주형 · 조인희

**펴낸곳**_ (주)디앤씨미디어
**등록**_ 2002년 4월 25일 제20-260호
**주소**_ 서울시 구로구 디지털로 26길 111 JnK디지털타워 503호
**전화**_ 02-333-2513(대표)
**팩시밀리**_ 02-333-2514
**이메일**_ lnovelpiya@naver.com
**L노벨 공식 카페**_ http://cafe.naver.com/lnovel11



ISBN 979-11-278-4026-6 04830
ISBN 979-11-278-4025-9 (세트)

**값 6,800원**